미
지
의

세
계

국립국어원 맞춤법을 따르되, 글맛을 살리기 위해 대화 등 일부는
지은이 고유의 표기를 반영합니다.

지은이 유지민, 유우민

장편 소설

미지의 세계

"익숙한 세상을 지나, 아무도 모르는 세계로.
그곳에서 나는 내가 누군지 알게 되었다."

구글
×

방과후이곳

공글

네이버카페 cafe.naver.com/gonggeul

인스타그램 @gong.geul @jelluda_brunch

메 일 sungseungje03@gmail.com

전 화 번 호 010.7773.9383

　　　　　031.510.7007

공 글 경기도 남양주시 덕송2로 6번길 28-20

C A 공 글 경기도 남양주시 순화궁로 343 한민프라자 6층

유지민

유우민

공글을 소개합니다

CA 공글은 CREATIVE AUTHOR 공간을 만드는 글쓰기의 약자입니다. CA 공글은 소설 『에이스와 새우깡』을 쓴 성승제 작가와 영어 선생님 Albert Chang이 내 자리를 만드는 것만큼 내 자리를 지켜 주는 것에도 관심이 많은 아이들과 함께 책을 읽고 한글과 영어로 소설을 쓰며 십 대 작가를 발굴, 육성하고 있는 곳입니다.

CA 공글은 대한민국 단 한 곳, 공글에서만 수업이 이루어지고 있으며 2022년 『후엠아이』 『포화 속 사람들』 2024년 『쉿, 꿈꾸는 중입니다』 『꿈쓰는 아이들』을 출간했고 2025년 가을 『열세 살 열네 살』과 『미지의 세계』를 출간합니다.

아이들이 소설 쓰기를 통해 세상과 타인을 알고 그 속에서 자신과 다른 사람의 자리를 만들고 지켜가길 바랍니다. 이 책을 읽는 모든 독자 여러분의 자리를 응원합니다.

2025. 12월

책임 편집 젤루다(jelluda) 성승제 드림

책을 펴내며

『미지의 세계』는 초등 6학년 지민이와 중학교 1학년 우민이, 두 자매가 함께 써 내려간 작품입니다.

1년 동안 아이들과 함께 소설을 쓰고, 새로운 장면을 만들고 고치는 일을 하다 보니, 가르치는 사람으로서뿐 아니라 한 사람의 어른으로서 두 아이의 성장을 가까이서 지켜보는 귀한 경험이 되었습니다.

지민이가 쓴 『미지의 세계』는 초능력을 가진 주인공 '미지'가 자신에게 일어나는 이상한 사건들을 따라가며 숨겨진 비밀을 찾아가는 모험 이야기입니다. 이야기를 쓰는 동안, 상상의 세계를 만들어 가는 기쁨이 얼마나 큰지 지민이의 표정만 보아도 알 수 있을 만큼 행복해 보였습니다. 미지라는 이름 그대로, '알 수 없는 세계'를 마음껏 탐험한 흔적이 작품에 고스란히 담겨 있습니다.

우민이가 쓴 『Selena's Hospital Life』는 막 인턴이 된 주인공 '세레나'의 분투를 통해 의사들의 긴장된 일상과 책임감을 사실적이고 진지하게 담아낸 이야기입니다.

우민이는 이 글을 쓰며 자신의 꿈에 한 걸음 더 가까이 다가간 느낌이 들었다고 말했습니다. 글을 통해 꿈을 시험해 보고, 확인하고, 또 깊어 가는 모습이 참 인상적이었습니다.

두 작품 모두 아이들 스스로 소설을 쓰고 문장을 고치고, 이야기의 흐름을 조율하며 완성해 낸 결과물입니다. 서로 다른 세계를 그렸지만, 두 자매의 상상과 진심이 만나는 지점에서는 놀라울 만큼 결이 닮아있습니다.

편집자로서 이번 작업은 여러모로 쉽지 않은 시간이었지만, 바로 그렇기 때문에, 이 책이 제게 남긴 애정은 더욱 각별합니다.

아이들의 손끝에서 태어난 미지의 세계가 이 겨울, 독자 여러분에게도 작은 설렘과 따뜻한 여운으로 남길 바랍니다.

2025. 12월
책임 편집 젤루다(jelluda) 성승제 드림

Working with Lucy Ryu on this book has been a truly inspiring experience. From the very beginning, her natural storytelling ability and honest portrayal of a young protagonist stood out. As we revised each chapter together, I wasn't just helping her polish sentences. I was watching a young writer grow in confidence and skill.

Lucy's story is filled with warmth, humor, and thoughtful insight into friendship and personal growth. She understands how characters change, how conflicts shape them, and what it means to be brave and kind. Helping her bring these ideas to life has been a privilege.

Throughout the process, I found myself smiling and feeling with her characters. That is the strength of Lucy's writing. She makes readers care.

I am proud of the dedication and creativity she showed at every step. Lucy listens, revises, and writes with intention. These are the qualities of a true author.

This book is only her beginning. I am honored to have supported her first published work and excited to see what stories she creates next.

— Albert

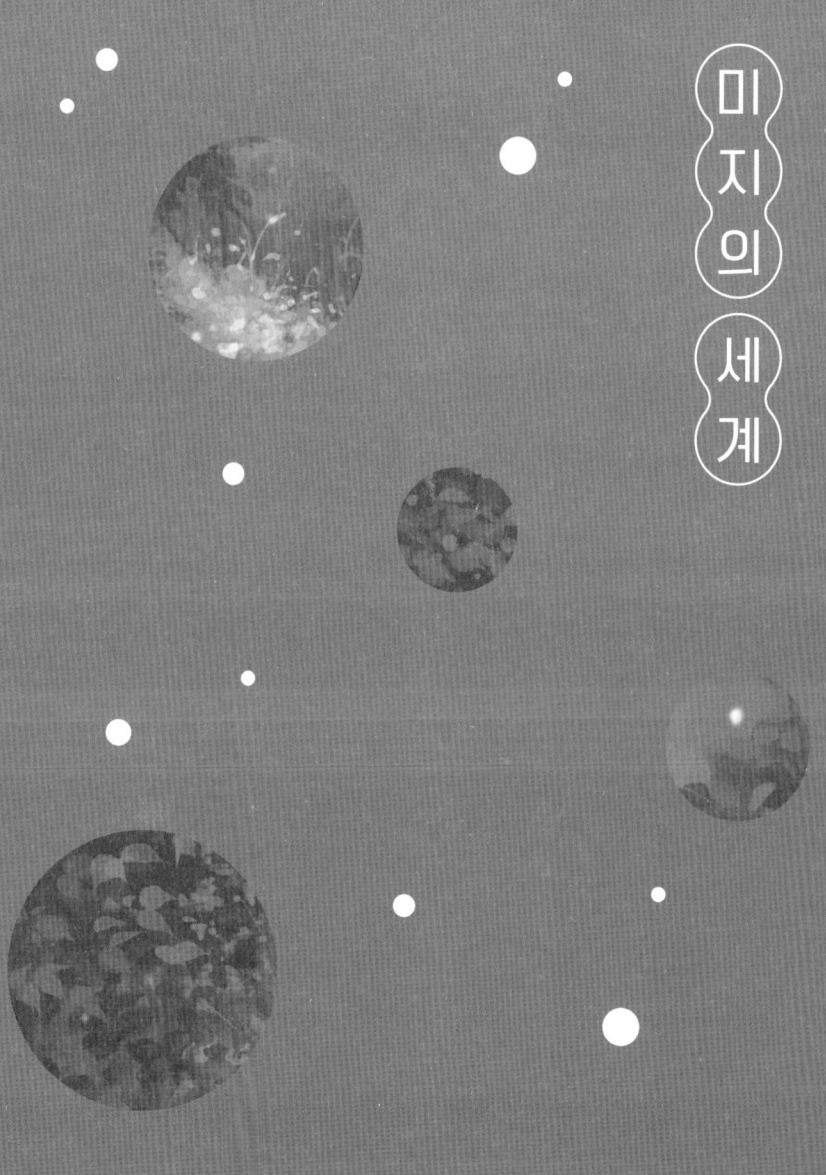

미지의 세계

안녕하세요, 여러분.

저는 공글(공간을 만드는 글쓰기) 4기 작가 유지민입니다.

아직 6학년인 제가 책을 출간하게 되어 정말 기쁩니다. 저는 4학년 때 공글을 다니며 책을 낸 적이 있습니다. 그때는 언니, 오빠들, 그리고 친구들과 함께 출판했지만, 이번에는 언니와 단둘이 책을 내게 되어 한층 더 자랑스럽습니다.

이번 작품 『미지의 세계』는 초능력을 지닌 주인공 '미지'가 이상한 일들을 겪으며, 그 속에 숨겨진 비밀을 밝혀가는 이야기입니다. 아직은 글솜씨가 부족할 수도 있습니다. 이해하기 어려운 부분이 있더라도, 제가 아직 '예비 작가'라는 점을 기억해 주시면 감사하겠습니다.

이 책을 완성하기 위해 저는 많은 시간을 공들였습니다.

비록 길지 않은 이야기지만, 인물과 내용을 구성하는 데 오랜 노력이 필요했습니다. 토요일마다 아침 6시에 일어나 글을 쓰거나, 바이올린 수업을 쉬고 마무리하기도 했습니다. 쉽지 않았지만, 완성된 책을 보니 그 모든 시간이 값지게 느껴집니다. 물론 이 책이 세상에 나올 수 있었던 건 저 혼자의 힘만으로는 아닙니다.

저를 믿고 응원해 주신 부모님 덕분에 지금의 제가 있을 수 있었고, 언니 덕분에 포기하지 않을 수 있었습니다. 글쓰기가 힘들고 지칠 때마다 저는 생각했습니다.

"언니도 노력하며 글을 쓰니까 나도 해야지. 이건 나만의 책이 아니라, 언니와 함께 만드는 책이니까."

그 마음이 다시 저를 일어나게 했습니다.

그리고 누구보다 큰 도움을 주신 공글의 성승제 선생님과 Mr. Chang 선생님께 진심으로 감사드립니다. 두 분은 4학년 때부터 글쓰는 방법을 가르쳐 주시고, 저희에게 책을 출판할 수 있는 귀한 기회를 주셨습니다.

또한 가족과 친구들, 그리고 사소한 응원을 보내주신 모든 분들께도 마음 깊이 감사드립니다.

이 이야기는 허구이지만, 저는 이 작품을 통해 '불가능은 없다'는 편견을 깨고 싶었습니다. 누구도 본 적 없는 세상이 어딘가에 존재할지도 모른다는 믿음으로 글을 썼습니다. 어떤 분들은 이상하게 생각하실지도 모르지만, 어쩌면 정말 '미지의 세계'는 있을지도 모릅니다. 믿지 않으셔도 괜찮습니다. 제 이야기 속에서 미지의 세계는 분명 존재하니까요.

저는 독자분들이 그 세계 속에 직접 들어온 듯한 느낌을 받을 수 있도록 노력했습니다. 비록 부족한 부분이 있더라도, 어린 작가의 진심과 열정을 담았다는 점을 기억해 주시면 좋겠습니다.

마지막으로, 제가 가장 아끼는 문장을 소개하며 작가의 말을 마치고자 합니다.

"사람은 특별하지 않아도 상관없는 것 같아요.

아까 말했듯이 다른 아이들은 특별한 능력이 없지만 행복하니까요. 비록 미지의 세계를 사람들이 직접 볼 수는 없어도, 대부분의 사람들은 다 알 거예요. 바로 자신이 지금 서 있는 곳이 미지의 세계라는 것. 굳이 멀리 가지 않아도, 자신이 있는 이곳이 바로 미지의 세계처럼 특별한 곳이라는 것을요."

이 문장은 제가 가장 좋아하는 소설 속 대사이기도 합니다.

저는 특별한 재능이 없어도, 가족과 친구들과 함께하며 행복할 수 있다고 믿습니다.

'미지의 세계'가 실제로 존재하지 않더라도, 우리 곁의 집과 학교, 그리고 함께 웃는 사람들이 있는 곳이 바로 '미지의 세계'일지도 모릅니다. 어쩌면 그곳이 훨씬 더 특별한 세계일지도 모릅니다.

그럼 이제, 저의 이야기를 시작합니다.

제가 얼마나 열심히 노력했는지를 잊지 말아주세요.

감사합니다.

2025년 12월 유지민

1. 꿈

한 여자아이가 숲속을 뛰어다니고 있다.

단발머리에 길고 하얀 치마를 입고 있었으며, 아직 어려 보였다.
단발머리 소녀는 마치 무언가를 찾아다니는 듯 계속 숲을 달렸다.

뒤이어 또 다른 여자아이가 나타났다.

그 아이는 긴 머리카락에 웨이브 파마를 한 중학생쯤 되어 보였다. 긴 머리 소녀는 무슨 일이 일어나는지 모르겠다는 듯, 제자리에서 두리번거리다가 단발머리 소녀를 발견했다.

"자, 잠깐만!"

긴 머리 소녀가 소리쳤지만, 단발머리 소녀는 못 들은 건지, 그대로 지나쳐 버렸다. 긴 머리 소녀는 왠지 모르게 그 아이를 따라가고 싶어졌다. 그래서 단발머리 소녀를 쫓아가기 시작했다. 단발머리 소녀는 누가 자신을 따라오는지 전혀 모르는 듯했다. 둘은 그저 달리기만 했다. 시간이 지날수록 두 아이의 속도는 점점 빨라졌다. 긴 머리 소녀는 숨이 차 잠시 멈춰 섰다가 고개를 들어 주위를 둘러보았다. 그러나 단발머리 소녀의 모습은 보이지 않았다.

긴 머리 소녀는 다시 주변을 두리번거리며 단발머리 소녀를 찾기 시작했다. 혹시 뒤에 있을까 싶어 돌아보았지만, 실망한 얼굴로 다시 앞을 바라볼 뿐이었다.

몇 분쯤 더 달리던 긴 머리 소녀는 결국 멈춰야 했다. 수많은 덩굴 줄기가 길을 막고 있었기 때문이다. 누군가가 살짝 헤치고 지나간 흔적이 남아 있었다. 긴 머리 소녀는 잠시 망설이다가 남은 덩굴을 조심스럽게 옆으로 걷어 냈다.

몇 분 뒤, 그녀는 저 너머에 무엇이 있을지 두려워하며 떨리는 손으로 마지막 덩굴줄기를 밀어냈다. 그 순간 긴 머리 소녀는 눈을 살짝 감았다가 떴다. 갑자기 바람이 불어왔다. 그 바람은 태풍처럼 강하지 않았고, 마치 그녀를 반기듯 따뜻했다. 긴 머리 소녀는 한 걸음 앞으로 내디뎠다. 그녀 앞에는 양쪽으로 끝이 보이지 않는 강이 펼쳐져 있었다. 물은 잔잔했고, 강 위에 낡은 배 한 척이 떠 있었다. 강 건너편에는 폭포가 있었고, 폭포 뒤로는 동굴이 하나 보였다. 그리고 그 동굴 앞에는 조금 전 보았던 단발머리 소녀가 서 있었다. 긴 머리 소녀는 단발머리 소녀를 향해 크게 소리쳤다.

"저, 저기! 잠깐만!"

단발머리 소녀는 그 소리를 듣고 뒤를 돌아보았다. 그녀는 미소를 짓더니 아무 말 없이 동굴 안으로 들어가 버렸다. 긴 머리 소녀는 급히 배 쪽으로 다가갔다. 그때, 귀를 찢을 듯한 날카로운 소리가 울려 퍼졌다.

"끼기긱――!"

2. 9년 전에 있었던 일

'미지'라는 한 여자아이가 꿈에서 깨어났다.

그것은 분명 꿈이었다. 미지는 벌떡 일어나 고개를 양옆으로 빠르게 돌렸다. 몇 초쯤 지나자 정신이 또렷하게 돌아왔다. 그녀는 방금 꾼 꿈을 떠올리려 애썼다. 단발머리 소녀가 누구인지는 몰랐지만, 그 긴 머리 소녀는 분명 미지였다. 미지는 이 꿈을 한두 번 꾼 게 아니었다. 예전에도 여러 번 같은 꿈을 꾸었다. 꿈속의 자신과 단발머리 소녀의 모습은 언제나 똑같았다.

날짜는 달라도 배경도, 사건도, 하는 일도 늘 같았다.

미지는 이 꿈을 여러 번 꿨는데, 어떤 날은 마치 실제로 그 안에 들어가 있는 것처럼 생생했고, 또 어떤 날은 깨어나자마자 아무리 생각해도 기억나지 않았다. 오늘은 그 어느 때보다 꿈이 선명하게 떠올랐다. 미지는 다시 고개를 좌우로 빠르게 흔들었다. 그리고 시계를 보았다.

월요일 새벽, 5시 25분.

다시 잠이 올 것 같지 않았다. 미지는 2층 침대에서 내려와 책상 앞에 앉았다. 꿈이 계속 생각났지만, 그보다 더 신경 쓰이는 일이 있었다. 그러나 미지는 그 일이 이 꿈과는 상관없다고 믿고 싶었다. 그 일은 생각할 때마다 미지의 마음속에 커다란 궁금증을 남겼다.

18

약 9년 전의 일이다.

그날, 미지의 엄마는 학교에 서류를 제출하러 가야 했다. 아빠는 회사에 가서 어린 미지를 봐줄 사람이 없었다. 그때 미지는 다섯 살이었다. 아직 너무 어려서 잠깐이라도 혼자 두기 어려운 나이였다. 엄마는 어쩔 수 없이 미지를 데리고 학교로 갔다. 하지만 행정실 안에는 아이를 데리고 들어갈 수 없어서 엄마는 미지를 행정실 앞에 세워 놓고 말했다.

"조금만 기다리고 있어. 금방 다녀올게."

그런데 예상보다 일이 오래 걸렸다. 엄마를 기다리다 너무 지루해진 미지는 결국 밖으로 나왔다. 처음 와 본 학교는 신기하기만 했다. 미지는 여기저기를 뛰어다니며 구경했다. 그러다가 학교 주차장까지 가게 되었다. 미지는 그곳에서 마음껏 뛰어놀았다. 다행히 차는 없었다. 미지는 학교 주차장 구석에서 나뭇가지와 낙엽이 잔뜩 덮인 구덩이를 발견했다. 미지는 호기심이 생겨 가까이 다가갔다. 미지는 나뭇가지를 헤집어 내고 왼발을 안으로 깊숙이 집어 넣었다. 나머지 한 발도 집어 넣는 순간 미지는 구덩이 밑으로 떨어지고 말았다.

그게 마지막 기억이었다.

그다음에 무슨 일이 있었는지는 전혀 기억나지 않았다. 그날의 마지막 장면은, 떨어진 뒤에 무언가 일이 있었고, 그 일이 끝난 다음 엄마가 부르는 소리에 깨어나 구덩이에서 빠져나와 나뭇가지와 낙엽으로 구덩이를 다시 덮은 뒤 엄마 품에 안겼다. 엄마는 그때 미지에게 무슨 일이 있었는지 물어보았지만 미지는 웃으며 손가락을 입에 갖다 대고 "쉿!"이라고 했을 뿐이었다. 구덩이 안으로 떨어진 다음에 무슨 일이 있었던 걸까? 이 일은 생각하면 할수록 미지를 더 답답하고 궁금하게 만들었다.

3. 2등 카린, 똑똑하지 않은 베프 지니, 초능력자 미지

미지는 꿈과 9년 전의 일을 계속 떠올려 보았다. 머리가 터질 것만 같았다. 미지는 부정적인 생각 대신, 긍정적인 생각을 하기로 했다.

'긍정적인 일이 뭐가 있을까?' 답은 간단했다.

'지니 앤더슨.'

지니는 미국인이었다. 초등학교 1학년 때 한국으로 이사를 왔다. 주황색 머리카락과 얼굴 가득한 주근깨 덕분에 '해리 포터' 속 지니 위즐리를 닮았다는 이유로 부모님이 이름을 '지니'라고 지어줬다고 했다. 지니는 가끔 안경을 쓰고, 대부분은 렌즈를 꼈다. 미지는 지니가 전학 왔을 때 처음 말을 걸어준 친구였다. 다른 아이들이 낯선 외국인 친구를 어려워할 때, 미지는 먼저 다가갔다. 그렇게 이야기를 나누다 보니 둘은 공통점이 많다는 것을 알게 되었고, 곧 '베프'가 되였다. 지니는 영어를 정말 잘했다. 하지만 영어를 빼면 모든 과목에서 낙제였다. 놀라운 사실은 지니가 조금 더 잘하긴 했지만, 미지의 영어 실력이 지니와 거의 비슷하다는 점이었다. 비록 지니가 다른 공부는 못했지만, 미지에게 지니는 세상에서 제일 소중한 친구였다. 지니를 떠올리자 미지의 기분이 조금 나아졌다. 하지만 또 다른 친구의 얼굴이 떠오르자, 기분이 다시 가라앉기 시작했다.

'카린.'

카린은 같은 반 친구이지만, 사실상 적에 가까웠다. 카린은 예뻤다. 길지도 짧지도 않은 갈색 생머리, 커다란 눈, 오똑한 코, 게다가 공부까지 잘했다. 미지가 같은 반으로 전학 오기 전까지 친구들 사이에서 카린은 외모도, 성적도 언제나 1등이었다. 하지만 미지가 전학 오면서 모든 게 바뀌었다.

미지는 카린보다 공부도 잘했고, 얼굴도 예뻤다. 미지는 마른 체형에 안경을 끼지 않았고, 머리끝에 웨이브를 넣은 검은색 긴 머리를 하고 있었다. 보통 아이들치고는 예쁘게 생긴 외모였다. 아이들은 점점 미지를 좋아했고, 카린은 자연스레 2등으로 밀려났다. 화가 난 카린은 자신을 따르는 아이들을 모아 '카린파'를 만들었다. 카린파는 전부 여학생으로 구성되었고, 공부를 잘하지 못했으며 당연히 대장은 카린이었다. 카린파는 미지를 왕따 시키며 괴롭히기 시작했다. 한번은 미지를 때리고 화장실에 가둔 적도 있었는데, 결국 선생님께 들켜 혼이 났다. 그럼에도 미지는 언제나 태연했다. 선생님께 일러바치지도 않았고, 평소처럼 행동했다. 그런 미지의 태도는 오히려 카린을 더 화나게 했다. 하지만 미지가 '딸기맛 소금 캐러멜 젤리'를 가지고 있을 때만큼은 카린도 미지를 좋아했다.

미지의 반에는 유별난 학생이 많았다. 하지만 27명 중 가장 특별한 건 단연 미지였다. 그 이유는 단 하나. 미지는 사람이지만, 평범한 사람은 아니었기 때문이다.

미지는 '초능력자'였다.

아무 때나 교과서가 저절로 펴지게 할 수 있었고, 방이 자동으로 깨끗해지게 할 수도 있었다. 하지만, 미지는 자신의 능력을 별로 특별하다고 생각하지 않았다. 또한 그 능력을 아무 데나 쓰지 않았다. 그녀는 가능한 한 평범하게 살고 싶었다. 미지는 자신의 초능력을 부모님께는 비밀로 하고, 지니에게만 털어놓았다.

"괜히 소문나면 뉴스에 나올지도 모르잖아. 귀찮단 말이야."

사람들의 관심받는 것을 그다지 좋아하지 않는 미지에게, 자신의 비밀이 남에게 알려지는 일은 특히나 귀찮게 느껴졌다. 미지가 초능력에 대해 가장 싫어하는 건 '포기할 수 없다'는 점이었다. 그것은 초능력자에게 주어진 규칙과도 같았다. 미지는 자신이 어떻게 초능력자가 되고 왜 초능력자가 되었는지 잘 몰랐지만 한 가지는 확실히 알고 있었다. 그것은 바로 자신이 영원히 초능력자로 살아야 한다는 것이었다. 이것이 미지가 생각하는 초능력자의 제일 큰 단점이었다.

미지는 웬만하면 초능력을 쓰지 않았다. 미지는 시간 여행이나 순간 이동처럼 복잡한 건 할 줄도 몰랐다. 미지의 능력으로는 모든 것을 해결할 수 있는 것도 아니었다.

한 번은 9년 전의 사건과 자신이 반복해서 꾸는 꿈의 정체를 알아내기 위해 무리하게 초능력을 사용했다가, 과부하가 걸렸는지 무려 일주일 동안 아무 능력도 쓰지 못한 적이 있었다. 그 일을 겪은 뒤로 미지는 '큰일'에는 절대 초능력을 쓰지 않겠다고 마음먹었다.

아무튼, 미지는 다시 잠을 자는 것보다 아까처럼 반 친구들의 캐릭터를 분석하며 시간을 보내는 편이 훨씬 낫다는 생각이 들었다. 그래서 미지는 진지하게 나머지 반 친구들에 대한 분석에 몰두하기 시작했다.

4. 가파른 오르막길

7시 5분, 미지는 방에서 나와 세수를 하고 옷을 갈아입었다. 아침을 먹으려고 부엌에 가자 미지의 부모님이 미지를 보고 활짝 웃으며 인사했다.

"좋은 아침, 미지야!"

미지의 아빠는 한 손에 프라이팬을, 다른 손에는 '팬케이크 3단 뒤집기 하는 법' 책을 들고 있었다.

미지 아빠는 예전에도 이 도전을 하다가 밀가루 반죽을 뒤집어쓴 적이 있었다. 미지 엄마는 책을 읽으며 팬케이크가 완성되길 기다리고 있었다. 미지 아빠는 발명가였다. 서재엔 버튼만 누르면 글씨가 써지는 기계나 자동으로 물고기 밥을 주는 로봇 같은 발명품이 가득했다. 미지 엄마는 작가다. 지금까지 판타지, 추리 소설, 외국어 소설 등 많은 종류의 책을 썼다. 미지 엄마는 착한 성품으로 사람들에게 인기도 많았다. 미지에게 부모님은 자랑스러운 존재였다.

미지는 아침을 먹으며 오늘 일정을 머릿속에 그려보았다. 그러는 동안, 미지의 부모님은 미지의 옷차림에 대해 이야기 하고 있었다.

"미지야, 그 바지 정말 불량 학생 같아 보여. 이 꽃무늬 바지를 입는 건 어때?"

엄마는 미지에게 보라색 꽃무늬 바지를 보여주며 말했다. 미지가 잠시 고민하는 동안 늘 그랬듯이 아빠가 또 얘기를 꺼냈다.

"미지야, 이름도 바꾸면 좋지 않을까?!"

그러자 엄마도 거들었다.

"그래, 그래. 엄마도 이름 바꾸는 거 대찬성!"

미지의 부모님은 예전부터 미지의 이름을 바꾸고 싶어 했다.

"하지만 저는 제 이름이 좋아요."

"하지만 카린이 '미지의 세계에서 온 미지'라고 놀린다며?"

엄마가 걱정스럽게 묻자, 미지는 웃으며 말했다.

"그럼 저는 걔를 카레라고 놀리면 돼요. 그리고 누가 알아요? 정말로 제가 미지의 세계에서 왔을지."

미지의 아빠가 미지에게 팬케이크를 준 덕분에 대화는 여기서 끝이 났다. 미지의 팬케이크 위에는 시럽으로 '미' 자와 생크림으로 '지' 자가 쓰여 있었고, 딸기와 블루베리로 하트 모양이 장식되어 있었다. 미지는 천천히 팬케이크를 잘라 먹었다. 잠시 후, 미지 엄마가 물었다.

"미지야, 이제 곧 네 생일인데 뭐 갖고 싶은 거 있어?"

"네? 아, 맞네요. 저는 뭐든 상관없어요…. 딱히 갖고 싶은 건 없거든요…."

미지의 말에 이어 엄마가 무슨 말을 하려고 하는데 미지 아빠가 팬케이크 2장을 더 가져오며 말했다.

"짠! 이게 지금까지 제일 잘 구운 것 같아!"

미지 엄마가 아빠에게 타이밍이 좋지 않았다는 눈빛을 보내고 다시 입을 열려고 하자 미지 아빠는 타이밍은 바로 지금이라는 듯 말을 끊으며 말했다.

"5단 뒤집기는 못 했어. 그래도 이제 1단은 완벽하게 할 수 있어. 지금 구운 건 둘 다 3단 뒤집기로 만든 거야. 얼마나 어려웠는지! 아빠 친구 중 요리와 제빵을 전문으로 하는 친구가 있는데, 그 친구는 최대 5단까지 해봤다고 하더라고! 대단하지 않니? 아빠 생각에 5단 뒤집기를 하려면 적어도 태양까지는 닿아야 할 것 같아. 하지만 그럼 구울 필요도 없겠지? 태양의 열기가 다 태워 버릴 테니 말이야!"

미지 아빠의 연설과 썰렁한 농담에 웃는 사람은 없었다. 미지는 서둘러 접시를 비우고 자리에서 일어났다.

"잘 먹었습니다!"

미지는 방으로 가서 가방 안에 오늘 학교에 필요한 교과서 몇 권을 넣었다. 그녀는 가방을 챙기며 속으로 중얼거렸다.

'엄마가 내가 생일 날짜도 잊은 걸 알면, 당장 병원에 데려가실 거야….'

미지의 엄마는 미지를 지나치게 걱정하는 부분이 없지 않았다.

미지는 부모님께 인사를 하고 자전거를 끌고 학교로 향했다. 미지네 학교는 자전거 등교가 가능했기 때문에 미지는 항상 아침마다 옆 동에 사는 지니와 함께 자전거를 타고 학교에 갔다. 오늘은 헬멧을 안 쓰고 타다가 걸리면 학생들을 가만두지 않는 학생들이 혐오하는 사회 선생님과의 역사 수업이 있는 날이다.

미지는 엄마가 작년 생일 선물로 사 주신 하늘 색깔 자전거를 타고 다녔다. 지니는 사촌 오빠에게서 물려받은 자전거를 탔다. 낡지는 않았지만 새것이라고도 할 수 없는 하얀색 자전거였다. 지니의 사촌 오빠는 지니와 일곱 살 차이가 난다. 그래서 지니의 자전거는 지니에게는 조금 컸고, 미지의 자전거는 미지에게 딱 맞았다.

미지는 자전거를 끌고 항상 그랬듯이 미지의 집 앞에 있는 큰 단

풍나무 아래에서 지니가 오기를 기다렸다. 가을이 되어 단풍잎이 나무를 감싸고 있었다.

　잠시 후, 끼익하는 소리와 덜컹덜컹하는 소리가 났다. 지니가 오고 있다는 뜻이었다. 미지는 가방을 메고 자전거에 올라탔다. 그러자 누군가가 모퉁이 옆에서 모습을 드러냈다. 짧지도 길지도 않은 주황색 머리카락에 렌즈를 끼고 있는 파란색 눈. 지니였다. 지니는 항상 그랬듯이 머리를 양쪽으로 묶고, 남색 가방을 허리에 메고 있었다. 지니는 미지와 다르게 자전거 앞에 바구니가 없었다. 지니의 사촌 오빠가 옛날에 자전거로 공중제비 묘기를 보이다가(자신의 다리와 함께) 부러뜨려 버렸기 때문이다. 지니의 말에 따르면, 지니는 바구니가 갖고 싶어서 엄마에게 사 달라고 졸랐지만 지니의 엄마는 단칼에 거절했다고 했다. 미지의 자전거에는 갈색 바구니가 있었지만 그 안에 가방을 넣고 다니면 지니가 갖고 싶어 할까 봐 지니와 함께 다닐 때는 가방을 그냥 메고 다녔다.

　"안녕, 지니!"

　"안녕, 미지!"

　인사를 하는 지니의 표정이 평소보다 어두웠다.

　"왜 그래?"

　"아침에 시리얼을 먹으려다가… 시리얼 한 조각이 내 물컵에 떨어졌어…."

지니가 진지하게 말했다.

미지는 조금 당황했지만 애써 "음… 슬프네… 어… 그럼… 다음부턴 시리얼 말고 나처럼 팬케이크를 먹는 걸 추천할게."라고 말했다.

"그럴게."

라고 대답하는 지니의 표정은 곧바로 밝아졌다.

"그럼, 이제 가자."

미지가 말했다.

둘은 각자의 자전거에 올라탔다. 미지는 지니 뒤에서 자전거를 타고 가며 지니의 가방이 무거워 계속 아래로 흘러내리는 모습을 보았다. 오르막길이 보이자 둘은 더 속도를 냈다. 학교에 가기 위해서는 무조건 오르막길 한번을 거쳐서 가야 했다. 안 그러면 20분 정도 더 돌아가야 했다. 그 오르막길 경사는 거의 7, 80도 돼 보였는데, 자칫 잘못하면 큰 사고가 날 수 있는 곳이었다. 근처 벤치에 앉아 있던 할머니들이 미지와 지니를 보고 말했다.

"아이고, 얘들아. 저렇게 험한 길은 자전거로 가면 못 써. 돌아서 가라."

"괜찮아요. 이 길은 100번도 넘게 다녔어요."

미지가 웃으며 말했다.

미지와 지니가 다시 앞으로 나가기 시작하자, 할머니들은 지니와 미지의 시야에서 사라졌다. 오르막길은 50m에서 70m 정도 됐다. 자전거가 올라가기에는 좀 먼 길이었다. 하지만 이 지름길을 제외한 나머지 길들은 무조건 지각을 하고도 남을 길이었기에 둘은 항상 오르막길로 갔다. 둘은 페달을 세게 밟았다. 그러나 꼭대기에 다다르기 직전, 뒤에서 끼익ㅡ! 하는 소리와 함께 팅! 창! 하는 금속음이 울렸다. 미지가 놀라서 브레이크를 꽉 잡았다. 그리고 재빨리 뒤를 돌아봤다.

5. 소리

지니의 자전거 체인이 땅바닥에 떨어져 있었다. 체인이 빠진 것이다. 지니의 자전거는 빠른 속도로 미끄러져 내려가기 시작했다. 지니의 자전거는 이미 지니의 통제 범위 밖에 있었다.

"어?!"

미지가 자신의 자전거를 급히 세우며 소리쳤다.

"으아아아아아악!"

지니였다. 지니는 사람이 낼 수 없을 만큼 크게 비명을 질렀다. 지니의 얼굴에는 공포와 놀람이 뒤섞여 있었다. 미지는 지니가 다치지 않게 하려고 자전거에 다시 올라 재빨리 방향을 돌려 내리막길을 향해 달렸다. 지니의 자전거가 미지의 자전거보다 훨씬 빨랐다. 이런 일은 처음이었다. 미지는 지니의 자전거를 따라 내리막길을 내려가며 지니의 자전거에만 온 신경을 집중했다.

지니의 자전거는 계속 미끄러지며 내리막길을 향해 달렸다. 그때였다. 지니의 자전거에서 끼기긱! 하는 소리가 났다. 낯설지 않은 소리였다. 미지는 즉시 자전거를 멈췄다.

'이 소리… 어디서 들어 본 적이 있는데… 뭐지?'

미지는 눈을 질끈 감았다. 머릿속이 복잡해졌다. 순간, 기억의 조각이 번쩍 떠올랐다.

'아! 이 소리, 오늘 아침 꿈에서 깼을 때 들었던 그 소리야!'

그 사실을 떠올리는 순간, 주위가 조용해졌다. 지니의 비명이 점점 멀어지고, 모든 게 멈춘 듯했다.

그다음 순간, 꿈속에서 일어났던 일들이 눈앞에 빛의 속도로 스쳐 지나갔다. 꿈이 빠르게 사라진 뒤, 미지는 잠시 어둠 속에 있었다. 어둠이 꿈보다 빠르게 걷히고 나자, 미지는 자신이 학교 주차장에 서 있다는 것을 알게 되었고 자신의 몸이 저절로 움직이고 있음을 깨달았다. 미지는 아니, 정확히 말하자면 미지의 몸이 자신의 의지와 상관없이 지하 주차장 구석으로 달려가고 있었기 때문이다. 그녀가 구석에 있는 나뭇가지와 나뭇잎들을 옆으로 치우자 깊고 어두운 구멍이 보였다. 미지는 그 구멍 안으로 떨어졌다. 어둠이 다시 미지를 감싸더니, 잠시 뒤 주위가 밝아지며 미지는 자신의 몸이 다른 세계에 있는 듯한 느낌이 들었다.

미지는 눈을 떴다. 눈 앞에는 지니가 있었다.

"미지야! 너 죽지 않았구나! 다행이다! 너한테 네가 잃어버린 도넛 내가 먹은 거라고 말해주지 못하고 네가 죽는 줄… 이 아니라, 너 걱정 많이 했어!"

지니의 말에 미지는 순간 분노가 치밀었지만, 궁금한 것을 먼저 물었다.

"무슨 일이야? 도대체 뭐가 어떻게 된 거야?"

지니가 숨을 고르더니 말했다.

"조금 긴데… 좋아. 내 자전거가 계속 떨어져서 나는 그냥 눈을 감아 버렸어. 그러다 살짝 눈을 떴는데 네가 자전거 옆에 쓰러져 있더라고. 나는 겨우겨우 튕겨 나와서 너한테 갔는데… 네가 갑자기 사라졌어. 한 5분 가량. 그래서 경찰에 신고하려는데…."

지니는 미지의 얼굴을 보더니 말끝을 흐리며 잠시 망설였다.

"왜? 뭐?"

궁금한 미지는 지니를 다그치며 그다음 이야기를 재촉했다. 지니는 심호흡을 하고 말했다.

"음… 네가… 그러니까… 네가 하늘에서 떨어졌어."

순간, 정적이 흘렀다.

"그거… 일부러 그런 건 아니지?"

지니가 조심스럽게 물었다. 미지는 고개를 저었다. 둘은 한동안 말없이 서로를 바라보았다. 잠시 후, 둘은 지니의 자전거를 대여소에 맡기고 학교로 향했다.

미지는 생각을 세 가지로 정리했다.

첫째, 이 이상한 일은 도대체 왜 생긴 걸까?

둘째, 지니 생일에 꼭 새 자전거를 선물해야겠다. 바구니 달린 걸로.

셋째, 아무리 마귀할멈처럼 생겼어도 어르신 말은 잘 들어야 한다. 예를 들면, "험한 길은 돌아서 가라" 같은.

6. 카린의 성공적이지 못한 복수

며칠 동안 아무 일도 일어나지 않았다. 그런데 평범한 월요일 아침, 사건이 터졌다. 미지는 학교에 가며 생각했다.

'요즘 왜 이렇게 조용하지? 원래는 이러지 않았는데….'

하지만 곧, 카린이 일을 만들었다. 사건은 이랬다.

주말에 카린과 '카린파' 친구들은 놀이터에 있었다.(정확히 말하면, 놀기 위해서라기보다, 카린이 엄마에게 혼나서 놀이터에 숨어 있다가 친구들을 우연히 만난 것이었다) 그때 마침 미지가 놀이터 옆을 뛰어가고 있었다.

그 모습을 본 카린이 말했다.

"이제 미지를 똑똑히 손봐줄 때가 됐어."

그 말에 카린파들 중 한 명인 림이 저번에 카린이 미지를 때리고 화장실에 가두었다가 선생님께 딱 걸린 기억을 상기하며 말했다.

"그런데 걔 좀 이상하지 않아? 약간 엄청난 위험에 빠졌을 때도 태연하고… 뭔가 숨기는 게 있는 것 같아. 내 말은 네가… 아니, 대장이 약하다는 게 아니라… 그러니까… 걔는 항상 뭐랄까… 빠져나온다는 거지."

림의 말을 들은 카린도 분한 듯 말했다.

"나도 알아. 걔는 내가 놀려도 그냥 날 무시하는 것 같아. 나는 그게 화가 나. 근데 이번엔 달라. 이번엔 진짜로 안 걸리고 걔를 완전히 곤란하게 만들 수 있어."

카린은 목소리를 낮추며 말을 이었다.

"어제 『친구를 속이는 100가지 장난』이라는 책을 봤거든? 거기 나온 장난 하나를 내가 좀 바꿔서 써먹을 거야. 이번엔 선생님과 그 지니 앤더슨인지 아디다스 인지 누군지를 포함해 모두가 미지를 의심하게 만들 수 있어!"

카린이 사악하고 무서운 미소를 지으며 들뜬 목소리로 말을 끝내자, 몇몇 카린파들은 아까 카린에게 사과주스를 3병이나 사주었는데 카린이 그걸 다 마셔서 그런 것 같다며 겁을 먹었다. 카린의 과장된 말에 카린파들은 모두 카린 옆으로 몰려들며 "뭔데? 뭔데?" 하고 소리쳤다.

카린은 카린파들이 해야 할 구체적인 계획을 설명하기 시작했다. 그렇게 '성공적이지 못한 복수'는 『친구를 속이는 100가지 장난』이라는 책에서부터 시작되었다.

 월요일 아침, 카린과 카린파들은 의심받지 않기 위해 일부러 따로 등교를 했다. 학생들은 오히려 그 상황을 더 이상하게 생각하기도 했다. 카린은 카린파들에게 전할 새로운 비밀 암호를 정해 알려주었다.

"늑대처럼 울면" 행동을 멈추라는 뜻,

"꺅!"하면 운동장 구령대 앞으로 모이라는 뜻,

"아—!" 하고 길게 소리를 지르면 행동 개시 신호였다.

 기억력이 나쁜 마루는 이걸 다 메모지에 적어야 했다. 수업이 끝나고 선생님이 회의 때문에 교무실로 내려가자, 카린 일행은 국어책을 핑계로 교실로 갔다. 고작 두께가 0.5cm인 책을 8명이 가지러 가고 있다는 사실이 카린파들을 더 떨게 했다. 카린네 반 선생님은 정확하고 완벽한 분이셔서 준비물을 가지러 다시 교실에 들어오실 일이 없다는 것을 알았지만, 카린파들의 가슴이 뛰는 것은 어쩔 수 없었다.

 카린은 준비한 대로 자신의 목걸이를 주머니에서 꺼냈다. 어제 문구점에 새로 나온 목걸이였는데 무척 비싸서 모두가 갖고 싶어 하는 신상이었다. 카린은 그 목걸이를 미지의 사물함 깊숙이 안쪽에 넣어 두고 물감 통으로 가렸다. 그러고는 최대한 빨리 교실을 나와, 그 목걸이와 똑같이 생긴 목걸이를 한 개 더 샀다. 카린파들 모두가 고개를 끄덕였다. 작전은 완벽했다.

다음 날, 카린과 카린파들은 그 어느 때보다 활짝 웃으며 교실에 들어왔다. 한때 연기 학원에 다녔던 카린이 연기를 하듯 아이들 앞에서 목걸이를 들어 올리며 말했다.

"얘들아! 봐봐! 문구점에 새로 들어온 신상 목걸이야! 예쁘지 않니?"

그러자 몇몇 아이들이 "우와!" "정말 예쁘다!" "저거 되게 비싼데!" 하면서 탄성을 질렀고, 카린파들도 연실 "대박이다!"를 외치며 연기를 했다. 그때 선생님이 들어오셨다.

"자, 다음 시간은 체육이니까 운동장으로 나가자. 카린, 목걸이 집어넣고. 아, 맞다! 미지는 청소 당번이니까 교실에 남도록."

모두가 "네!" 하고 대답했다. 학생들은 모두 복도에 나가 한 줄서기를 했다. 줄의 맨 끝에 서 있던 카린은 운동장으로 나가면서 슬쩍 자기 목걸이를 창문 밖으로 던졌다. 교실에 혼자 남은 미지는 청소 용품 함에서 빗자루와 걸레를 꺼내 청소를 시작했다.

(여기서 잠깐, 상황 정리!)

카린은 자신의 목걸이(A)를 미지의 사물함에 넣었다.

다음 날, 같은 디자인의 목걸이(B)를 자랑했다.

체육 시간 전, 카린은 (B) 목걸이를 창문 밖으로 던졌다.

미지는 청소를 하러 교실에 남았다.

카린은 자신의 인성만큼이나 이상한 행동을 꾸미고 있다.

체육 시간이 끝난 뒤, 카린이 교실에 들어와 과장된 몸짓으로 말했다.

"어?! 내 목걸이! 내 목걸이가 사라졌어! 분명 체육 시간 전까지 여기 있었는데."

"뭐?"

"카린 목걸이가 없어졌대!"

모두가 카린 옆으로 모여들었다.

"누가 가져간 거 아니야?"

아이들이 서로를 쳐다보았다.

"아니야. 그건 아닐 거야. 우리 다 체육 시간에 운동장에 나가 있었잖아."

그러자 카린파 중 한 명이 소리쳤다.

"아니야, 카린! 미지는 교실에 있었잖아. 그럼, 걔가 훔친 거 아냐?!"

모두의 시선이 의자에 앉아 책을 읽고 있는 미지에게로 쏠렸다. 모두의 시선이 미지에게 쏠렸다. 미지는 의자에 앉아 두꺼운 영어책을 읽고 있었다.

"미지가 그럴 리 없잖아."

"그래도 혹시 몰라."

카린이 손가락으로 미지를 가리켰다.

"네가 내 목걸이 훔쳤어? 어디 있어? 빨리 말해!"

미지는 지루하다는 듯 말했다.

"내가 그랬다는 증거라도 있어?"

카린이 소리쳤다.

"발뺌할 생각은 하지 마!"

그 순간, 미지가 벌떡 일어났다. 카린은 순간 움찔했다. 미지는 카린의 책상이 있는 쪽으로 갔다. 아이들은 누가 시키지도 않았는데 마치 구급차가 지나갈 때처럼 길을 터주었다. 미지는 태연하게 카린의 책상 서랍에 손을 집어넣더니 아까 카린이 자랑하던 그 목걸이를 꺼내면서 말했다.

"여기 있잖아. 네 목걸이."

카린파들은 눈을 휘둥그레 뜨고 서로를 바라보았다. 카린은 당황한 표정을 지었다. 미지가 목걸이를 훔친 게 아니라고 부인하고 다 같이 미지의 서랍장과 사물함을 뒤지다가 미지의 사물함에서 목걸이가 나와 미지가 곤경에 처하는 모습을 계획했던 카린의 상상이 쨍그렁 소리를 내며 깨지는 순간이었다.

"뭐야, 카린! 왜 괜히 아무 잘못도 없는 애를 의심하고 그래!"

아이들이 한 마디씩하며 자기 자리로 돌아갔다. 미지는 카린에게 다가가 조용히 속삭였다.

"이런 유치한 속임수 쓰지 마. 소용없는 거 알잖아."

알다시피 미지는 초능력자였다.

카린과 카린 일행이 수상한 행동을 하는 걸 눈치채고, 초능력으로 목걸이를 미리 옮겨 둔 것이다. 미지가 몇 달 만에 처음으로 쓴 초능력이었다. 미지가 자리로 돌아가자, 림이 감탄했다.

"카리스마 짱이다…."

7. 크리스마스에 찾아온 기적

단풍이 지자 길거리에는 눈이 소복소복 쌓였다. 교회 앞에는 봉사자들이 소나무를 세워 놓고 그 옆에서 종과 방울을 딸랑거리며 크리스마스 캐럴을 부르고 있었다. 아이들이 눈싸움을 하는 모습도 흔해졌다. 한겨울이 되자, 미지와 지니는 학교 히터가 고장 나서 얼어 죽는 줄 알았다.(미지는 대야의 물통 안의 물이 실제로 얼어서 못 먹는 걸 여러 번 목격했다)

선생님도 너무 추우셨는지 미지네 반은 교실이 아닌 수락관 모퉁이에 앉아 수학 공부를 했다. 비록 날아오는 공을 몇 번 맞긴 했지만, 아이들은 그게 교실에서 공부하는 것보다 몇백 배는 낫다고 생각했다. 수락관은 학교에서 제일 따뜻한 곳이었기 때문이다. 크리스마스가 다가오자 아이들도 추위를 잊고 설레는 듯했다. 선생님은 크리스마스이브 이틀 전에 작은 바구니에 학생들 이름을 모두 넣고, 뽑힌 친구에게 편지를 써 오는 행사를 하셨다. 그런데 하필 카린이 미지를 뽑는 바람에 폭발해 버렸다.

카린이 크리스마스 선물이라며 준 대충 포장된 박스 안에는 편지와 선물이 들어 있었다. 편지에는 이렇게 쓰여 있었다.

– 전교 회장이 될 자격도 없는데 전교 회장이 된 미지에게

야, 미지! 나 예쁘고 착하고 똑똑하고 인기 많고, 그 누구에게도 절대 지지 않는 카린이다!!!!!! 저번에 일어난 지갑 소동을 포함해서 너한테 한 방 먹은 거라 생각하겠지만 이번엔 내가 봐준 거야. 다음번엔 절! 대! 로! 안 봐 줄 거니까 두고 봐!! 난 네가 뭔가 숨기는 게 있다는 사실을 알고 있어! 만약 나중에 그 사실이 뭔지 알게 된다면, 너는 엄청난 곤경에 처하게 될 거야. 난 그 비밀이 다른 사람이 절대 알면 안 되는 거 같거든. 그러니까 들키지 않게 조심하는 게 좋을 거야.

다시 말하지만, 너는 전교 회장이 될 자격도 없는데 나를 꺾고 전교 회장이 되었어! 어마어마하게 드문 경우지만! 그리고 겨우 695표 차이였다고!! 다음번에 다시 붙으면 내가 네 코를 꺾어 주마! (치료비는 안 내줄 거야!)

앞으로 더 이상 나에게 망신을 주거나 나를 놀리는 행동을 하지 마라! 그랬다간 진짜로, 진짜로, 너를 끝장내 줄 테니까! 최악의 크리스마스 보내라!!!

하하하하하하하하하하하하하하하하하하하하하!!!!

*추신: 참고로, 네가 모를까 봐 말하는 건데, 나는 전교 회장이 될 자격이 엄청나게 있었어!!!! 네가 당선된 건 그냥 사고였어! 명심해라!!

– 엄청나게 예쁘고, 엄청나게 똑똑하고, 엄청나게 착하고, 엄청나게 리더십 있고, 엄청나게 완벽한 카린이 –

선물은 편지보다 더 최악이었다. 카린이 '선물'이라고 준 것은 바로 자신의 머리카락이었다. 카린은 미지를 생각하며 자신이 머리를 감을 때마다 나오는 머리카락을 다 모아뒀다고 했다.(미지는 그 말을 듣고 진심으로 오싹했다)

한편 미지는 다행히 지니를 뽑았다. 미지는 지니의 장점들을 적고 함께 보냈던 소중한 추억들을 떠올리며 짧게 편지를 썼다. 그리고 선물로 산 새 장갑을 포장해 지니에게 주었다.

선생님들은 모든 학생들에게 크리스마스는 휴일이라고 공지했다. 어떤 아이들은 놀러 간다고 했고, 어떤 아이들은 친구들과, 또 어떤 아이들은 가족들과 함께 크리스마스를 보낼 계획을 세웠다. 미지와 지니는 크리스마스이브 날 낮에는 함께 놀다가, 저녁에는 미지의 가족과 지니의 가족이 모두 미지네 집에 모여 파티하기로 했다.

크리스마스이브 날, 1교시부터 4교시까지는 수업을 하고, 5~6교시에는 학년별로 모여 크리스마스 파티를 했다. 파티에서는 미니 게임, 댄스 타임, 선물 개봉식이 있었다. 수업이 끝나자 미지와 지니는 빠른 걸음으로 집에 가서 가방을 내려놓고, 옷을 다섯 겹이나 껴입은 뒤 다시 밖으로 나와 눈사람을 만들고 눈싸움을 했다. 지니는 옷을 너무 많이 껴입어 가다가 넘어질 뻔했다. 신나게 눈사람을 만들던 중, 지니가 "미지야!" 하고 소리쳤다. 미지가 돌아보니, 지니가 손가락으로 미지의 집 쪽을 가리키고 있었다. 미지의 주택 앞에 어떤 사람이 박스를 놓고 가고 있었다.

"아는 사람이야?"

지니가 물었다.

"아니… 택배 기사님이 아닐까?"

미지가 말했다.

"택배 기사 옷이 아닌데?"

지니가 고개를 갸웃하며 말했다.

"옷을 안 입을 수도 있지. 야, 빨리 눈싸움 하자."

미지가 말했다. 지니는 미지네 집 앞에 있는 박스를 바라보다가 아무 일도 없다는 듯 다시 눈싸움을 시작했다.

5시 30분쯤 되자 해가 완전히 졌고, 추위가 더 심해졌다. 미지와 지니는 너무 추워서 미지네 집으로 들어가기로 했다. 둘은 집으로 들어가려다 아까 그 박스를 다시 보았다. 박스를 본 순간, 둘은 깜짝 놀랐다. 박스 위에는 보통 택배에 붙어 있는 운송 스티커가 없었고, 테이프도 붙여져 있지 않았다. 지니와 미지의 눈은 박스 안으로 조금씩 들어가고 있었다. 둘은 서로를 바라봤다.

"혹시… 다이너마이트처럼 위험한 건 아니겠지?"

지니가 조심스럽게 물었다.

"지니야, 너는 드라마를 너무 많이 보는 것 같아."

미지가 말했다.

"그냥 이웃들이 돌리는 크리스마스 선물일지도 몰라."

둘은 고개를 끄덕이고, 조심스럽게 박스를 열었다. 안을 본 순간, 미지는 깜짝 놀랐고 지니는 "우와!" 하고 소리쳤다. 그 안에는 눈이 조금 들어가 있고 작은 하얀색 털 뭉치 같은 것이 있었다. 그것은 강아지였다. 강아지 옆에는 포스트잇이 붙여져 있었다.

－ 죄송하지만 이 강아지를 돌봐 주실 수 있으세요?
부탁드립니다. 저는 자격이 없는 것 같아요.－

'이게 무슨…?' 미지는 강아지를 바라보며 생각했다. 그 사이 지니는 혼자서 "우와!"를 백 번은 외친 듯했다.

미지는 포스트잇을 구겨서 주머니 안에 넣고 지니에게 말했다.

"누가 놓고 간 것 같은데? 포스트잇에 이 강아지를 대신 돌봐 달라는 말이 쓰여 있었어. 근데 이 강아지 엄청 어리다. 내 주먹 한 개보다 조금 더 큰 사이즈야."

지니는 그 말을 듣고 고개를 끄덕이며 말했다.

"일단 강아지가 너무 추운 것 같으니까 안으로 들여보내 줄까? 너한테 키우면 안 되냐고 쓰여 있었잖아."

"그래… 그러는 게 좋겠어."

미지가 고개를 끄덕였다. 둘은 조심스럽게 박스를 들고 집 안으로 들어갔다. 집 안에는 미지의 엄마와 아빠가 두 분 다 계셨다.

"안녕, 얘들아. 미지, 그 박스 뭐니? 택배야?"

엄마가 물었다.

"아니요."

미지가 대답했다.

그리고 둘은 있었던 일을 자세히 설명했다. 아빠는 소파에서 벌떡 일어나, 엄마와 미지, 지니와 함께 거실 바닥에 둥글게 앉았다. 미지가 박스를 가운데에 놓고 조심스럽게 뚜껑을 열었다.

"얘 정말 추워 보인다. 따뜻하게 해 주자. 눈이 다 들어갔네."

엄마는 소파 위에 반듯하게 접어 놓은 이불을 가져와 강아지에게 덮어 주었다. 미지는 강아지를 조심스레 상자에서 꺼냈다.

"얘 자는 것 같은데… 아니면 죽었나? 너무 추워서 죽었을 수도 있어."

지니가 속삭였다.

"크리스마스를 앞두고 버려지다니…."

미지는 강아지 위에 이불을 더 덮어 주었다.

몇 분 뒤, 강아지가 살짝 눈을 뜨는 것처럼 보였다. 모두가 숨을 죽였다. 잠시 후 강아지는 완전히 눈을 떴고, 지니는 다시 "우와!"를 반복했다. 강아지는 미지를 보더니 곧장 미지에게 달려와 안겼다. 미지는 강아지를 무릎 위에 올려 놓고 조용히 쓰다듬어 주었다.

"저… 엄마, 아빠 이 강아지 키워도 돼요?"

잠시 고민하던 두 사람은 말했다.

"뭐… 어쩔 수 없잖아…그래! 이 강아지는 이제 우리 가족이야."

"신난다! 최고의 크리스마스 선물이에요!"

미지가 소리쳤다.

지니도 미지 옆에 붙어 앉아 작은 강아지를 쓰다듬었다.

"이 강아지는 크리스마스에 찾아온 기적이에요."

미지가 말했다. 모두가 고개를 끄덕였다. 미지의 엄마는 이제 강아지가 가족이 되었으니 이름을 지어야 한다고 했다. 지니는 예전부터 강아지를 키우고 싶었지만, 엄마가 허락하지 않아 '언젠가 허락해 주면 쓰려고' 미리 정해 둔 이름이 몇 개 있다고 털어놓았다.

지니가 말한 이름은 코코, 초코, 호두였는데, 미지의 강아지는 하얀색이었으므로 별로 쓸모 있지는 않았다. 엄마와 아빠는 '흰둥이'나 '하양이' 같은 색깔 이름을 제안했지만, 미지와 지니는 마음에 들지 않았다. 둘은 조금 더 현대적인 이름을 지어 보기로 했다. 지니는 푸딩, 치즈처럼 먹을 것과 관계된 이름만 계속 이야기했다. 그러다 지니가 '보리'라는 이름을 말하는 순간 미지의 눈에 창밖 교회 앞에 있는 솔방울이 잔뜩 달린 소나무와 그 소나무 옆에서 방울과 종으로 딸랑딸랑 거리는 소리를 내며 크리스마스 캐럴을 부르는 사람들의 모습이 보였다. 미지가 벌떡 일어나며 말했다.

"생각났어요! 강아지가 크리스마스에 우리 집에 왔으니까, 크리스마스에 어울리는 이름을 지어 주는 건 어때요?"

"크리스마스면 뭐, 눈사람? 야, 눈사람으로 지을 바엔 내가 말한 불고기가 더 낫다."

지니가 어이없다는 듯이 말했다.

"방울이!"

미지가 툭 던지듯이 말했다.

"오! 좋은데!"

지니가 소리쳤다.

엄마와 아빠도 지금까지 나온 이름 중 제일 낫다고 했다. 미지는 초롱초롱한 눈으로 자신을 바라보는 강아지를 보며 미소 지었다.

"우리 가족이 된 걸 환영해, 방울아."

미지가 방울이에게 속삭였다.

8. 지니의 가족과 함께하는 크리스마스이브

미지의 가족과 지니의 가족은 저녁 식사를 함께했다. 지니는 부모님께 미지네 강아지 방울이 이야기를 하며, 마지막에 은근슬쩍 "우리도 강아지 키우면 안 돼요?"라고 물어보았다. 하지만 지니의 부모님은 단호하게 안 된다고 하셨다. 미지는 지니를 꽤 오래 알고 지냈지만, 지니가 혼혈이 아니라 완전히 미국 혈통이라는 사실은 이번 저녁 식사 때 처음 알았다.

미지는 지니의 엄마나 아빠 중 한 분만 미국인이고, 다른 한 분은 한국인일 거라고 생각했다. 지니의 엄마는 놀랍도록 한국어를 잘하는 반면, 지니의 아빠는 '맛있다'는 말을 '형편없다'는 말과 착각해서 오늘처럼 작은 소동을 일으킬 만큼 한국어가 익숙하지 않았기 때문이다. 미지의 집 창문 너머로 카린네 집의 크리스마스 풍경이 보였다. 카린의 아빠는 소파에 누워 텔레비전을 보며 과자를 먹고 있었고, 카린과 엄마는 말다툼을 벌이고 있었다.

"카린! 어디서 말대꾸야?!"

"왜? 뭐? 어쩌라고!"

카린이 화난 목소리로 반말을 내뱉었다. 그러고는 크리스마스 트리를 발로 차 버렸다. 트리가 쓰러지며 장식들이 죄다 깨졌다. 카린의 엄마는 크게 화를 내며 카린에게 방으로 들어가 반성하라고 소리쳤다. 카린은 쿵쾅대며 '카린'이라고 적힌 자신의 방으로 들어갔다. 창문을 바라보던 카린은 우연히 미지와 눈이 마주쳤고, 얼굴이 붉어지자 황급히 커튼을 쳤다.

'불쌍한 카린… 가족과 친구들과 함께 놀고 있어야 할 시간에, 아빠는 혼자 TV를 보고 있고, 엄마는 카린을 벌주고 있고, 카린은 혼자 방에 갇혀 있어야 하다니….'

미지는 카린을 생각하며 어느새 자신이 카린을 불쌍히 여기고 있음을 알았다.

"우리 크리스마스 케이크랑 쿠키 만들어 볼까?"

식사를 마치고 미지와 지니 엄마의 후식 만들기 제안에 미지는 카린 생각에 잠시 어두웠던 얼굴에 웃음을 되찾았다.

저녁 식탁을 정리하고 모두 함께 후식 만들기를 시작했다. 그런데 지니가 밀가루를 설탕으로 착각하고, 지니의 아빠가 설탕을 소금으로 착각하는 바람에 대참사가 벌어졌지만, 결국 케이크와 쿠키를 완성해 다 함께 맛있게 먹었다. 후식까지 맛있게 먹고 나서 미지와 지니네 가족은 부루마블, 우노, 원카드 같은 보드게임을 하고 준비한 선물을 주고받았다. 지니의 가족은 미지의 엄마에게는 화장품을 아빠에게는 면도기와 에어 운동화를, 미지에게는 무전기와 옷을 선물했다.

지니는 미지에게 "이 무전기로 스파이처럼 놀자! 내 이름은 '더블치즈버거에 치킨너겟 추가'로 할 거니까 빼앗지 마!"라며 장난을 쳤다. 미지는 절대 그런 별명을 쓸 일은 없을 거라고 생각했다.

미지네 가족은 지니의 엄마에게 목걸이와 귀걸이, 지니의 아빠에게 탁구 세트, 지니에게는 걸그룹 '스타걸스' 콘서트 티켓과 작은 핸드백을 선물했다.

"메리 크리스마스!"

지니의 가족은 방울이와 미지의 가족에게 크리스마스 인사를 하고 9시쯤 집으로 돌아갔다. 미지는 샤워를 마치고 부모님께 인사를 한 후, 방으로 돌아와 일기에 크리스마스이브, 방울이 이야기를 적었다. 그리고 나서 책을 한 권 읽고, 방울이가 잘 수 있도록 벙커 침대 아래에 이불과 베개를 폭신하게 깔아주었다. 방울이는 이불을 다 깔자마자 그 위로 올라가 잠이 들었다. 미지도 침대 위로 올라갔다. 창문 너머로 지니의 집 불이 하나둘 꺼지는 것이 보였다. 미지는 내일을 기다리며 눈을 감았다.

9. 크리스마스 소동

한 여자아이가 숲을 뛰어가고 있다. 미지는 그 여자아이를 따라갔다. 덩굴줄기가 펼쳐지고, 연이어 폭포와 강, 배가 나타났다.

"미지야!"

누군가 미지를 불렀다. 뒤를 돌아보았다. 학교 주차장이 보였다. 미지는 자기도 모르게 주차장 구석으로 가서 나뭇가지와 나뭇잎을 치우고, 그 아래로 빠져들어 갔다. 그러다 미지가 멈춘 곳은… 자전거 옆이었다. 눈앞에 지니의 모습이 희미하게 보였다. 미지가 다시 눈을 감았다 뜨자, 'A.O'라는 글자가 보이더니 다시 사라지고, 갑자기 옆구리가 간질거렸다.

"히히! 누구야?"

미지가 눈을 뜬 곳은 자신의 방, 2층 침대였다. 방울이가 앞발로 미지의 옆구리를 간질이고 있었다.

"어, 여기 2층인데, 방울아! 너 여기 어떻게 올라왔어?"

미지는 놀라서 방울이를 내려놓고 생각에 잠겼다. 방금 전 자신이 겪은 모든 수상한 일들을 꿈속에서 모두 본 것 같았기 때문이다.

'이 모든 것이 다 서로 연관이 있는 것 아닐까? 그럼 그 'A.O'는 뭐였지?' 미지는 생각했다. 'ASK OPINIONS? 아니야… AUSTRALIA OSTRICH? 이건 애초에 말이 안 되지… AN OCTOPUS? 절대 아니야… AMELIA'S OXYGEN? 이건 정말 이상한데… 그렇게 따지면

AMY'S OXYGEN이나 AVA'S OXYGEN도 되잖아!'

미지는 아무리 고민해도 이니셜의 뜻을 찾을 수 없었다.

그때, 갑자기 옆에서 "미지야! 거기 있어?" 하는 지니의 목소리가 들렸다. 미지는 너무 놀라 주위를 둘러보았다. 그 소리는 무전기에서 나는 소리였다.

"미지야, 내 이름 '더블 통새우에 치즈스틱 추가'로 바꾼다! 오버!"

지니의 목소리였다.

미지는 한숨을 쉬며 무전기에 대고 짧게 말했다.

"통신 끝."

미지는 무전기 전원을 꺼버렸다.

미지는 거실로 내려가 부모님께 인사를 했다. 미지 부모님은 크리스마스트리 옆에 놓여 있는 선물을 보며 미지에게 말했다.

"메리 크리스마스, 미지!"

"엄마, 아빠도 메리 크리스마스!"

미지는 엄마, 아빠에게 크리스마스 인사를 하고 선물을 열어 보았다. 세 가지 선물이 있었다. 첫 번째는 새로 나온 카메라, 두 번째는 미지가 읽고 싶던 철학책, 마지막은 아빠의 발명품 중 하나인 '플라이보드'였다.

"우와!"

미지는 환호성을 지르며 플라이보드 위에 올라탔다.

아빠가 작동법을 설명해 주었다.

"빨간색은 플라이보드를 위로 올라가게 하는 버튼이고, 초록 버튼은 착륙, G는 앞으로, 노란 버튼은 멈춤. 방향은 킥보드처럼 손잡이로 조종하면 돼. 그리고 속도는 여기 조절기로 조절하고. 아, 맞다! 최대 3인승이니 주의하고. 여기 이 부분에 발을 넣고 줄을 끼우면 떨어지지는 않을 거야. 꼭 야외에서만 타고, 헬멧은 필수다."

"감사합니다!"

설명이 끝나자 미지가 활짝 웃으며 말했다.

미지는 헬멧을 쓰고 지니에게 자랑하려고 밖으로 나갔다. 지니의 집으로 가서 초인종을 누르자 지니가 총알처럼 튀어나왔다. 미지의 예상대로 지니는 플라이보드에 대해 물어 보았다. 미지는 지니와 플라이보드에 올라탔다. 그리고는 좀 전에 아빠에게 들은 기억을 되살려 작동법을 설명했다. 그동안 지니는 호기심 가득한 눈으로 플라이보드를 여기저기 만졌다. 그러더니 아무 버튼이나 막 누르기 시작했다.

"지니야, 안 돼! 아무거나 누르면 위험…!"

하지만 이미 늦었다. 미지의 말이 끝나기도 전에 미지의 플라이보드가 사방으로 날뛰기 시작했다. 미지는 멈추기 위해 노랑 버튼을 누르려고 했다. 하지만 플라이보드가 너무 왔다 갔다 움직이는 바람에 빨강 버튼을 눌렀다. 그러자 플라이보드가 하늘 높이 올라갔다. 미지는 다시 밑으로 내려가려고 초록 버튼을 누르려고 하다가 실수로 앞으로 가는 'G' 버튼을 누르고 말았다. 플라이보드는 전속력으로 달리기 시작했다.

"으아아아아아악!!!"

미지와 지니가 동시에 소리를 질렀다. 플라이보드의 속도는 초고속으로 맞춰져 있었다. 통제 불가능한 플라이보드는 제멋대로 움직이면서 마을을 벗어났다. 미지는 멈춤 버튼을 누르려고 했지만 아까처럼 또 앞으로 가는 버튼이 눌러질까 두려워 속도가 줄어들 때까지 기다렸다. 하지만 플라이보드의 속도는 줄지 않고 계속 앞으로 가기만 했다. 사실상 점점 더 빨라지는 것 같았다. 게다가 미지와 지니는 발을 플라이보드에 고정 시키지도 않은 상태라 더욱더 위험했다. 미지는 손잡이를 땅 쪽으로 최대한 눌렀다. 그러자 플라이보드는 조금씩 아래로 내려가는 듯 하다가 결국 산 중턱에 추락하듯 멈췄다. 미지는 나무에 걸렸고, 지니는 보이지 않았다.

"지니야!"

나무에 앉아 있던 몇몇 새들이 놀라서 날아갔다. 다행히 나무가 높지 않아 미지는 무사히 땅으로 내려왔다. 미지는 자신보다 먼저 굴러 떨어져 있는 플라이보드를 주워 안고, 지니를 찾기 위해 산 주변을 둘러보았다. 하지만 어디에도 지니는 보이지 않았다.

"지니야!"

미지가 목소리를 살짝 떨며 지니의 이름을 불렀다. 쨱쨱거리는 새의 울음 말고는 아무 소리도 들리지 않았다. 미지는 지니를 찾기 위해 돌아다니기 시작했다. 지니는 그 어디에도 없었다. 미지는 지니가 이 산에 없을 수도 있다는 생각이 들었다.

"지니야!"

미지는 있는 힘껏 큰 목소리로 지니의 이름을 불렀다. 하지만 돌아오는 것은 지니를 부르는 미지의 메아리와 새들의 울음 소리 뿐이었다. 미지는 지니를 찾기 위해 이곳저곳을 헤매며 돌아다녔지만, 어느 곳에서도 지니의 흔적을 찾을 수 없었다. 시간이 흐르자 미지는 점점 추위를 느끼기 시작했다. 미지는 어쩌면 지니가 이 산에 없을 수도 있다는 생각이 스쳐 지나갔다.

그때였다.

"미지야!"하는 누군가 부르는 소리가 들렸다. 분명 지니 목소리였다. 미지는 주변을 둘러 보았지만 지니는 없고 미지를 부르는 지니의 목소리만 계속 들려왔다. 미지는 숨소리조차 내지 않고 목소리가 들리는 곳에 온 신경을 집중했다. 그리고 곧 기절할 뻔했다. 지니 목소리의 근원지가 자신의 주머니였기 때문이다.

미지는 서둘러 주머니에 손을 넣었다. 딱딱한 무언가가 손끝에 닿았다. 미지는 그것이 무엇인지 단번에 알 수 있었다. 무전기였다. 지니에게 크리스마스 선물로 주었던 그 무전기였다. 미지는 곧바로 무전기에 대고 지니의 이름을 불렀다.

"지니야!"

그러자 다시 지니의 목소리가 들렸다.

"미지… 치직…어디야? 이제 무전기가 통해서… 다행… 아까는 무전기에 대고 아무리 네 이름… 불러도 치지직거리는 소리밖에 안 났… 든… 산이어서 그런가… 널 찾으려고 계속 돌아다녔… 치지지직… 늑대 소리가… 들렸던…것… 내 상상이었…칙… 도 있어… 중요한 건… 아깐 무전기가 안 통했는데… 치칙… 지금…된다는 건….”

"그건 우리가 가까이에 있다는 뜻이야.”

두 사람은 동시에 말했다.

"지니야, 어디야? 내가 갈게.”

미지가 말했다.

"여기는… 어… 지금 내가 있는 곳 바로 앞에… 큰 소나무….”

지니가 대답했다.

미지는 주위를 둘러보았다. 미지의 눈은 거대한 소나무 앞에서 멈췄다. 미지는 재빠르게 그곳으로 달려갔다. 소나무 앞에는 머리카락이 잔뜩 헝클어지고 옷이 엉망이 된 지니가 서 있었다.

"정말 다행이다!”

미지와 지니는 서로를 보자마자 껴안고 외쳤다. 잠시 뒤 둘은 산을 벗어나 마을로 돌아갈 방법을 생각했다. 다행히 미지에게 플라이보드가 있었다. 둘은 플라이보드를 타고 산을 내려가면 되었다. 지니가 플라이보드를 타기 전, 미지에게 물었다.

"미지야, 왜 초능력을 써서 나를 찾지 않았어?”

"어… 그게… 산에선 초능력이 안 통해. 전에도 그렇더라고… 무전기 처럼…"

그러자 지니가 웃으며 말했다.

"초능력이 산에서는 안 된다고? 뭐야? 네 초능력 와이파이야?"

미지도 지니를 따라 어색하게 웃었다. 사실 미지는 방금 초능력으로 지니를 찾을 수 있다는 것을 지니의 말을 듣고 깨달았다. 하지만 미지는 지니에게 솔직히 말하지 않는 것이 낫다고 생각했다. 지니가 이 사실을 알면 화를 내며 펄쩍 뛸 게 분명했기 때문이다. 미지와 지니는 플라이보드 위에 올라탔다. 이번에는 미지가 플라이보드 속도를 '10'으로 맞춰 둔 덕분에 보드는 안정적으로 움직였다. 두 사람 모두 마음속으로 깊게 안도했다. 플라이보드가 어느 집 지붕을 뚫고 난리라도 나는 꼴은 절대로 보고 싶지 않았기 때문이다.

그렇게 미지는 집으로 가는 중, 갑자기 숨을 헉하고 들이켰다.

"왜? 뭐? 우리 또 잘못된 길로 왔어? 그럼 안 되는데! 엄마가 5시까지 집에 안 들어오면 혼날 거라고 했어!"

미지는 천천히 고개를 저으면서 말했다.

"아니야… 무전기 때문에 그래."

"왜? 우리 가족이 너한테 크리스마스이브 때 준 그 무전기? 그 무전기가 왜? 빨리 말해 봐!"

지니가 재촉했다.

"어… 아까 우리가 서로를 잃어버렸을 때 무전기를 통해서 다시 찾았잖아… 그런데 생각해 보니까 오늘 아침, 너한테 '통신 끝'이라고 말하고 책상 위에 무전기를 두고 왔단 말이야. 분명 집에서 나올 때 플라이보드를 빼면 빈손이었다고!"

지니는 미지의 말에 깜짝 놀라 덜덜 떨며 말했다.

"야, 그런 말 하지 마… 무섭단 말이야….”

미지는 머릿속에 물음표가 가득해 지니의 말이 들리지 않았다.

'왜 그게 내 주머니 속에 있었지? 내가 무의식적으로 챙겼나? 아님, 엄마나 아빠가?'

복잡한 생각으로 미지가 아무 말도 하지 않는 동안 플라이보드는 무사히 마을로 돌아왔다. 지니는 아직 3시 6분인데도 5시까지 집으로 돌아가야 한다면서 집으로 뛰어갔다.

미지는 집에 오자마자 방으로 들어갔다. 무전기는 여전히 미지의 주머니에 있었고, 책상 위에는 미지가 공부할 때 쓰는 물건들 밖에 없었다. 정말 이상한 일이었다.

미지는 책상에 앉아서 오늘 나가기 전에 있었던 일들을 떠올리며 어떻게 이런 일이 일어날 수 있었던 건지 거꾸로 되짚어 보았다. 현실적인 추측 하나는 미지가 무전기를 책상 위에 두었는데 안정적이지 않게 두어서 무전기가 떨어진 것이다. 그런데 떨어지면서 미지의 주머니에 들어간… 아니다. 이건 진짜 추측이라는 말이 부끄러울 만큼 말도 안 된다. 생각할수록 답은 안 나오고 궁금증만 쌓이자 미지는 부모님께 물어보기로 했다.

"엄마, 아빠! 어제 지니네 가족이 준 무전기 있잖아요… 혹시 제가 나가기 전에 제 외투 주머니에 넣어 두셨어요?"

"무전기? 아니?"

미지 엄마는 별로 중요한 질문이 아니라는 듯 얼른 대답을 하고 미지와 미지 아빠에게 크리스마스 쇼핑을 가자고 제안했다. 미지는 쇼핑을 하는 중에도 무전기 생각을 떨쳐 버리지 못했다. 30% 할인 하는 호두 박스를 보고 좋아서 날뛰기 전까지는.

10. 51번째 미끝부복깔모

<시험의 날까지 D-2일>

다른 학교와 달리, 미지네 학교는 여름방학이 길고 겨울방학이 짧 았다. 그래서 겨울방학은 금세 끝나 버렸다. 미지는 6반으로 배정되 었는데, 카린과 지니와 함께였다.

개학식 날, 늘 그렇듯 교장 선생님 말씀이 너무 지루해 학교가 끝 나자마자 미지는 지니와 함께 집으로 가서 방울이와 놀았다. 카린 은 카린파들과 1주일에 2번씩, 학교가 끝나고 놀이터에 모여서 하 는 '미끝부복깔모'(미지 끝장내고, 부수고, 복수하고, 깔아 뭉게는 모 임)를 하고 있었다. 놀이터 계단에 앉은 카린이 심각한 얼굴로 말했다. 카린은 지갑 사건과 자신이 크리스마스이브 날에 엄마와 싸운 걸 미지가 목격한 일에 대해 의논하고 있었다.

"그런데 미지 녀석이랑 눈이 마주쳤어. 그래서 난 커튼을 확 닫아 버렸지. 끝이야."

잠시 아무도 말하지 않았다.

그러자 부대장 모리가 입을 열었다.

"그럼, 우리 복수라도 해야는 거 아냐?"

카린의 눈이 번쩍 빛났다.

"바로 그거야! 복수!"

"근데 어떻게 복수해?"

림이 물었다. 카린은 곰곰이 생각하다가 말했다.

"시험의 날 행사를 이용해 보자!"

카린파는 둥글게 모여 앉았다. 카린이 입을 열었다.

"좋아. 내 계획은… 시험의 날 행사 날에…."

그때 네스가 손을 들며 카린의 말을 막았다.

"자, 잠깐만! 대장! 그… 시험의 날 행사? 그게 뭐야?"

"아, 맞다. 네스 너는 전학생이라 모르겠구나!"

림이 "뭘?" 하며 카린 곁으로 다가왔다. 림이 카린을 빤히 쳐다보자, 카린은 림의 등을 철썩 때리며 화를 냈다.

"야, 넌 기본도 안 돼 있냐? 네스한테 시험의 날 행사가 뭔지 설명해 줘야 할 거 아니야! 아직도 모르냐? 이럴 땐 '넵, 대장!' 하고 멋지게 설명하는 거야! 이런 걸 꼭 말해야겠니?"

림은 "으악! 알겠어!" 하며 빠르게 네스에게 설명했다.

"시험의 날 행사는 우리 학교에서 하는 학년별 축제 같은 거야. 같은 학년끼리 체육관에 모여서 각 반마다 대표들이 크롬북을 켜고 구글로 들어가서 전용 사이트에 접속하면 문제가 떠. 대표들은 그 문제를 혼자 풀어야 해. 하는 동안 아무 말도 하면 안 되고, 안 지키면 바로 아웃이야. 그렇게 제일 많이 맞힌 사람으로 1등을 뽑아. 동점이면 다시 하고. 1등이 있는 반은 교장 선생님이 간식을 주셔. 물론, 1등을 한 사람은 교장 선생님이 더 큰 상을 주시지. 상은 매번 달라. 아! 그리고 1등한 사람이 4명 이하의 사람들을 선택하면, 그 사람들까지 상을 받을 수도 있어. 저저번에는 놀이공원 티켓을 주셨고…."

네스의 입이 벌어졌다.

"저저번에는 1등이랑 세 명을 우리 동네에서 제일 유명한 별점 5점짜리 '쭉쭉피자집'에 데려가셨어."

이번엔 네스가 "헉!" 하고 놀랐다.

"그리고 저번엔 인형을 주셨는데, 엄청 귀여웠어…."

림은 커다래진 네스의 눈을 보고 잠시 말을 멈추었다 다시 이어서 하기 시작했다.

"미지네 반은 항상 미지를 대표로 내보냈어. 걔가 제일 똑똑하거든. 그래서 미지가 있는 반은 항상 이겼지. 미지는 받은 상을 항상 다른 사람들과 나눠 썼어. 물론 대장도 항상 대표로 선발됐지. 대표는 두 명이거든. 하지만 1등은 항상 미지야. 대장은 2등이고. 그래서 대장은 계속 이기고 싶어해."

네스는 림의 말을 듣고 하늘을 보면서 중얼거렸다.

"피자와 놀이공원… 미지를 꼭 이겨야 해…."

림의 설명이 끝나자 카린이 말했다.

"좋아. 내 계획은 반칙을 쓰는 거야! 선생님은 절대 눈치 못 챌걸? 정확히 어떤 반칙을 쓸지는 아직 못 정했지만, 그건 짜면 돼. 나, 카린의 계획은 한 번도 실패한 적이 없으니까!"

하지만 카린의 말에 아무도 공감하지 않았다. 모두가 카린이 미지를 때리고 화장실에 가두었다가 선생님께 엄청 혼났던 일, 지갑 도둑으로 누명 씌우기, 미지의 시험을 망치려고 했던 일, 현장 체험 학습 보물 찾기 때 미지가 찾은 1등 상품을 가로챈 일 등을 떠올렸다. 그 일들은 모두 실패했다. 긴 침묵 끝에 마루가 조심스럽게 말했다.

"근데… 그러면 양심이 없는 짓…."

카린이 말을 끊었다. 그러고는 마치 마루가 큰 잘못을 한 사람이라도 되는 듯, 큰소리로 외쳤다.

"카린파 규칙!

1. 미지와 지니를 혐오한다. 특히 미지.

2. 카린이 언제나 대장이다.

3. 카린에게 반항하지 않는다.

4. 카린을 대장이라고 부른다.

5. 놀러 가거나 먹으러 갈 땐 카린도 낀다.

6. 규칙을 지킨다.

7. 양심은 버린다!"

그 말을 들은 림이 카린에게 혼날까 봐 작게 말했다.

"어… 7번은 없었던 것 같은데….."

"있었어!" 카린이 소리쳤다.

"언제부터?" 밍이 물었다.

"10초 전부터!"

카린은 아까보다 더 크게 외치고 나서 아무 일도 없었다는 듯 말을 이었다.

"어디까지 했더라? 아, 그래. 시험의 날 행사! 그날 미지 물병에 졸음 약을 넣을 거야. 그건 바로 효과가 나타나거든. 그럼, 미지는 졸려서 집중을 잘 못 하겠지! 큭큭큭, 생각만 해도 달콤하다! 역시 복수는 달콤해! 낄낄낄!"

또다시 침묵이 흘렀다.

몇 분 뒤, 카린이 정신을 차리고 말했다.

"엣헴! 아무튼, 또 다른 생각이 있거나 하면 다음 모임 때 말해. 다음 모임은 내일 4시 30분, 6단지 나무 놀이터야. 시간 안에 안 오면 알지? 1초당 꿀밤 5대야! 그리고 미지에게 통쾌하게 복수할 아이디어를 가져오는 사람은 사탕과 함께 이번 미지 복수 계획 부대장으로 임명할 거야. 이상으로 '미끝부복깔모' 회의 끝! 귀하신 이 몸은 스케줄이 빡빡하다고! 5시 놀기, 6시 놀기, 7시 놀기. 그러니까 이제 다 흩어지도록!"

그렇게 카린과 카린파들은 각자의 길로 흩어졌다.

11. 세 번째 계획

<시험의 날까지 D-2일>

그날 밤, 카린파들은 카린이 했던 말을 똑똑히 기억하고 있었다.

"내가 좋아할 만한 아이디어를 내는 사람에게 사탕을 줄게. 그리고 미지 복수 계획에서 부대장 역할을 하게 해 줄 거야."

카린파 모두는 미지 복수 계획에서 부대장이 되고 싶었다. 이미 부대장인 모리조차도 그랬다. 그래서 그날 저녁, 모든 카린파들은 '미끝부복깔모 공책'을 꺼냈다. 그 공책은 회의 내용이나 미지에 대한 장단점 같은 것을 기록해 두는 비밀 노트였다. 카린파들은 각자 공책을 아무 데나 펴서 연필을 들고, 졸음 약보다 더 효과적인 미지 골탕 작전을 진지하게 고민했다. 모두가 카린에게 칭찬받고 싶었다.

림은 아이디어를 얻으려고 인터넷에 카린이 알려준 『친구를 속이는 100가지 장난』이라는 책을 검색하고 줄거리를 찾아봤다. 네스는 카린파에 들어온 지 얼마 안 됐지만, 카린에게 칭찬받으면 기분이 좋을 거라 생각해 최선을 다해 계획을 짰다. 나머지 카린파들도 밤늦게까지 계획을 세웠다. 림은 미지를 방해하기 위해 새총을 만들었다. 하지만 새총을 시험하다가 꽃병을 맞춰 그 꽃병이 넘어지면서 옆 꽃병을, 그 꽃병이 또 옆 꽃병을… 결국 꽃병 일곱 개 파손. 림의 엄마는 새벽 1시에 벌어진 이 황당한 상황이 림의 새총 장난 때문이라 생각해 림을 엄청 혼냈다. 야단맞는 중에 림은 "엄마, 그래도 일곱 개니까 행운이 온다는 뜻일 거예요…." 라고 말했다가 2주 동안 휴대폰을 압수 당하는 벌을 받았다.

<시험의 날까지 D-1일>

다음 날, 카린파들은 모두 놀이터에 '미끝부복깔모' 시작 시간보다 더 일찍 나왔다. 카린은 약속 시간에 딱 맞춰 6단지 나무 놀이터에 도착했다. 카린이 나타나자 모두가 달려들며 외쳤다.

"카린!"

카린은 자신에게 달라붙은 멤버들을 떼어내며 물었다.

"도대체 무슨 일이야? 그리고 왜 다 미끝부복깔모 공책을 꺼내놓은 건데?"

림이 어이없다는 듯 말했다.

"대장! 대장이 저번에 계획 세워 오라고 했잖아!"

카린이 어리둥절한 표정을 짓자, 하루가 공책을 펴서 보여주며 외쳤다.

"대장이 말했잖아! 대장 맘에 드는 아이디어 내면 사탕도 주고 미지 복수 계획에서 부대장 시켜준다고!"

"헐, 그 말을 진짜로 믿었다고? 난 그냥 한 말인데…."

카린이 어이없어하자 카린파들은 눈을 가늘게 뜨고 카린을 바라봤다. 카린은 그들의 표정이 화가 났다는 걸 눈치채고 급히 말했다.

"엣헴! 아무튼… 해왔으니까 봐주긴 할게."

그 말을 듣자 모두가 다시 기뻐했다. 카린은 그네에 앉아 멤버들이 건네는 노트를 하나씩 살펴보기 시작했다.

첫 번째 노트는 림의 것이었다.

< 림의 미끝부복깔 계획 >

새총을 만들어서 그걸로 미지를 맞추며 방해합니다.

(새총은 Y자 모양의 나뭇가지를 찾아 고무줄을 끼우고, 돌멩이를 튕기면 완성입니다!)

카린은 노트를 보고 소리쳤다.

"이건 완전 쓰레기야! 새총 만들어 맞출 시간에 그냥 문제를 풀겠다!"

그러곤 다음 공책을 폈다. 두 번째 공책은 네스의 것이었다. 네스의 계획은 림보다도 짧았다.

< 시험의 날 = 미지가 지는 날>

제목: 잘 가라, 미지야!

미지 태블릿을 해킹해서 문제가 안 나오게 한다. 하하하! By. 네스

카린은 네스의 공책을 네스에게 던지며 외쳤다.

"뭔 소리야? 이건 낙타를 바늘구멍에 넣는 일이라고!"

그때 모리가 끼어들었다.

"아니야, 대장! 실 이름을 '낙타'라고 짓고 그걸 바늘구멍에 넣으면 돼!"

결국 모리는 등짝 스매싱을 맞았다. 카린은 그 외에도 '미지를 창문 밖으로 날려버리기', '미지 태블릿 숨기기', '선생님께 미지가 컨닝했다고 말하기' 등의 작전들을 봤지만, 전부 미지가 빠져나갈 수 있는 것들이었다. 미지 태블릿 숨기기가 작전이라니 카린은 어이가 없었다. 태블릿이 없으면 지니 태블릿을 빌려서 쓰면 되는 거 아닌가?

카린은 마음을 비우고 마지막으로 하루의 작전을 읽었다. 하루의 작전을 읽는 카린의 얼굴이 환해졌다.

"하루야! 이거 정말 좋은데. 네 작전에서 빛이 나!"

카린이 하루를 보며 말했다. 그 말을 들은 밍이 하루의 노트를 들여다보며 말했다.

"아무리 봐도 빛은 안 나는데… 종이에서 빛이 나는 건 불가능해."

결국 밍의 등에도 카린의 손자국이 생겼다. 하루의 노트에는 이렇게 적혀 있었다.

< 미지 복수하기 >

· 1번째 계획

쉬는 시간에 미지 공책을 훔친다.

 → 미지는 행사 전 공부를 못 한다.

 → 대장이 1등을 한다.

(마음에 들면 작전 개시, 마음에 안 들면 밑으로 가시오)

· 2번째 계획

쉬는 시간에 미지 공책을 훔친다.

 → 공책의 내용을 전부 잘못된 내용으로 바꾼다.

 → 미지는 다 틀린 걸 외워서 문제를 다 틀린다.

 → 대장이 1등을 한다.

(마음에 들면 작전 개시, 마음에 안 들면 밑으로 가시오)

· 3번째 계획

미지를 청소용품 함에서 만나자고 한다.

 → 미지를 청소용품 함 안에 가둔다.

 → 대장이 1등을 한다.

끝 – 하루를 잘 끝내고 싶은 하루 :-)

모두가 하루의 공책을 보며 감탄했다. 공책이 돌고 돌아 다시 카린에게 오자, 카린은 하루에게 말했다.

"정말 잘했어, 하루야! 이 계획은 내 것보다 완벽해! 그런데 지금은 사탕이 없…"

하루의 사나운 눈빛이 카린의 말을 멈추게 했다.

"그러니까! 다음 모임 때 이자 붙여서 두 개 줄게! 그리고 부대장 역할도 맡겨줄게! 걱정 마!"

카린의 약속을 들은 하루의 눈빛이 다시 순해졌다. 카린은 안도하며 말했다.

"아무튼, 이제 첫 번째, 두 번째, 세 번째 계획 중 뭘 실천할지 결정해야 해. 우리 카린파는 나까지 16명이니까… 재투표할 수도 있겠네. 일단 나 빼고 투표할 거야. 결정할 시간은 1분 줄게."

카린은 워치로 시간을 재기 시작했다. 몇몇은 이미 결정을 끝냈다. 1분이 지나고 워치가 요란하게 울렸다.

카린이 말했다.

"좋아, 시작하자! 첫 번째 계획에 투표할 사람?"

몇몇이 손을 들었다. 카린이 놀라며 말했다.

"뭐야, 세 명? 더 없어? 오케이. 그럼 두 번째!"

림, 하루, 마루를 포함한 여섯 명이 손을 들었다. 카린은 자신의 공책에 뭔가를 썼다. 카린파들은 카린이 투표 수를 적는 거로 생각했다. 카린이 다시 물었다.

"그럼 세 번째 계획에 투표할 사람?"

이번에도 여섯 명이 손을 들었다. 카린은 살짝 놀라며 말했다.

"여섯 명? 또 여섯 명이야? 그럼 나에게 달렸군. 나도 두 번째랑 세 번째가 좋았는데…."

모두가 숨죽이며 카린을 바라봤다. 카린이 비장하게 말했다.

"난… 세 번째 계획에 투표할게! 세 번째 계획을 실행한다!"

세 번째 계획에 투표한 카린파들이 모두 환호했다. 카린은 흥분한 멤버들을 진정시키며, 드디어 본격적인 계획을 세우기 시작했다.

12. 알아챈 작전

<시험의 날 D day>

시험의 날이 되자 모두가 들떴다. 카린과 카린파들도 마찬가지였는데 '시험의 날 행사' 때문은 아니었다. 그들은 미지를 골탕 먹일 생각 때문에 신나 있었던 것이다.

시험의 날 행사는 4교시에 시작해서 5교시에 끝났다. 1교시가 끝나고, 카린과 카린파들은 쉬는 시간에 복도에서 무엇인가를 열심히 의논하고 있었다. 2교시 수학 시간에도 카린과 카린파들은 수업에 집중하지 않고, 계속 쪽지를 주고받으며 속닥거렸다.

미지의 반 학생들은 수업 시간에 집중하지 않는 카린의 모습을 처음 보았기에 깜짝 놀랐다. 카린은 항상 시험의 날에 대표 중 한 명으로 뽑히기 때문에, 오늘 같은 날에는 더 열심히 공부했다.

"정말 이상하다. 안 그래?"

쉬는 시간에 계속 모여서 이야기하고, 3교시 체육 준비 운동 시간에도 집중하지 않고 속닥거리는 카린과 카린파들을 보며 지니가 미지에게 말했다. 미지는 아무 말도 하지 않고, 카린과 카린파들을 유심히 바라보며 체육부장이 하는 준비 운동 동작을 따라 했다.

지루한 준비 운동이 끝나자, 체육 선생님은 아이들에게 구석으로 가서 체육책 36쪽을 펴고 '높이뛰기 활동 자세'를 꼼꼼히 보라고 하셨다. 그리고는 준비실로 전화를 받으러 가셨다. 체육 선생님이 나가시자 아이들은 바로 장난을 쳤다.

카린과 카린파들은 다시 모여서 소곤거렸다. 미지는 그들이 신경에 거슬려 살짝 귀를 기울였다. 그들의 대화 속에서 "그럼 미지가…." 라는 말이 들리자 깜짝 놀랐다. 지니는 그런 미지의 표정을 보고 물었다.

"왜 그래?"

미지는 카린과 지니를 번갈아 바라보다가 지니에게 짧게 말했다.

"BRB."

그러고는 자리에서 벌떡 일어나 '손님 대기실'로 뛰어 들어갔다. 손님 대기실은 학교에 온 손님들이 기다리는 곳이었고, 학생들에게는 출입 금지 구역이었다. 혼자 남겨진 지니는 신이 나서 소리쳤다.

"BRB? 우와! 우리 무전기에 쓸 새로운 암호야? 해석해 봐야지!"

미지는 손님 대기실에서 떨리는 마음으로 문을 잠그고 있었다. 손님 대기실은 벽이 하얀색이었고 좁았다. 박스가 몇 상자 놓여 있어서인지 대기실 안은 좁게 느껴졌다. 미지는 혹시 보는 사람이 있을까 봐 주위를 둘러보았다. 아무도 없었다.

미지는 떨리는 마음으로 양손을 맞잡았다.

"좋아… 시작하자."

그 순간, 요란한 펑! 소리와 함께 연기가 피어올랐다. 몇 초 뒤, 손님 대기실 문아래 틈으로 무언가가 빠져나갔다. 날파리였다.

미지는 날파리로 변해 카린과 카린파들 쪽으로 날아갔다. 날파리로 변한 미지는 그들 옆에 앉아 이야기를 엿들었다. 카린이 카린파들을 둘러보며 말했다.

"오케이. 그럼 난 공부하는 척할게. 림이 미지를 청소용품 함에서 만나자고 해. 미지가 그곳에 가면…."

"힘이 센 우리가 청소용품 함에 숨어 있다가, 미지가 오면 처리해서 그 안에 가둘게!"

쌍둥이인 마루와 하루가 동시에 말했다.

"좋아."

카린이 고개를 끄덕이며 말을 이었다.

"그 다음엔 너희 둘이 계속 청소용품 함을 잘 감시해야 해. 그리고 나머지, 역할을 맡지 못한 사람들은 작은 일들을 맡아. 예를 들면,

미지가 들어갈 수 있도록 청소용품 함 주변을 치워둔다든지…."

미지는 가슴이 쿵 하고 내려앉는 걸 느꼈다.

'시험의 날 행사 전에… 날 청소용품 함에 가두려는 거구나!'

미지는 속으로 생각했다. 진짜로 말했더라도, 날파리 상태여서 아무도 듣지 못했겠지만. 미지는 다시 손님 대기실로 돌아갈 준비를 했다.

그런데 그때―

"어? 대장! 대장 옆에 이상하게 생긴 날파리가 있어!"

마루가 미지를 가리켰다. 카린이 고개를 숙여 미지를 바라보며 말했다.

"뭐… 이까짓 날파리는…."

그러더니 교과서를 집어 들고 미지를 내려칠 준비를 했다.

"으아아악! 야, 나야! 미지야!!"

미지가 소리쳤지만, 아무도 듣지 못했다. 다행히 미지는 재빨리 도망쳤다. 카린이 교과서로 바닥을 세게 내리쳤을 때, 미지는 이미 하늘 위로 날아오른 뒤였다.

"휴… 다행이다. 죽을 뻔했네…."

미지는 손님 대기실로 돌아가며 안도의 한숨을 내쉬었다. 손님 대기실에서 다시 원래의 모습으로 돌아온 미지는 곧바로 지니에게 달려갔다. 미지를 본 지니가 물었다.

"BRB가 뭐야? 나 해석 못 하겠어."

미지는 여전히 카린과 카린파들에게서 눈을 떼지 않은 채 작게 속삭였다.

"Be right back."

13. 작전 개시

"잠깐, 얘들아! 나가기 전에 시험의 날 행사 때 대표로 나갈 학생 두 명을 뽑아야지!"

점심을 다 먹고 놀러 나가려던 아이들을 선생님이 막으며 말했다. 아이들은 신발을 다시 신발장에 넣으며 불만 가득한 표정을 지었다.

"힝! 선생님, 그냥 투표 안 하고 미지랑 카린 내보내면 안 돼요? 걔네가 항상 뽑히잖아요…."

아이들이 재미없다는 듯이 말했다. 그 말을 들은 선생님은 예전에 '최고의 선생님' 대회에서 당연히 1등을 할 줄 알았는데 꼴등이었다는 경험을 강조하면서 그래도 혹시 바뀔지도 모르니 투표를 해야 한다고 했다.

아이들은 "이건 보나 마나 뻔한 결과예요…." 라고 말하며 투표를 했다. 투표 결과, 예상대로 카린 5표, 미지 21표로 미지와 카린이 대표로 뽑혔다. 카린은 속이 상했다. 카린을 뽑은 건 자기와 카린파 네 명

뿐이었고, 나머지는 전부 미지를 뽑았기 때문이다. 표 차이가 컸지만, 다른 후보는 표를 받지 못했으므로 달리 선택권이 없었다. 그렇게 6반 대표는 미지와 카린으로 결정되었다. 투표가 끝나자마자 아이들은 축구를 하러 뛰어나갔고 미지는 언제나처럼 자리에 앉아 책을 읽고 있었다.

책을 읽은 지 5분쯤 지났을까. 림이 미지를 불렀다.

"야, 미지야!"

"왜?"

"청소용품 함으로 와"

림의 말에 미지는 카린 쪽을 힐끗 바라보았다. 카린은 공부하는 척하며 상황을 지켜보고 있었다. 미지는 무표정하게 책을 덮고 림에게 말했다.

"내가 왜 네 말을 따라야 해?"

그러자 림이 당황하며 말했다.

"뭐? 어… 그냥 와…."

림은 머뭇거리며 작게 덧붙였다. 그리고 카린 쪽을 바라보았다.

"싫다면?"

미지가 림 쪽으로 한 걸음 더 다가가 물었다.

"아, 그냥 좀 오면 안 돼?"

림이 반은 짜증, 반은 간절한 목소리로 말했다.

"뭔데 그래?"

미지가 태연하게 물었다. 림이 갑자기 목소리를 높였다.

"그게… 어제 UFO가 우리 집에 와서, '미'로 시작해서 '지'로 끝나는 여자아이가 청소용품 함에 가서 30초 동안 서 있지 않으면 학교를 폭파시켜 버리겠다고 했단 말이야!"

림은 자기가 해놓고도 너무 과하다고 느꼈는지 다시 말을 하려고 했다. 그런데 미지가 태연하게 말했다.

"그래… 네가 그렇게 간절히 원한다면야."

"어? 진짜? 그래!"

림은 놀라면서도 기쁜 듯 웃었다. 그리고 만족한 표정으로 청소용품 함 쪽으로 걸어갔다. 림은 하루와 마루에게 계획이 성공적으로 끝났다고 알려줘야겠다고 생각하며 청소용품 함으로 갔다. 청소용품 함 안에는 이미 하루와 마루가 숨어 있었다. 발소리가 들렸다. 그 소리를 들은 하루가 작게 말했다.

"어? 이 발소리! 미지인가 봐!"

마루가 귀를 쫑긋 세우며 말했다.

"뭐? 조용히 해봐…. 오, 맞다. 오케이. 준비해, 거실!"

그 말을 들은 마루가 화가 나서 소리쳤다.

"내가 그 별명으로 부르지 말라고 했지! 자꾸 그러면 나도 네 이름 바꿔서 24시간이라고 부른다!"

하루는 지금 싸울 때가 아니라는 걸 알고 작게 말했다.

"알겠어! 미안해. 그런데 지금은 일단 미지부터 잡아야지!"

마루는 고양이처럼 자세를 낮추며 문 쪽을 응시했다. 림은 아무 것도 모른 채 신이 난 얼굴로 청소용품 함 문을 열었다. 그런데 림이 말을 꺼내기도 전에, 마루와 하루가 림 위로 뛰어올랐다. 그들은 림의 손목을 꺾고 재빨리 발로 밀어 청소용품 함 안에 넣은 뒤 문을 잠갔다.

"작전 성공!"

하루와 마루는 하이파이브를 하며 외쳤다.

한편, 미지는 교실에 남아 혼자 생각에 잠겨 있었다.

'아, 이 시험의 날 행사는 왜 하는 거야? 애들은 굳이 또 나를 뽑고⋯ 나가기 귀찮은데⋯.' 그러다 미지는 문득 좋은 생각이 떠올랐다.

'가만, 어차피 하기 싫은데 그냥 청소용품 함에 갇혀 있을까?'

미지는 책 몇 권을 들고 명랑하게 청소용품 함으로 향했다. 하지만 마루와 하루가 이미 나와 있는 걸 보고 이상하게 여겨 식수대 뒤에서 몰래 지켜봤다.

"야! 나 풀어줘! 얘들아! 나, 미지가 아니라 림이야!"

청소용품 함 안에서 림의 목소리가 들려왔다.

"흥! 웃기시네! 미지야! 네가 림이 목소리 흉내 낸다고 우리가 모를 것 같아?!"

마루와 하루가 동시에 외쳤다. 미지는 상황을 단번에 이해했다. 마루와 하루가 착각해서 림을 자신으로 오해하고 청소함에 가둔 것이었다.

'지금 가서 착각했다고 말할까? 아니면 그냥 돌아갈까?' 미지는 고민했다. 하지만 고민도 잠시. 미지는 재빨리 걸어가 두 사람에게 소리쳤다.

"야! 너희가 방금 가둔 사람은 나, 미지가 아니라 림이야! 얘 풀어 주고 나 가둬! 빨리!"

이건 '착각했다고 알려주는 것'이 아니라 거의 '자신을 가두라고 협박하는' 말이었다. 마루와 하루는 미지를 빤히 쳐다보다가 킬킬대며 말했다.

"하하하! 너 지니지? 미지 풀어주려고 분장한 거잖아! 누가 모를 줄 알고? 큭큭!"

미지는 답답해서 소리쳤다.

"아, 진짜! 나 미지 맞다고!"

그러나 두 사람은 미지를 무시하고 이미 가위 바위 보를 하고 있었다.

미지는 더 말해 봐야 소용없다는 걸 알고 말했다.

"그래! 그럼 그러든지! 이러면 너희만 손해야! 나 못 잡아서 나중에 너희 대장 카린한테 혼나지나 말라고!"

그때 하루가 삼세판 가위 바위 보에서 이기더니 마루에게 말했다.

"거실은 더러워! 거실은 마루랑 같은 뜻이지롱!"

그리고는 마루의 이마에 딱밤을 쳤다. 미지는 한숨을 쉬며 교실로 돌아갔다.

14. 퍼즐 맞추기

미지가 교실에 도착하자, 지니가 미지에게 퍼즐 맞추기를 하자고
했다. 미지는 퍼즐 맞추기가 딱히 하고 싶지는 않았지만, 어차피 할
일도 없어서 좋다고 했다. 지니가 제일 쉬운 퍼즐 한 세트를 꺼내 와
둘은 퍼즐을 맞추기 시작했다. 아이들은 모두 놀러 나갔고, 카린은
공부하러 도서관에 갔으며, 선생님은 점심 미팅에 가셔서 교실에는
미지와 지니밖에 없었다. 둘은 아무 말 없이 퍼즐만 맞추고 있었다.
그런데 지니는 퍼즐을 맞추는 내내 계속 웃고 있었다. 퍼즐을 반쯤
맞추었을 때, 지니가 미지의 이름을 불렀다.

"미지야."

별로 큰 소리는 아니었지만, 조용한 교실에서 갑자기 나는 소리에
미지는 깜짝 놀랄 수밖에 없었다.

"왜?"

미지가 대답했다. 지니는 미지 쪽으로 다가가며 말했다.

"미지야, 인생의 답은 이 퍼즐 조각 같아."

미지는 평소의 지니와 지금의 지니가 미묘하게 다르다는 걸 느꼈
다. 조금 더 수상하고 어두웠다.

"그게… 무슨 말이야?"

미지가 조심스레 물었다. 지니는 살짝 무섭게 씩 웃으며 말했다.

"퍼즐은 다 짜맞추면 그림이 나오잖아. 인생의 사건들도 다 연관

되어 있다고 생각하고 이어 보면, 결국 답이 나오게 돼. 그런데 그 답은… 하나뿐이야."

지니는 이제 퍼즐 조각을 손에서 내려놓고 있었다. 미지 역시 퍼즐을 완전히 잊은 채, 지니의 말을 듣고 있었다.

"인생에 일어나는 모든 일은…."

지니가 계속 말했다.

"다 연관이 있단다."

미지는 순간, 지니의 수상함을 눈치챘다. '있단다'라는 표현은 보통 자신보다 어리거나 낮은 사람에게 쓰는 말이다. 평소의 지니라면 '있어'라고 하는 게 맞았다. 미지가 더 생각하기도 전에, 지니는 이미 미지와 코가 닿을 정도로 가까이 와 있었다. 지니가 미지의 귀에 대고 속삭였다.

"모든 사건은 다 연관이 있어… 미지야, 다 이어서 생각해 봐. 퍼즐 조각을 끼워 맞춰 봐…. 그렇게 어렵지 않아, 미지야… 조금만 생각하면 돼, 미지야…."

미지는 두려움에 숨을 크게 들이마셨다. 바보라도 알 수 있을 만큼 지니는 달라져 있었다. 지니가 점점 더 가까이 다가왔다. 미지는 조금씩 뒤로 물러섰다. 하지만 미지의 표정에는 아무 변화가 없었다. 아니, 없게 하려고 노력하고 있었다.

지니는 씨익 웃으며 미지를 바라보았다. 미지는 무언가 말하려다 말고, 앞문 쪽에서 들려온 '쾅!' 하는 큰 소리에 멈췄다. 둘은 동시에 문 쪽을 바라보았다. 그곳에는 미지네 반 담임 선생님이 서 계셨다. 미지는 선생님이 화가 난 줄 알았다. 선생님이 미지와 지니를 번갈아 보며 말했다.

"안녕, 얘들아."

"선생님, 괜찮으세요?"

미지가 물었다.

지니는 조금 전까지 아무 일도 없었던 것처럼 맑고 순한 눈빛으로 선생님을 바라보며 웃었다. 선생님은 자리로 걸어가며 말했다.

"글쎄, 괜찮다고는 할 수 없지. 오늘 점심 미팅에 갔더니, 다른 반 선생님들이 나 빼고 초코 쿠키를 먹고 있더라니까?"

선생님은 말을 잠시 멈추더니, 곧 화난 목소리로 뒷이야기를 쏟아 내기 시작했다. 이야기는 끝없이 이어질 것 같았다. 미지는 몰래 뒷문으로 교실을 빠져나왔다. 그리고 고민도 없이, 신발도 갈아 신지 않은 채 밖으로 뛰어나갔다.

15. 시험의 날 행사

미지는 뛰기 시작했다. 어디로 가는지도 모르고 계속 뛰고 또 뛰었다. 목적지 없이. 미지는 순간 자신이 '꿈' 속에 나오는 그 어린 여자아이 같다는 생각이 들었다. 하지만 미지는 꿈과 관련된 어떤 생각도 하고 싶지 않았다. 미지는 학교 연못을 지나 운동장으로 향했다. 그러나 왠지 모르게 운동장은 가고 싶지 않았다. 아니, 가면 안 될 것 같았다. 미지는 운동장을 두 바퀴 더 돌고 다시 학교 안으로 들어왔다. 안으로 들어서자 제일 먼저 보인 것은 계단, 교감 선생님의 방, 그리고 주차장으로 이어지는 문이었다. 미지는 그 문을 빤히 쳐다보았다.

 며칠 동안 아무에게도 말하지 않았지만, 사실 미지는 방울이를 만난 후 이상한 꿈을 꾸고 나서부터 주차장 근처를 지날 때마다 자꾸 그쪽으로 가고 싶어졌다. 하지만 주차장은 학교 출입 금지 구역이었다. 선생님들이 "차가 갑자기 튀어나올지도 모르니까 절대 들어가선 안 된다."라고 강조했기 때문이다.
 미지는 주위를 둘러보았다. 아무도 없었다. 지금이 기회였다. 미지는 주차장으로 이어진 문으로 한 걸음, 한 걸음 다가갔다. 심장이 점점 더 빠르게 뛰었다. 문 앞에 다다랐다. 양손이 바들바들 떨렸다. 미지는 손잡이를 잡고 문을 열까 말까 망설였다.
 '들어가고 싶지만, 들어가면 안 될 것 같은 느낌…'
 미지는 결국 문을 열지 않기로 했다. 대신 투명한 문 너머로 주차장을 살펴보았다. 미지는 주차장 구석이 제일 잘 보이는 곳에 서서 주차장 안을 자세히 살펴보았다. 주차장 안에는 아무도 없었다.
 '꿈에서 봤던 구멍이 왼쪽에 있었던가, 오른쪽에 있었던가…?'

미지는 기억을 더듬어 보았다. 왼쪽에는 아무것도 없었다. 나뭇잎이나 나뭇가지, 구멍 같은 것도 보이지 않았다. 콘크리트 바닥뿐이었다. 오른쪽은 아예 보이지도 않았다. 혹시나 나뭇잎과 나뭇가지로 덮인 구멍이 있을까 기대했지만 큰 차 네 대가 가리고 있어서 아무 것도 볼 수 없었다. 실망한 미지는 도서관으로 가려고 돌아섰다. 그런데 눈앞에 지니가 서 있었다. 지니는 초롱초롱한 눈으로 미지를 바라보며 환하게 웃었다. 미지는 태연한 척 말했다.

"아, 안녕, 지니야."

"오, 안녕, 미지야. 근데 왜 갑자기 사라졌어? 깜짝 놀랐잖아. 난 선생님 얘기를 듣고 있다가 선생님이 뒤돌아보실 때 빨리 빠져나왔어. 근데 선생님은 계속 혼자 얘기하고 계시더라. 넌 어디 갔다 왔어?"

미지는 사실대로 말하면 안 될 것 같아서 얼른 둘러댔다.

"나 화장실이 급해서 나갔는데, 교감 선생님이 심부름을 시키셔서…."

"무슨 심부름?"

지니가 다시 물었다.

"어…."

미지는 머리를 굴렸다가 급히 말했다.

"그게… 교감 선생님을 화장실 앞에서 만났는데, 주차장에 검은색 벤츠가 있는지 보고 교감실로 와서 알려 달라셨어."

교감실은 바로 옆에 있었다. 미지는 림이 거짓말할 때의 기분을 이제야 이해하게 됐다.

"그럼, 교감 선생님 방이 바로 옆이니까 가서 말씀드리면 되겠다, 그치?"

지니가 잘됐다는 듯 말했다.

"그… 그래."

순간 미지에게 좋은 아이디어가 떠올랐다.

'그래, 초능력을 쓰면 되잖아!'

교감실에 들어가서 "하얀색 벤츠는 있는데, 검은색 벤츠는 없어요."라고 말한 뒤, 교감 선생님에게 주문을 걸어 "그래, 고맙구나. 이제 교실로 들어가도 된단다."라는 말을 하게 만들면 되는 것이다. 미지와 지니가 교감실로 들어가자 교감 선생님이 다른 방에서 나오셨다.

"어, 그래. 네가 학년 수석 미지고… 옆은 지니 맞지?"

"네, 교감 선생님."

두 아이가 동시에 말했다.

미지는 태연한 목소리로 말했다.

"교감 선생님, 아까 봤는데요, 검은색 벤츠는 없는 것 같아요. 차가 너무 많아서 못 본 걸 수도 있고요. 대신 하얀색 벤츠는 본 것 같아요."

그러곤 재빨리 손가락을 움직이며 주문을 걸었다. 교감 선생님은 약간 어색한 표정으로 말했다.

"그래, 고맙다, 미지야. 오늘 학교에 특별 손님이 오시기로 했는데 아직 안 오셨지 뭐니. 고맙다."

미지는 선생님께 인사하고 재빨리 방에서 나왔다.

지니도 따라 나왔다.

"미지야, 우리 운동장에서 놀래?"

지니가 환하게 웃으며 말했다.

"네가 알려준 체조 동작 두 개 더 외웠거든!"

"그래."

미지도 웃으며 대답했다. 미지는 다시 정상으로 돌아온 지니를 보니 반가웠다. 미지는 지니에게 아무것도 묻지 않기로 했다. 지니는 며칠 전 퍼즐 맞추기 때의 일은 금세 잊은 듯 했다.

예비 종이 치자, 모든 학생들이 빠르게 각자의 교실로 갔다. 모두가 시험의 날 행사 시작을 놓치고 싶지 않았기 때문이다. 미지는 계단을 올라가다가 지니가 미지를 풀어 주려고 분장한 거라고 속닥거리던 마루와 하루의 말이 떠올랐다. 미지는 청소용품 함을 지날 때 보란 듯이 지니를 마루와 하루 앞에 치켜세웠다. 하지만 하루는 마루에게 미지의 다른 반 친구가 지니로 분장해서 미지를 풀어 주러 온 거라고 말했다.

"미지야, 쟤네들이 뭐라는 거야? 그러니까 지금 내가 내가 아니라는 거야?"

지니는 어이없는 얼굴로 미지에게 물었다.

"긴 이야기야. 나중에 설명해 줄게."

의아해하는 지니를 보며 미지가 말했다.

지니는 무슨 일인지 꼭 알고 싶었지만, 뭔가 중요한 일이 기다리고 있는 것처럼 단호하게 말하는 미지를 보고 입을 꾹 닫았다.

시험의 날 행사는 미지를 제외한 모두에게, 누군가를 쫓아다니며 자신의 일상 이야기를 늘어놓는 것보다 훨씬 중요한 일이었다. 미지는 이제 친구들에게 그들이 예상하고 기대하는 기쁨과 행복을 줄 차례였다. 비록 경쟁자이지만, 다른 반 아이들까지도 미지에게 잘하라고 격려했다.

"이걸 할 바엔 차라리 수학 문제를 풀겠다."

미지는 교실 앞에 서서 혼잣말하듯이 중얼거렸다. 카린은 미지를 보자 깜짝 놀라 청소용품 함으로 달려가려 했지만, 선생님이 시험의 날 행사 대표 선수들은 빨리 강당으로 가라고 해서 그러지 못했다. 선생님은 미지와 카린이 왼쪽·오른쪽을 구별 못하는 아이들이 아님을 알면서도 굳이 말했다.

"강당은 이쪽이야."

그러고는 두 사람을 직접 강당까지 데려다주셨다. 선생님이 시야에서 사라지자, 카린이 중얼거렸다.

"참나, 백 번도 넘게 강당을 오간 우리에게 강당은 이쪽이라고 말씀하시다니. 선생님이 우리보다 더 긴장하셨나 봐.”

미지는 카린이 자신에게 말한 게 아니라, ‘크게 혼잣말’을 하고 있음을 알았다. 미지는 “그러게.”라고 맞장구를 칠까 하다가 그러면 분위기가 이상해질 것 같아 모른 척하고 강당 안으로 들어가려는데 카린이 미지를 불러 세웠다.

“야, 미지. 잠깐 이리 와 봐!”

“왜? 네가 나를 청소용품 함에 가두려다 실패한 이유가 궁금해서 그래? 아니면 네가 나한테 복수하려고 할 때마다 왜 안 되는지 알고 싶어서?”

미지가 차분하게 말했다.

“아, 아니, 그걸… 어떻게….”

카린이 놀란 눈으로 미지를 바라봤다. 미지는 미소를 지었다.

“난 바보가 아니야, 카린. 네가 왜 항상 지는지 알려줄까?”

카린은 말없이 미지만 바라봤다. 하지만 미지는 그녀가 속으로 ‘응’이라고 말하고 있다는 걸 알았다. 미지는 고개를 돌려 강당 문을 열었다. 카린이 빠른 걸음으로 미지 뒤를 따랐다. 강당 안으로 들어서자 한 여자가 다가와 물었다.

“너희들이 반 대표들이니?”

“네.” 미지가 대답했다.

“그래. 나는 이번 행사의 사회를 맡은 사회자란다.”

미지는 어딘가 말투가 어색하다고 생각하며 말했다.

"안녕하세요. 저희는 6반이고, 이 친구 이름은 카린, 제 이름은 미지입니다."

사회자는 봉지 안에서 이름표 스티커 두 장을 꺼냈다.

"이걸 붙이렴. 준비되는 동안 손님 대기실에 가 있어. 대기실 안에 다른 학생 대표들도 있단다."

사회자는 스티커를 건네주고는 어디론가 가버렸다.

두 사람은 스티커를 붙이고 손님 대기실로 향했다. 안에는 먼저 온 대표 학생들이 이미 자리를 잡고 있었다. 그들도 각자 이름표를 붙이고 있었다. 낯가림이 심한 미지는, 아는 얼굴이 하나도 없었다. 반면 카린은 모든 아이에게 "야, 오랜만이야! 이틀 만이네!"라며 하이파이브를 하고 있었다. 미지는 조용히 한쪽 자리에 앉았다. 그때, 문이 열리고 다시 사회자가 들어와 말했다.

"준비가 다 됐어요. 5분만 더 기다리면 됩니다."

사회자가 나가자 곧 복도에서 떠드는 소리가 들렸다. 마치 마라톤 출발을 기다리는 선수들처럼 들뜬 목소리였다. 대기실 안에서 카린이 투덜거렸다.

"다 됐다면서 왜 더 기다리래? 저 사람 마음에 안 들어."

아이들이 "맞아, 맞아."하며 카린의 말에 동의했다.

바깥에선 "앉아! 앉으라고!" 하는 소리가 열 번쯤 들린 후, 소음이 잦아들었다. 잠시 뒤, 다른 여자 선생님이 들어왔다.

"안녕, 애들아. 난 이번 행사 담당 선생님이야. 자, 시간이 없으니까 빨리 설명할게.

조금 뒤에 사회자가 너희 반 이름과 학생 이름을 부를 거야. 그때 이 문을 열고 무대로 나가면 돼. 무대 위엔 선이 다섯 개 그어져 있을 거고, 칸마다 반 번호가 써 있어. 자기 자리로 가면 책상이 두 개 있을 거야. 자기 노트북이 놓인 쪽에 앉으면 돼. 그럼, 행운을 빈다!"

설명을 마친 선생님은 급하게 나갔다. 이제 진짜 시작이었다. 더 이상 '시시한 이야기'는 없었다.

드디어 밖에서 사회자의 목소리가 들려왔다.

"안녕하세요, 여러분! 저는 오늘 사회를 맡은…입니다."

사회자의 이름이 박수 소리와 말소리에 묻혀 들리지 않았다. 미지는 자기소개와 행사 설명을 하고 있을 거라 짐작했다.

"자, 그럼 대표 학생들을 순서대로 모시겠습니다! 큰 박수로 맞이해 주세요. 2학년 1반, 오라와 후드!"

미지 옆의 아이 둘이 허겁지겁 무대 쪽으로 나갔다.

"다음은 2학년 3반….."

사회자가 또다시 외쳤다. 3반, 4반, 5반이 차례로 불려 나가고, 마지막으로 미지와 카린의 차례가 왔다.

"마지막으로… 2학년 6반! 미지와 카린!"

두 사람은 무대로 걸어 나갔다.

미지는 전혀 떨리지 않았지만, 카린은 숨 쉬는 법조차 잊은 듯 보였다. 강당 조명이 유난히 밝게 느껴졌다. 앞쪽에 앉은 아이들은 긴장된 표정으로 화면을 바라보고 있었다. 그때, 미지는 관중석에서 지니와 모르는 남자아이가 "미지 화이팅!"이라고 쓰여 있는 커다란 종이를 흔들고 있는 것을 보았다. 지니는 손을 흔들며 소리를 질렀다. 미지는 최대한 아무렇지 않은 표정을 지으며 '6반' 자리로 가, '미지'라고 쓰인 태블릿 앞에 앉았다. 아까 받은 스티커와 똑같은 이름표가 붙어 있었다. 사회자가 말했다.

"이제 다 모였군요. 그럼 시작하겠습니다."

강당이 조용해졌다. 사회자가 이어서 말했다.

"모두 아시겠지만, 행사 방법을 다시 한번 설명해 드리겠습니다. 대표 학생들은 사이트에 접속해 문제를 풉니다. 틀릴 때마다 소리가 나고, 세 번 이상 틀리면 아웃입니다."

사회자가 설명하는 동안 대부분의 아이들은 멍한 표정이었고, 몇몇은 대놓고 딴짓을 했다. 미지는 '이 사회자는 분위기 띄우는 법을 모르는구나.'라는 생각을 했다. 사회자의 설명이 끝나자 커다란 스크린에 문구가 떴다.

[대표 선수들은 사이트에 접속하십시오.

사이트 주소는 '학교 이름 1234-5678. 시험의 날 행사'입니다.

좋은 하루 되십시오.]

미지는 언제 봐도 이상한 주소라고 생각하며 접속했다. 다른 아이들도 접속을 마쳤다.

"사이트에 들어가면 '시작하기' 버튼이 있을 겁니다. 누르지 말고 잠시 기다리세요."

사회자의 말이 이어졌다.

"아직 접속 못 한 학생 있나요?"

아무도 대답하지 않았다.

"좋아요. 그럼, 지금부터 시작하겠습니다. 카운트다운 들어갑니다! 모두 함께 외쳐주세요!"

사회자의 외침에 아이들도 함께 외쳤다.

"5! 4! 3! 2! 1! 0!"

거의 동시에 버튼이 눌렸다. 미지의 화면에 '수학'이라는 단어가 떴다. 곧 화면이 바뀌며 2차 방정식 문제가 나타났다. 미지는 속으로 '이건 잘못 됐어'라고 생각했다.

아직 학교에서 배우지 않은 단원이었기 때문이다. 하지만 상관없었다. 미지는 이미 중학교 과정을 다 끝낸 지 오래였으니까. 주변을 살피자, 카린은 처음엔 잠시 고민하더니 곧 빠르게 문제를 풀기 시작했다. 아이들 중 몇몇은 당황한 얼굴을 하고 있었고, 몇 명은 진지하게 답을 적고 있었다. 미지는 한숨을 쉬며 문제를 풀었다. 첫 문제의 난이도는 '하'. 단 몇 초 만에 풀고 답을 입력했다. '8'.

그때, '삐!~~~~' 스피커에서 큰 소리가 울렸다. 미지는 놀라서 태블릿을 떨어뜨릴 뻔했다.

"으악, 깜짝이야! 음향팀, 소리 좀 줄여주세요!"

사회자의 목소리가 메아리쳤다.

1반의 오라가 문제를 틀린 것이었다. 사회자는 "네, 오라 학생이 한 문제를 틀렸네요."라고 말하며 계속 진행했다.

이후 4반에서 한 명, 2반에서 한 명, 또 4반, 5반⋯ 차례로 아웃이 이어졌다. 결국 마지막에 남은 사람은 미지와 카린뿐이었다. 사회자는 신이 나서 외쳤다.

"와, 이제 미지와 카린 학생만 남았습니다! 정말 흥미진진하네요! 일단 6반은 우승 확정입니다! 네, 6반에서 환호성이 터지고 있군요! 현재는 미지 학생이 조금 앞서가고 있습니다!"

이 말을 듣자 카린은 더 빠르게 타이핑했다.

둘을 지켜보며 사회자가 말했다.

"미지 학생은 지난 행사 우승자라고 하는데요. 과연 이번에도 그럴까요? 지금 보니 미지 학생은 턱을 괴고 한 손가락으로 답을 입력하고 있습니다. 너무 쉽다는 뜻일까요? 반면 카린 학생은 눈에 불을 켜고 있네요! 살벌합니다! 정말 흥미로운 대결이에요!"

하지만 아이들에게 이 대결은 '흥미진진한 경기'가 아니라 '자존심 싸움'이었다.

학년 대장 카린과 천재 미지, 그 둘 중 누가 이길 것인가.

'딩동댕동—' 종소리가 울렸다.

"아, 5교시가 끝났네요! 10분간 쉬는 시간을 갖겠습니다. 다음은 과학과 영어입니다." 사회자가 말했다.

아이들이 "에이~" 하며 투덜거렸다.

미지는 그 틈을 타 도망치려 했지만, 아이들이 몰려와 말을 걸었다.

"미지, 역시 너야!"

"공부 비법 좀 알려줘!"

"카린도 잘하지만 넌 진짜 천재야!"

"맞아, 미지는 이런 행사 좋아하잖아!"

누군가의 말에 미지가 "뭐?" 라며 놀란 표정으로 물었다.

"그게 무슨 뜻이야? 난 이 행사에 참여할 선택권조차 없었어!"

짧은 침묵이 흘렀다.

"하지만… 네가 항상 이기니까, 즐기는 줄 알았는데…."

한 아이가 조심스럽게 말했다.

"아니야!" 미지가 외쳤다.

"난 이 행사를 즐긴 적이 단 한 번도 없었어!"

모두가 놀라거나 겁먹은 표정을 지었다. 잠시 후, 몇몇 아이들이 슬쩍 카린 쪽으로 옮겨가며 대화를 시작했다. 다른 아이들도 하나둘 카린 곁으로 갔다. 마치 아무 일도 없었던 것처럼. 하지만 미지는 신경 쓰지 않았다. 그 대신, 이번엔 진짜로 학교를 빠져나갈 계획을 세웠다. 그러나 바로 그때─

'딩동댕동~~~'

쉬는 시간이 끝나는 종이 울렸다. 미지는 누구보다도 아쉬웠다. 사회자는 카린과 미지에게 자리로 돌아가라고 지시했다. 아이들은 각자 자리로 돌아갔다. 이제 아이들 대부분은 카린을 응원했다. 하지만 지니는 끝까지 미지를 향해 조용히 '화이팅'을 외쳤다. 물론 아이들 중 몇몇은 계속 미지를 응원했다. 미지가 이길 가능성이 카린이 이길 가능성보다 높았기 때문이다. 6교시가 시작되었다.

16. A.O

첫 번째 과목인 과학은 미지와 카린, 두 사람 모두 한 문제도 틀리지 않고 풀었다. 카린은 중간에 한 문제를 찍긴 했지만, 운이 좋아 맞을 수 있었다.

그 어느 때보다 평범한 시험의 날 행사였다. 과학이 끝나고 영어를 할 차례가 되었다. 영어를 시작하기 전에 사회자가 말했다.

"여러분! 다음 과목인 영어를 시작하기 전에 알려드릴 게 있습니다. 카린과 미지 학생의 실력이 너무 뛰어나 중간에 특별 퀴즈 세 문제를 넣었습니다. 난센스 퀴즈입니다! 관람하시는 여러분도 마음속으로 함께 풀어보세요. 답은 절대로 말하면 안 됩니다!"

아이들 모두 기대에 찬 표정으로 스크린을 바라보았다.

"이래야 재밌지!"

아이들이 소리쳤다.

미지는 '난센스 퀴즈'라는 말을 듣고 한숨을 쉬었다. 난센스 퀴즈는 미지가 제일 못하는 것 중 하나였다.

첫 번째 문제

Q. 세상에서 제일 붉은 강은?

A.

난이도: 중간

미지는 빠르게 타이핑을 시작했다.

'강은 보통 회색이나 투명색 등입니다. 하지만 쿠스코에서는 붉은색 강을 볼 수 있습니다. 비가 많이 오면 산에 있는 미네랄이 녹기 때문입니다.'

미지가 답을 제출했다. 카린도 거의 동시에 제출했다.

사회자가 소리쳤다.

"네, 카린 학생이 맞았습니다! 빨강! 반면 미지 학생은 이렇게 썼네요."

사회자가 미지의 답을 크게 읽자 모두가 웃었다.

이대로 가면 미지는 아웃을 당할 수도 있었다.

두 번째 문제

Q. 말은 말인데 탈 수 없는 말은?

A.

난이도: 쉬움

미지는 '사람이 목소리로 표현하는 언어'라고 쓰고 제출하려다 문득 맨 뒤에 앉아 있는 지니를 보았다. 지니는 요란한 몸짓으로 미지를 부르고 있었다. 지니 옆에 있던 모르는 남자아이는 이미 다른 곳으로 간 듯했다. 미지가 지니와 눈이 마주치자, 지니는 자기 양말을 벗어 미지에게 보여주었다. 미지는 작게 중얼거렸다.

"그게 무슨⋯."

그러다 지니가 자신에게 답을 알려주려 하는 걸 깨달았다. 미지는 입 모양으로 "고마워"라고 말하며 답란에 '양말'이라고 적고 제출했다.

"양말! 이번엔 두 학생 모두 맞혔습니다!"

사회자의 말에 학생들이 박수를 쳤다.

세 번째 문제

Q. 세상에서 제일 비싼 동물은?

A.

난이도: 어려움

미지는 문제를 읽고 과학적으로 생각하다가, 아까의 '붉은 강' 문제를 떠올렸다. 그래서 이번엔 머리를 비우기로 했다. 그런데 정말로 아무 생각이 나지 않았다. 카린도 어려운 듯 고개를 갸웃거렸다. 미지는 지니를 쳐다보았다. 지니 역시 눈살을 찌푸리며 문제를 보고 있었다.

타이머는 13초를 남기고 있었다. 미지는 대충 답을 적어 제출했다. 잠시 후 사회자가 소리쳤다.

"아쉽지만 두 학생 모두 틀렸네요! 정답은 백조였습니다! 1000,000,000,000,000 — '백조'!"

모두가 "그렇네!" 하며 웃음을 터뜨렸다.

"카린 학생은 '사자'라고 썼네요. 괜찮은 답입니다. '사자는 계속 사자'고 하니까요! 미지 학생은 '대왕고래'라고 썼습니다."

미지는 지금까지 두 번 틀렸다. 한 번만 더 틀리면 아웃이었다. 카린은 아직 두 번의 기회가 남았다. 미지는 속으로 중얼거렸다.

'지니의 냄새 나는 양말이 오늘 이렇게 큰 도움이 될 줄이야….'

다시 화면에 '영어'라는 단어가 떴다. 한국어 단어를 영어로 해석하는 문제였다. 미지는 한 문제도 틀리지 않았다. 그러는 동안 카린은 '비난(Criticism)'을 해석하지 못했다. 이제 미지와 카린, 둘 다 한 번만 더 틀리면 아웃이었다. 문제는 계속 이어졌다.

'신뢰를 영어로 해석하시오.'

'죄책감을 영어로 해석하시오.'

'자부심을 영어로 해석하시오.'

'행정실을 영어로 해석하시오.'

'행정실이 영어로 뭐였더라….'

미지의 머릿속에 단어가 떠올랐다.

'아, 맞다. 에드미니스트레이티브 오피스! (Administrative office)'

타이머는 13초를 가리켰다. 미지와 카린의 속도는 거의 비슷했다. 이제 누가 더 많이, 더 정확하게 푸느냐가 관건이었다. 미지는 재빨리 답을 적었다. 왠지 익숙한 느낌의 단어라는 생각이 들었다.

'영어 학원 단어 시험에서 본 거겠지.'

미지는 다른 거에 신경 쓰지 말고 빨리 답을 제출해야겠다고 생각했다. 미지는 문득 관객석 쪽을 바라보았다. 미지를 향해 웃고 있는 지니가 눈에 띄었다. 평소에 지니 웃음과는 조금 다른 웃음이었다. 미지는 갑자기 오늘 점심시간에 지니와 있었던 일이 생각났다.

'미지야, 퍼즐 조각을 끼워 맞춰 봐. 그렇게 어렵지 않아.'

지니의 목소리가 미지의 머릿속에서 울려 퍼졌다. 시간은 계속 흘러가고 있었다. 머리가 복잡해졌다.

'아!'

순간, 미지의 머릿속에서 지니가 말했듯이 퍼즐 조각이 맞춰지는 듯한 느낌이 들었다.

'행정실을 영어로 하면 Administrative Office. 앞글자를 따면 A.O. 내가 꾸는 이상한 꿈과 'A.O'라는 단어, 9년 전에 있었던 일들. 이게 다 연관이 있는 건가? 그렇다면 내가 10년 전(이제 한 살 더 먹었으니 10년 전이다) 서류를 제출하러 간 엄마를 행정실 앞에서 기다렸던 것과 꿈속의 여자아이, 그리고 오늘의 이 사건이 다 연결돼 있는 건가?'

타이머에서 재깍재깍 시간이 흘러가는 소리가 났다. 미지는 고개를 들어 지니를 쳐다봤다. 지니는 아까 점심시간에 갑자기 왜 그런 얘길 했던 것일까? 지니는 마치 미지가 꾸는 이 꿈에 대해서 다 아는 것만 같았다. 하지만 지니가 어떻게?

미지의 머릿속은 풀 수 없는 궁금증들로 가득 찼다.

"3! 2! 1! 0!"

아이들의 카운트다운 소리와 함께 강당 안에 '삐!' 하는 소리가 울려 퍼졌다. 사회자가 말했다.

"결과를 발표하겠습니다! 미지 학생은 총 69문제 중 65문제를 맞혔습니다! 카린 학생은 69문제 중 67문제를 맞혔습니다! 따라서 두 문제 차이로 카린 학생이 금메달을 차지했습니다!"

잠시 정적이 흐른 뒤, 엄청난 환호성이 터졌다.

아이들은 카린이 이긴 것보다 미지가 진 이유를 궁금해 했다. 모두의 시선은 우승자 카린이 아닌 미지에게 쏠려 있었다. 미지는 카린이 무대에서 내려와 아이들과 하이파이브를 하는 동안 지니를 뚫어져라 바라보았다. 지니는 미지를 보지 않고 바닥만 내려다 보고 있었다. 지니는 미지를 보지 않고 바닥만 바라보다가 벌떡 일어났다.

"야!"

미지가 외쳤다.

지니와 몇몇 아이들이 고개를 돌려 미지를 바라보았다. 미지는 무대에서 내려와 지니에게 다가갔다.

"지니야…."

하지만 지니는 뒤로 물러서더니 강당 문으로 달려 나갔다.

"지니야!"

미지는 뒤따라 나가려 했지만, 다른 아이들이 몰려와 질문을 쏟아냈다.

"미지야, 네가 지다니 말도 안 돼!"

"진짜야? 정말로 카린이 이긴 거야?"

그때 익숙한 목소리가 들렸다.

"이게 나야. 미지는 이제 한물갔어."

카린이었다. 그 뒤엔 카린파와 학교 신문 동아리 아이들이 서 있었다.

"그러니까 잘난 척 대신 공부를 열심히 했어야지. 안 그래? 미지야."

카린이 비꼬는 투로 미지에게 말했다.

학교 신문 동아리 아이들은 '충격! 미지가 카린에게 지다!!!' 라고 수첩에 빠르게 적고 있었다.

아이들은 카린을 향해 "카린이 최고야!"라며 외쳤다.

선생님들은 "학생들은 자유롭게 하교하세요!"라고 말했다.

미지는 단호하게 말했다.

"난 지금 너희 얘기 들을 시간 없어. 가야 돼."

"그래, 애들아. 미지가 오늘 져서 충격받았나 봐."

카린이 비웃었다. 미지는 아무 말도 하지 않고 강당 밖으로 나갔다. 복도를 달려가며 미지가 외쳤다.

"지니야!" 하지만, 지니는 없었다.

미지는 5층, 4층, 3층을 샅샅이 뒤졌다. 하지만 지니는 어디에도 없었다. 미지는 2층으로 내려가다가 보건실 앞에 잠시 멈춰서 심호흡을 했다. 미지의 머리에는 물음표들이 가득했다.

'지니는 왜 저렇게 이상하게 행동을 하는 거지? 점심시간에 한 말은 또 뭐고? 혹시 지니도 꿈과 A.O, 그리고 모든 일에 대해 알고 있는 것일까?'

미지는 마음을 진정시키기 위해 걸음을 멈추었지만 머리는 오히려 더 복잡해졌다. 미지는 다시 일어났다. 그런데 갑자기 보건실에서 말소리가 들렸다. 왠지 지니 목소리 같았다. 미지는 보건실 창문을 통해 안을 바라보았다. 놀랍게도, 그 안에는 지니가 실내화를 신으며 보건 선생님과 얘기하고 있는 것이 보였다.

'지니가 왜 저기…' 미지는 재빨리 보건실 문을 열었다.

"깜짝이야!"

지니와 보건 선생님이 움찔하며 소리쳤다.

"미지야! 시험의 날 행사 벌써 끝난 거야? 당연히 네가 이겼지? 보지 못해서 미안해. 보다시피 보건실에 있었어서… 혹시 내가 여기 있다는 소식을 듣고 시험의 날 행사 끝나고 바로 여기로 뛰어온 거니? 완전 감동이야!"

지니의 말에 미지는 당황했다.

"지니야, 무슨 소리야? 너도 거기에 있었잖아. 보고 있었고. 어떤 모르는 남자 애랑 같이 응원 포스터도 들고 있었잖아. 네가 나한테 난센스 퀴즈 문제에서 힌트까지 줬잖아! 너의 양말! 행사 끝나고 내가 너 불렀는데, 네가 못 들은 척 먼저 나가서 내가 지금 너 찾아다니고 있는 거 안 보여?"

미지의 이야기를 들은 지니는 미지 보다 더 당황한 듯했다.

지니가 말했다.

"미지야… 너… 왜 그래? 나는 머리가 아파서 5교시 끝나고 계속 보건실에 있었어. 지금 막 나가려는 중이었는데…. 그리고 양말이라니? 난센스 퀴즈? 그건 또 무슨 소리야? 시험의 날 행사에는 과학이나 수학 같은 과목들이 나와야 하는 거 아니야? 웬 난센스 퀴즈? 나 지금 네가 무슨 말 하는지 하나도 모르겠어. 처음부터 다시 자세하게 말해봐. 아, 그래 양말. 양말 이야기부터 해봐. 내 양말이 뭐 어쨌다는 거야?"

"네가 나한테 힌트를 줬잖아! 양말이라고!"

미지가 소리치며 지니의 양말을 가리켰다. 지니의 양말을 본 미지는 얼음처럼 굳어 버렸다. 지니의 양말은 아까 지니가 강당에서 미지에게 보여줬던 그 양말이 아니었다. 아까 지니가 신고 있던 양말은 검은색이었고 하얀색 줄무늬도 있었다. 하지만 지금 지니가 신고 있는 양말은 초록색과 빨간색이었고, 영어로 '메리 크리스마스'라고 적혀져 있었다. 미지의 심장이 뛰기 시작했다. 미지는 지니가 거짓말을 하는 게 확실하다고 생각했다.

"거짓말하지 마! 너는 아까 나랑 같이 강당에 있었어. 다른 애들이랑 시험의 날 행사를 하면서 너도 봤잖아. 마지막 과학과 영어 때 어떤 일이 일어났는지… 넌 지금 거짓말을 하고 있어. 맞지? 넌 재빨리 양말을 바꿔 신은 거야."

미지가 말했다.

"내가 양말을 바꿔 신었다고? 이거 지난 주말에 백화점 가서 새로 산 거야. 미지야, 난 지금 네가 도무지 무슨 말을 하는 건지 하나도 모르겠어. 그리고 난 그 시간에 강당에 없었어. 보건실에 있었다고."

지니가 자신의 양말을 보며 억울한 얼굴로 말했다.

"지니는 여기 있었단다. 1시 45분쯤에 머리가 아프다고 보건실로 들어왔어."

보건 선생님이 말했다.

"네?"

미지가 소리쳤다.

"그건 불가능해요. 전 지니가 강당에 앉아 있는 걸 똑똑히 봤어요."

"미지야, 진짜로 난 쭉 보건실에 있었어."

지니가 말했다. 지니도 이제 슬슬 목소리가 커지기 시작했다.

"원래는 20분만 있다가 강당으로 간다고 했는데 강당 문이 잠겨 있어서 지금까지 있게 된 거야."

보건 선생님이 말했다.

지니는 살짝 화가 난 듯이 미지에게 말했다.

"미지야, 혹시 나 속이려는 거니? 지금 장난치는 거야?"

"무슨 소리야? 너야말로 지금 나한테 거짓말하는 거지? 너 진짜로 어디 있었어?"

미지가 소리쳤다.

"왜 이렇게 말을 못 알아들어? 보건실에 있었다고! 강당에 있지 않았다고!"

지니가 답답하다는 듯 소리쳤다.

"아니야. 그건 거짓말이야. 제발 사실을 말해줘. 어떻게 강당에서 여기까지 그렇게 빨리 올 수가 있어?"

미지가 지니를 바라보며 말했다. 그러자 지니는 심호흡을 하고 최대한 차분하게 말했다.

"미지야, 잘 들어. 네가 착각하는 거야. 너는 나랑 닮은 다른 사람을 봤을 거야. 다른 외국인 학생. 그리고 나라고 착각을 한 거지. 그리고 걔는 그저 너를 응원 하고 있었던 거야. 너의 다른 팬들처럼. 그러니까 이 얘기는 더 이상 하지 말자."

지니는 그렇게 못 박듯이 대화를 끝내고 차갑게 보건실을 나갔다. 이번에는 미지가 지니를 따라 나가지 않았다.

"아이들이란…."

보건 선생님이 다시 말을 이었다.

"네 나이 때 아이들은 다 그렇단다. 보건 시간에 이야기한 것처럼 친구와 갈등이 생기는 건 당연한 일이야. 선생님이 너와 지니의 관계를 더 좋게 만들기 위해 이야기를 하나 해 줄게. 옛날에 친한 친구 한 명이 있었어. 그런데 어느 날 걔가 갑자기…."

미지는 길어질 것만 같은 보건 선생님의 이야기를 무시하고 밖으로 나왔다.

"마라탕 먹으러 갈 사람!"

"우리 집 갈래?"

수업이 끝나고 아이들이 떠들고 있었다. 미지는 지니가 가방을 챙기기 위해 교실로 갔을 것이라 생각했다. 하지만 미지는 가방을 굳이 챙기기 싫었다. 집으로 갈까 고민하다가 미지의 눈이 창문 너머의 지하 주차장으로 쏠렸다. '아니야. 저긴 금지된 구역이잖아.' 미지는 더 이상 고민하지 말고 집으로 가야겠다고 생각하고 발걸음을 돌렸는데 카린과 카린파들이 미지 앞에 서 있었다. 하나같이 거만한 표정이었다.

"안녕, 미지."

카린이 우쭐대는 말투로 말했다.

"난 방금 학생 인터뷰를 끝내고 왔어. 애들이 내일도 인터뷰를 하고 싶대. 너랑 같이. 항상 이기기만 하던 미지가 2등! 나한테 진 기분이 어떤지 알고 싶다나? 아무튼 걔들이 묻길래 나는 내가 아는 대로 전부 말했지. 나는 항상 널 이길 수 있었지만 다 봐 준 거라고. 애들도 다 나를 존경하더라! 이제 너는 2등이고 영원히 그럴 거야. 그리고 네가 이제껏 시험에서 100점을 받기 위해 컨닝을 많이 했다고 했어. 특히 내 걸 베끼면서! 그리고 반칙을 써서 항상 날 이기려고 했다고 사실대로 말 해줬지."

카린과 카린파들이 크게 웃었다.

미지는 그 웃음을 가위처럼 끊고 말했다.

"야, 카린. 넌 양심도 없냐? 세상에 너의 그 거짓말이 알려지는 순간, 넌 거짓말쟁이라는 낙인이 찍히게 되고, 평생 1등에만 집착하는 2등이라는 꼬리표를 달고 사는 거야."

카린이 웃음을 멈추었다.

"뭐?"

미지는 카린을 무시하고 반대쪽으로 걸어가며 말했다.

"됐다 됐어. 네가 이런 걸 알 리가 없지…."

미지는 학교 밖으로 나왔다. 집으로 가는 동안 미지는 아무 생각도 하지 않았다. 심지어 집으로 가는 길을 한참 돌아서 가고 있다는 사실도 알아채지 못했다.

어느덧 중간까지 왔을 때쯤, 미지의 핸드폰에서 메시지 알림이 울렸다. 미지는 근처에 있는 벤치에 앉아서 그 메시지 확인을 했다.

－미지야. 왜 안 오니?

학원 선생님이었다. '응? 이건 또 무슨 말이지? 오늘은 학원 없는 날 아닌가? 여긴 수요일에 가는 학원인데….'

그때, 미지의 머릿속에서 또 다른 소리가 말했다.

"그래, 이 바보야! 오늘이 수요일이잖아."

미지는 정신이 너무 없어서 오늘이 무슨 요일인지도 모르고 학원이 없는 날이라 착각하고 있었다.

－선생님, 죄송합니다. 오늘 학원 없는 줄 알았어요. 지금 갈게요.

미지는 선생님께 문자를 보냈다.

미지의 핸드폰에서 또 다른 알림음이 울렸지만 미지는 확인하지 않고 폰을 가방에 넣었다. 그리고 학원 쪽으로 뛰어가기 시작했다. 지니와 함께했던 모든 추억이 그 길에 있었다. 지니와 함께 걸었던 오르막길… 지니와 자주 갔던 빙수 집… 지니가 억지로 끌고 간 애견 카페… 모든 것이 지니와 관계없는 것이 하나도 없었다.

미지는 또다시 궁금해졌다. 지니가 왜 이렇게 구는 건지.

'혹시 다른 사람이 지니로 분장한 건 아닐까? 그래, 지니는 밝고 명랑한데 아까는 전혀 그래 보이지 않았어. 아니면… 지니가 완전 똑같이 생긴 일란성 쌍둥이? 그래서 둘이 계속 돌아가면서 내 베프 역할이 하고 있었던 거지. 그럼 왜 지니는 강당에서 봤으면서 아니라고 거짓말을 하는 거지? 진짜 지니 말대로 나는 다른 사람을 보고 지니라고 착각했었던 걸까? 하긴, 지니 옆에 남자 애도 있었는데, 내가 모르는 애였잖아. 잠깐만, 만약에 진짜로 지니가 쌍둥이고… 두 명이 있다면… 쌍둥이 중 한 명은 강당에 있었고, 한 명은 보건실에 있었을 수도 있네! 아니다! 어쩌면 지금까지 내가 함께한 지니는 전부 다른 지니일지도 몰라. 다 나와 친구가 되고 싶어서 돌아가면서 한 명씩 나를 만났던 거야!'

이야기는 점점 산이 되어 가고, 미지는 이 유치한 생각들을 전부 접기로 했다. 어느새 학원에 도착했다. 미지는 엘리베이터보다 빠른 계단을 선택했다. '빨리. 빨리.' 학원이 있는 3층에 도착했다. 20분 가까이 지각이었다. 미지는 학원 문을 열었다. 미지는 신발을 벗고 강의실로 들어갔다.

"선생님, 저….”

17. 한 번에 두 장소에 있는 존재
- 미지의 또 다른 그림자

미지는 문 앞에서 멈췄다. 원래 미지네 반은 미지와 지니, 단 두 명뿐이었다. 하지만 오늘은 지니가 없고, 선생님과 카린이 의자에 앉아 이야기를 나누고 있었다.

"아! 미지 왔구나."

선생님이 미지가 교실 문 앞에 서 있는 걸 보고 말했다.

"평소엔 20분 일찍 오는 미지가 오늘은 20분이나 늦었네!"

그러자 카린이 끼어들며 말했다.

"선생님, 말씀드렸잖아요. 오늘은 미지가 져서 충격 받았다고요. 분명 어디선가 잔뜩 좌절하다가 온 거예요."

"카린, 그만하면 됐어. 미지야, 자리에 앉으렴."

선생님이 단호하게 말했다. 미지는 자리에 앉는 대신 백 년 동안 빨지 않은 걸레를 보듯 카린을 가리키며 물었다.

"쟤… 뭐예요?"

"나는 사람이다!"

카린이 소리쳤다.

선생님이 둘을 번갈아 보며 말했다.

"아… 카린은 오늘 보강 수업을 하려고 왔어. 자, 그럼 시작하자."

"선생님, 지니는요?"

미지가 자리에 앉으며 물었다.

"아, 지니? 방금 지니 부모님께 연락이 왔는데 지니는 오늘 못 온 다고 하셨어."

미지는 카린을 마주 보고 앉았다. 필통과 책을 꺼내고 연필을 반듯하게 놓았다.

"미지야, 그럼 문제집 76쪽을 보자."

선생님은 수업 내용을 간단히 설명하고 문제를 풀라고 하셨다. 미지는 아무 생각 없이 문제를 풀었다. 지니가 오지 않아서 좋은 건지, 싫은 건지 알 수 없었다. 카린은 왠지 모르게 자꾸 미지의 관심을 끌려는 것 같았다. 30분쯤 뒤, 선생님의 휴대전화 벨이 울렸다. 선생님은 전화를 받으러 나가며 말했다.

"문제 풀고 있으렴!"

카린은 선생님이 나가자마자 미지를 향해 지우개를 던졌다. 그러나 빛처럼 빠른 미지의 손이 그 지우개를 낚아챘다. 미지는 고개도 들지 않은 채 그 지우개를 아무렇게나 던졌는데, 신기하게도 정확히 쓰레기통 안으로 들어갔다. 그 모습을 본 카린은 입을 떡 벌렸다.

"뭐야… 분명 고개를 들지도 않았는데 어떻게 잡은 거야…?"

미지는 문제집에서 눈을 떼지 않은 채 말했다.

"네 움직임은 눈에 다 보여, 카린."

"흥! 그래도 넌 이제 2등이니까 아무것도 아니거든!"

미지는 한심하다는 듯 말했다.

"카린, 너는 2등을 그렇게 원수처럼 여기면서 지금까지 어떻게 살았냐? 3등을 하면 아예 학교를 옮기겠다고 하겠네. 학교가 널 제대로 관리 못한다면서."

미지의 말을 들은 카린은 당장이라도 일어나 지우개 천 개는 던질 기세로 말했다.

"너…."

카린이 입을 열려는 순간,

"애들아!"

선생님이 들어오시며 말을 끊었다. 카린은 억지로 목을 가다듬고 바르게 앉았다. 미지는 아무 일도 없었다는 듯 다시 문제를 풀었다. 선생님께서는 자리에 앉아 수업을 계속하셨다. 30분쯤 뒤, 쉬는 시간을 알리는 종이 울렸다. 종이 치자 미지와 카린보다 선생님이 더 신난 것 같아 보였다. 카린은 옆 반 친구들, '카린파'들을 만나러 나갔다. 미지는 학원 가방에서 노란 물병을 꺼내서 마셨다. 물은 거의 남아 있지 않았다. 미지는 물을 뜨기 위해 정수기가 있는 곳으로 걸어갔다. 지니가 또 생각났다.

'지니는 왜 그렇게 행동했지? 설마 내 꿈에 나오는 그 여자아이가 지니인가? 아니야. 너무 다르게 생겼어. 걔는 지니랑 다르게 머리카락이 검은색이잖아….'

그러다 갑자기 머릿속에 또 다른 물음표가 생겼다.

'평범한 아이가 되는 건 어떤 느낌일까? 만약 나도 평범한 아이였다면 이런 이상한 일들은 벌어지지 않았을까?'

미지는 평범한 아이가 아니었다.

'만약 어릴 때부터 초능력 같은 걸 썼다면, 부모님은 왜 내가 초능

력자라는 걸 모르셨을까? 나는 어쩌다 이런 능력을 가지게 된 걸까?'

그 순간, 미지는 아주 오래전에 지니에게 처음으로 자신이 초능력자라고 털어놓았던 때를 떠올렸다.

쌀쌀한 어느 날이었다. 미지와 지니는 놀이터에서 두꺼비집을 만들고 있었다. 둘은 그때 아홉 살이었다. 그 무렵 미지는 자신의 초능력을 제법 잘 다루게 되어, 이제는 꼭 필요할 때만 쓰는 법을 익힌 상태였다.

"이제 지니에게 말할 때가 됐어."

미지는 지니에게 다가가 조심스럽게 지니를 불렀다.

"저… 지니야."

"응?"

지니가 고개를 들었다.

"나, 말해 줄 게 있어. 근데 비밀이야."

"비밀?"

지니의 커다란 눈이 반짝였다.

"응. 지금까지 아무한테도 말 안 했고, 앞으로도 너 빼고 아는 사람은 없을 거야. 그러니까 꼭, 무슨 일이 있더라도 비밀 지켜야 돼."

"알겠어! 아무한테도 말 안 할 테니까, 빨리 알려 줘!"

지니는 한껏 기대에 부푼 표정으로 재촉했다.

미지는 심호흡을 하고 천천히 말했다.

"나… 초능력 쓸 줄 아는 것 같아."

지니의 표정이 순식간에 '기대'에서 '실망'으로 바뀌었다.

"뭐야! 넌 나한테 맨날 '영화 많이 보지 말라'고 하면서, 이제 보니까 네가 더하네!"

지니는 미지가 장난을 치는 줄 알고 믿지 않았다.

"진짜야!"

미지가 소리쳤다. 지니는 배꼽을 잡고 웃었다.

"네가 초능력자면, 나는 세계 정복자다!"

잠시 후, 웃음을 멈춘 지니가 도전하듯 말했다.

"그럼 증명해 봐! 네가 초능력자라는 걸!"

미지는 살짝 지니를 노려보며 주머니에서 카드 한 장을 꺼냈다.

"보이지? 다이아몬드 2야."

지니가 고개를 끄덕였다.

"이제 네가 원하는 카드를 말해 봐."

"미지야, 또 카드 마술이야? 안 속아! 저번에 마술쇼 때 속임수 다 알려 줬잖아!"

지니는 미지의 손에서 카드를 낚아채더니, 그걸 입에 넣었다.

"야, 뭐 하는 거야!"

미지가 소리쳤다. 지니는 태연하게 되물었다.

"왜? 종이 먹어 본 적 없어?"

"응!!!"

미지가 놀라는 사이 지니는 종이를 삼켜 버렸다.

"야! 그걸 삼키면 어떡해! 종이는 세균 덩어리야!"

미지가 흥분해서 말을 쏟아냈다.

"너 종이가 얼마나 많은 곳을 거쳐서 우리에게 오는지 알기나 해? 종이는 일단 나무로 만들어졌지? 그러니까 예전에는 그 나무에 버섯이나 붉은 개미들이 잔뜩 있었을 거야. 그다음에는 사람들이 그 나무를 전기톱으로 베었겠지? 그 전기톱은 그 나무뿐만 아니라 다른 천만 종류의 나무들을 베었을 거야. 그러니까 그 전기톱은 버섯, 동물, 나무 껍데기 등의 세균으로 가득 찬 그야말로 '세균 천국 전기톱'이었을 거라고! 그리고 그 세균이 잔뜩 묻은 나무는 공장으로 갔겠지. 아마 더러운 트럭에 실려 갔으니 더 더러워졌을 거야. 가면서 새의 배설물 같은 걸 맞았을 수도 있겠지? 공장에 도착한 후에 그 나무는 종이로 바뀌었을 테고. 그 과정에서도 그 나무는 수많은 기계를 거쳤고. 그 기계가 세척이 되었을지 안 되었을지 우리는 알 수 없고. 그뿐인 줄 아니? 수많은 사람의 손이 그 나무를 만졌다고! 공장에 있는 사람들의 손들은 다 많은 물건들을 만지면서 비위생적이게 되었을 거야. 여기서 끝이 아니야! 그 종이는 바로 나한테 온 게 아니야. 이 카드는 우리 할아버지가 옛날에 해외여행을 다녀오시면서 사 오신 거라고! 그럼, 외국에서 우리나라까지 오는데 얼마나 많은 곳과 사람들의 손을 거쳤는지는 굳이 말하지 않아도 알겠지? 아무튼 그 카드는 30년 동안 수천 개의 장소를 돌아다니다가 우리 할아버지의 손을 거쳐 우리 아빠한테 왔고 아빠는 나한테 그 카드를 주신 거야. 세 사람의 손, 지갑, 가방 등을 왔다 갔다 하면서 최소 500가지의 물건에 닿고, 500명의 손은 거쳤을 건데, 정말 그 종이가 네 몸속에 있어도 안전하다고 생각하는 거니?"

하지만 지니는 미지의 말을 거의 무시하며 아이스크림을 계속 혀로 핥을 뿐이었다. 미지는 단호하게 말했다.

"지니야, 그 카드를 먹은 건 마치 '스타걸스 콘서트 티켓'을 먹은 거랑 똑같아!"

"뭐, 뭐라고?!"

지니가 눈을 동그랗게 떴다.

그때였다.

"야! 너희들!"

놀이터의 모든 아이들이 고개를 돌렸다. 네 명의 10대 남자애들이 자전거를 한 손으로 잡고 서 있었다. 리더로 보이는 키 큰 아이가 손가락으로 미지를 가리켰다.

"우린 악마의 5인방이다!"

"저 누나들 찍혔네…."

아이들이 수군거렸다.

그들은 동네 불량배로, '악마의 5인방' 혹은 '지옥에서 온 깡패'라 불렸다.(원래 한 명이 더 있었다) 놀이터의 몇몇 아이들은 달아났고, 남은 아이들은 숨어서 구경을 했다. 미지는 불량배들을 잠시 바라보다가, 아무 일 없다는 듯 지니에게 속삭였다.

"아무튼, 이제 알겠지? 난 거짓말 안 해."

"야!" 불량배들이 소리쳤다.

지니가 깜짝 놀라며 대답했다.

"으악! 네?"

미지는 지니의 팔을 잡았다.

"얘 이름은 '지니 앤더슨'이지, '야'가 아니야."

그 순간, 한 불량배가 미지에게 달려들었다. 미지는 모래를 한 움큼 집어 던졌다. 불량배는 눈을 감으며 소리를 지르더니 도망쳤다.

"너! 지난주 일 두 배로 갚아 줄 거야!"

그러자 빨간 머리의 불량배가 외쳤다.

"지난주?"

미지가 고개를 갸웃했다.

"난 아무 짓도 안 했는데?"

피어싱을 한 아이가 외쳤다.

"네가 우리의 에이스, '이블 데빌'을 발로 찼다며! 변명하지 마!"

"아, 그거?" 미지가 어깨를 으쓱했다.

"걔가 멍청하게 내가 타던 그네 앞을 지나갔잖아. 요즘은 유치원생도 그런 건 조심하던데?"

불량배들은 미지를 때리고 싶어 했지만, 겁이 난 듯 물러섰다. 미지는 불량배들을 째려봤다. 불량배들도 미지를 노려보았다. 아무도 말하지 않았다. 지니가 그 침묵을 깼다.

"하,하,하… 여, 역시 미지는 못 이기네! 미, 미지가 훨씬 더 어, 어린데 덤비지도 모, 못하잖아!"

지니는 옆에서 자신을 지켜줄 미지가 있다는 사실을 깨닫고 갑자기 자신만만해진 것 같았다.

"오늘은 그냥 지나가다가 마주친 것 같은데 다음번에 애들 더 데리고 오지 그래?"

미지가 말했다.

"그, 그래!"

지니도 옆에서 맞장구를 쳤다.

"그래, 얘들아. 다음번에 이블 데빌을 데리고 와서 제대로 하는 게 좋지 않을까? 게다가 아까 걔가 도망가서 우리 편 한 명 더 부족 하잖아!"

머리를 빨간색으로 염색한 남자아이가 긴장한 목소리로 다른 아이들에게 말했다.

그러나 리더로 보이는 남자아이가 화난 목소리로 말했다.

"아니야. 이게 얼마나 황금 같은 기회인지 모르겠어? 여기서 우리가 미지를 이기면 다시는 얼씬도 못 할 거라고! 만약 너희들이 여기서 미지를 해치우는데 큰 공을 세우면 너희들은 나에게 엄청난 보상을 받게 될 거야!"

"문제는 쟤를 이길 수 있냐는 거지…."

다른 아이들이 미지를 쳐다보며 겁먹은 표정으로 말했다.

"빨리 결정해. 내가 시간이 남아도는 줄 아냐?"

미지가 한마디 했다. 불량배들은 작게 웅성거리며 작전을 짰다.

그때였다.

"야, 무슨 일이야?"

뒤에서 누군가 다가오는 목소리가 들렸다.

모두의 시선이 그쪽으로 쏠렸다. 거기에는 헝클어진 헤어 스타일을 한 남자아이가 서 있었다. 15, 16살 정도로 보이는 그 남자아이는 막대 사탕을 입에 물고 거만한 자세로 한 손을 주머니에 넣고 있어 한눈에 '깡패'라는 단어를 떠올리게 했다. 그 아이는 'Evil Devil'이라고 적혀 있는 오래된 검은색 티셔츠를 입고 있었다. 바로 그 '이블 데빌'이었다. 이블 데빌이 나타나 불량배가 다섯이 되자, 놀이터에 있던 아이들 중 몇 명이 더 달아났다.

"무슨 일이냐고?"

이블 데빌은 미지와 지니에게 말하는 건지, 불량배들에게 말하는 건지 알 수 없게 물었다. 하지만 뒤늦게 미지와 지니를 발견한 걸 봐서는 불량배들한테 말하는 것 같았다.

"이블 데빌!" 다른 불량배들이 소리쳤다.

"왜 이렇게 늦게 와? 1시까지 34번 주택 뒷골목에서 만나기로 했잖아! 왜 그렇게 시간 개념이 없어?" 리더가 말했다.

"아무튼, 조금 문제가 생겼어. 네가 하도 안 나와서 너희 집 쪽으로 가고 있었는데, 여기서 우연히 미지 녀석을 발견했지 뭐야?"

이블 데빌은 리더의 말이 끝나자마자 무섭게 미지와 지니에게 다가왔다. 지니가 미지 옆에서 식은땀을 흘리며 침을 꼴깍 삼키고 있었다. 하지만 이블 데빌이 한 발짝도 내딛기 전에, 또 다른 목소리가 들렸다.

"너희들!"

머리부터 발끝까지 파란색 옷을 입은 경비 아저씨가 나타났다.

"너희들! 저번에 그 불량배들이지? '지옥에서 온 깡통' 인지… '악마의 5월빵' 인지 뭔지… 아무튼 이번에야말로 잡고 만다! 이리 와!"

경비원이 소리쳤다.

"아저씨!"

놀이터에 있던 어린아이들이 경비원에게 달려들며 환호했다. 불량배들은 겁에 질려 자전거가 있는 쪽으로 뛰어갔다. 그 모습을 본 미지는 숨을 깊게 들이 마시고 다시 내뱉지 않았다. 불량배들은 각자 타고 온 자전거에 올라탔다. 하지만 자전거는 움직이지 않았다.

"으악! 빨리 가야 하는데!"

"도대체 왜 안 움직이는 거지?"

"바, 바퀴 바람이 다 빠졌어!"

"뭐야? 아까까지는 공기가 빵빵 했는데?!"

좀 전에는 멀쩡했던 불량배들의 자전거 바퀴에는 바람이 거의 없었다. 경비 아저씨가 달려와 그들을 붙잡았다. 순찰하던 경찰까지 와서 불량배들은 전부 연행됐다. 경비원은 미지와 지니가 괜찮은지 확인하고 경비실로 돌아갔다.

"멋져요!"라고 소리치는 아이들과 함께.

이제 놀이터엔 미지와 지니만 남았다. 미지는 길게 숨을 내쉬었다.

"뭐야, 미지야? 아까 왜 숨 참고 있었던 거야?"

지니가 물었다.

"저 자전거 바퀴들을 봐."

"응?"

"내가 숨을 들이마셔서 바퀴의 공기를 빼낸 거야.

내가 숨을 들이마셨을 때, 자전거 바퀴 안에 있던 공기들이 모두 내 입안으로 들어온 거지."

지니는 무슨 말인지 모르겠다는 듯 얼굴을 찌푸렸다.

"못 믿겠으면 이리 와 봐!"

미지는 지니의 팔목을 붙잡고 바람이 빠져 쓰러진 자전거들이 있는 쪽으로 갔다. 지니는 얼떨결에 미지를 따라 갔다. 미지는 파란 자전거 위에 가볍게 앉으며 말했다.

"잘 봐!"

미지가 페달을 밟았다. 자전거는 무슨 일이 있었냐는 듯 빠르게 움직였다.

"어, 어떻게…?"

지니가 당황하며 말했다. 미지는 씩 웃고 원 한 바퀴를 돈 다음 지니에게로 돌아 왔다. 미지가 자전거에서 내리고 지니는 한동안 말을 할 수가 없었다.

"아니? 도대체… 뭐야? 이것도 마술이야? 지금 무슨 일이 벌어진 거야?"

"아직도 못 믿겠으면 너도 한번 타 봐."

미지가 웃으며 말했다. 미지가 손짓을 하자 자전거 한 대가 벌떡 일어나 지니에게로 갔다. 지니는 놀란 표정으로 말했다.

"그런데… 내가 타기엔 너무 커."

미지가 싱긋 웃으며 손짓하자 자전거는 지니의 몸 크기에 딱 맞게 줄어 들었다.

"헐! 미지 너… 진짜 초능력자네? 짱이야!"

두 사람은 자전거를 타고 동네를 한 바퀴 돌았다. 지니가 소리쳤다.

"나, 초능력자 친구 있다!"

미지는 헬멧을 눌러 쓰며 웃었다.

"그래서… 언제부터 초능력이 있었던 거야?"

지니가 물었다.

"잘 기억 안 나."

"부모님은 알아?"

"아니. 너한테만 말한 거야."

지니는 반은 감동, 반은 숨이 찬 얼굴로 말했다.

"또 어떤 초능력을 쓸 수 있어?"

"음… 집에서 연습한 건… 염력을 쓸 수 있고, 하늘 위로 2미터 정도 뜰 수 있고, 6초 동안 투명해 질 수 있어."

"그럼 더 연습하면… 막… 순간 이동을 하거나… 과거, 미래를 왔다 갔다 할 수 있는 거야?"

"글쎄… 아마도?"

"그런데 진짜 대박이다… 헉헉, 내 친구가 초능력자라니… 지금 세상에 너의 초능력들을… 보여 주면 안 돼? 유명해 질 수 있잖아!"

"아니… 나는 별로….'

"미지야… 난 네가 이해가 안 가. 넌 남들은 없는 엄청난 힘이 있는데 왜 안 알리는 거야?"

미지는 혼자 생각에 잠겼다. 초능력이 특별한 선물이라면 왜 지니에게는 그 선물이 없었는지 알 것 같았다. 미지와 지니는 다시 놀이터 쪽으로 돌아가고 있었다. 지니는 아직도 미지의 초능력을 세상에 알려야 한다고 말하고 있었다.

"난 네가 가끔 너무 이해가 안 돼. 미지야, 이건 역사상 한 번도 일어난 적이 없는 일이라고!"

"그래도 난 비밀로 간직할래. 만약 네가 내 비밀을 세상에 알렸다간 나는 언제든지 너를 달팽이로 만들어서 키울 수도 있어."

지니는 그 말을 듣고 겁을 먹어 재빨리 화제를 바꾸었다.

"그럼, 앞으로는 어떻게 할 거야?"

"음… 초능력을 잘 제어 해야 하니까 이제부터 열심히 연습 하려고 해."

"그럼 연습할 수 있는 공간을 따로 만들어 보는 건 어때?"

"그건 아직 잘 모르겠어…."

"초능력은 어떻게 생기게 된 거야? 외계인을 만난 거야?"

미지는 그 말을 듣고 멈칫했다.

"나도… 잘 모르겠어…."

"아니? 그걸 어떻게 몰라? 잘 생각해 봐. 분명 어떤 이유가 있겠지!"

"그게…."

미지는 아무 말 없이 생각에 잠겼다.

'초능력은 자랑이 아니라, 책임이야.'

"야! 미지!"

미지는 마침내 상상 속에서 깨어났다. 미지는 바닥에 주저앉아 있었다. 멀리서 카린의 목소리가 들렸다.

"미지! 어디 있어? 너 없어져서 나까지 괜히 너 찾아다녔잖아! 완전 짜증나! 너 때문에 11번 문제 풀이 과정 반 밖에 못 썼거든! 당장 나와라!"

미지는 몇 년 전에 있던 일인데 어제 일처럼 생생하게 기억난다는 것이 신기했다. 마치 내가 그곳에 있었던 것 같았다. 두 장소에 한꺼번에 있었던 것처럼…. 미지는 한숨을 쉬며 일어났다. 하지만 주위를 돌아보자마자 소름이 쫙 돋았다.

학원 정수기 옆이 아니었다. 미지는 숲속에 있었다. 하지만 미지가 놀란 것은 그 숲이 미지의 꿈에 나오는 그 숲이라는 사실이었다. 카린의 목소리가 점점 작아지더니 거의 사라졌다.

"야… 미지… 너 당장… 나…."

미지는 겁에 질린 눈으로 천천히 주위를 둘러보았다. 여자아이의 웃음소리가 희미하게 들려왔다. 미지의 몸이 덜덜 떨렸다.

"도대체 이게 무슨 일이야…."

미지는 돌아갈 길을 찾아보았지만 출구같이 생긴 곳은 그 어디에도 보이지 않았다. 주위엔 나무들과 동물들, 그리고 웃고 있는 여자아이의 목소리뿐이었다. 미지는 그 목소리를 따라가지 않았다. 바람이 불었다.

"너도 혼자구나… 나도 그런데."

미지가 혼잣말을 하듯 바람에 속삭였다.

"아니, 아닐지도…."

미지는 여자아이의 웃음소리를 듣고 말을 바꾸었다.

"저기요?" 미지가 크게 소리쳤다.

"아무도 없어요?"

하지만 돌아오는 건 미지의 메아리 뿐이었다.

'아무도 없어요~~~무도 없어요~~~도 없어요~~~~없어요 ~~~~'

미지는 무엇을 어떻게 해야 할지 아무 생각이 나지 않았다. 이 상황이 미지의 상상이나 꿈이라 해도 숲은 숲이니 미지를 공격할 만한 동물들이 있을 수도 있었다. 하지만 여기서 슈퍼 히어로가 나타나 미지를 구해줄 확률은 0.000001%였다.

미지는 천천히 숲을 걸었다. 미지는 떨어지는 나뭇잎을 보고 까무러치게 놀라 뒷걸음질을 치다가 머리를 나무에 박았다. 또한, 걷다가 살짝 무언가를 밟아 소리를 질렀는데 그것이 나무에서 떨어진 아기 다람쥐라는 사실을 알고 얼굴을 붉히며 다람쥐를 다시 나무 위에 올려 주었다. 미지는 처음 와 본 곳은 아니지만 낯설게 느껴지는 숲을 걸으며 자신이 예민해졌다고 생각했다. 계속 바람이 불었다, 미지는 허리에 두르고 있던 잠바를 입었다. 미지는 이 문제를 초능력으로 해결할 수 있지 않을까 생각해 보았지만, 자신이 수학 학원에 있다가 갑자기 이상한 숲에 갇혀서 빠져 나올 수 있을 만한 초능력을 연습해 놓지 않았다는 사실을 깨달았다. 미지는 걷고, 또 걸었다. 숲은 끝이 없어 보였다.

'이러다가 학원으로 영원히 못 돌아가는 게 아닐까?'

미지는 문득 자신이 자신의 발에 밟히는 낙엽 소리가 더 크게 들리는 것 같은 느낌이 들었다. 미지는 소리가 나지 않게 더 살살 걸었다. 하지만 소리는 그럴수록 소리는 더 커졌다. 숲은 끝없이 이어졌고 발소리의 주인공은 2명이었다. 그리고 그 두 번째 발소리는 분명히 미지의 것이었다.

18. 숲

미지는 발걸음을 멈추고 아주 천천히 신발 끈을 묶는 척했다. 하지만 또 다른 발걸음 소리는 나지 않았다.

그 '사람'도—아니, 사람이 맞다면—멈춘 듯했다.

'공포 영화에서 보면, 갑자기 뒤에서 귀신이 나오던데… 어쩌면 예전에 이 숲에서 죽었던 사람일지도 몰라. 혹시 나처럼 꿈을 꾸다가 갑자기 여기로 와서 돌아가지 못한 걸까? 그래서 원한을 품고 이 숲을 떠나지 못하는 거야? 그래서 이 숲에 들어오는 사람들을 전부 죽여 버리려는 건 아닐까…?'

미지는 그 생각에 등골이 오싹해졌다. 그러고는 눈을 질끈 감고 뒤를 돌며 외쳤다.

"귀, 귀신이면 물러가고, 사, 사람이어도 물러가라!"

그러자 뒤에서 여자아이의 밝은 목소리가 들렸다.

"귀신도, 사람도 아니면 어떻게 해요?"

미지는 순간 온몸에 소름이 돋았다.

'귀신도 사람도 아니라니… 그게 무슨 뜻이지? 그럼 동물? 그런데 동물이 어떻게 여자아이 목소리를 낼 수 있지? 아, 혹시! 생김새랑 목소리를 바꿀 수 있는 초능력자인가?'

미지는 용기를 내어, 가면을 쓰고 망토를 두른 괴생명체를 상상하며 한쪽 눈을 살짝 떠보았다. 그곳에는… 평범한 여자아이가 서 있었다. 무섭게 생기지도 않았다. 그냥, 보통 여자아이였다.

"뭐야? 넌 그냥 여자아이잖아? 그럼 사람이네! 깜짝이야…."

미지는 안도의 한숨을 내쉬었다. 여자아이는 모자를 쓰고 있었고, 멀리 있어서 얼굴은 잘 보이지 않았다.

"그냥 물어본 거였어요."

그녀는 반대 방향으로 뛰어갔다.

미지는 잠시 멍하니 서 있다가, 곧 생각에 잠겼다.

'잠깐만… 그 아이, 내가 꿈에서 본 여자아이야! 아까 그 웃음소리의 주인공도 분명 그 아이였어!'

미지는 여자아이가 간 곳을 보며 전속력으로 달렸다. 만약 그 아이가 진짜 꿈속의 여자아이라면, 이 숲에 대해 물어볼 수 있을지도 모른다. 그리고 그 아이의 정체와 미지가 여기까지 오게 된 이유, 어쩌면 폭포 뒤의 동굴에 대해서도 알 수 있을지 몰랐다.

"야! 기다려!"

미지는 앞서가는 여자아이에게 소리쳤다. 미지는 달리기가 빠른 편이라 금세 따라잡았다. 하지만 말을 걸어도 여자아이는 아무 대답도 하지 않았다. 둘은 계속 달렸다. 미지의 체력이 금세 바닥이 났다. 미지가 고개를 숙이고 숨을 고른 뒤, 다시 고개를 들었을 때, 여자아이는 이미 사라진 뒤였다.

'이 장면… 꿈에서 본 장면이야.'

미지는 생각했다. 미지의 눈앞에 덩굴줄기가 펼쳐졌다. 미지는 이 장면도 알고 있었다. 망설임 없이 덩굴을 걷어내자, 바람이 불어왔다. 미지는 눈을 스르르 감았다 떴다. 맑은 강, 거대한 폭포, 그리고 작은 나무배 한 척이 눈앞에 있었다. 아까 본 여자아이가 배를 묶어둔 밧줄을 열심히 당기고 있었다. 그리고 콧노래를 부르고 있었다.

"배, 배! 배를 타고~ 여행을 떠나자~ 머나먼 곳으로!"

미지는 이 기회를 놓칠 수 없었다. 미지는 재빨리 여자아이 곁으로 다가가 밧줄을 함께 당기며 말했다.

"안녕, 나는 미지야! 넌 누구니? 이 숲은 또 뭐고? 너 저 폭포 뒤 동굴에 뭐가 있는지 알아?"

하지만 여자아이는 아무 대답도 하지 않았다. 그저 묵묵히 밧줄만 당겼다. 미지는 여러 번 불러 보았지만, 그녀는 계속 아무런 반응이 없었다. 조금 짜증이 난 미지가 팔꿈치로 여자아이를 툭툭 건드렸다.

"까아악~~"

미지는 소리를 지르며 뒷걸음질 치다가 물에 빠질 뻔 하기도 했다. 미지의 팔꿈치가 여자아이의 몸을 그대로 통과한 것이다. 마치 홀로그램을 만지는 것처럼. 하지만 여자아이는 아무것도 모르는 것처럼 계속 줄만 당겼다.

"너… 내 말 들려?"

미지가 조심스레 물었다. 여전히 여자아이는 아무 대답이 없었다. 그때 배가 도착했다. 돛도 없는, 카누처럼 생긴 배였다. 여자아이는 배 한가운데에 사뿐히 올라탔다. 미지도 따라 올라탔다. 배가 미지 쪽으로 살짝 기울었다. 여자아이는 능숙하게 밧줄을 풀고, 노를 잡아 천천히 저었다. 미지는 그 모습을 조용히 바라보았다. 여자아이는 힘들어 보였지만 멈추지 않았다. 마치 무언가를 기대하는 것처럼. 미지 역시 한껏 기대에 부풀었다.

'이 배가 반대편에 닿으면, 그 아이와 함께 폭포 뒤 동굴에 들어가서 모든 비밀을 알아낼 수 있을지도 몰라!'

하지만 동시에 '도착하자마자 또 학원으로 순간 이동되는 건 아닐까?' 하는 불길한 예감도 들었다. 잠시 뒤, 배는 거의 목적지에 닿았다. 미지는 들뜬 마음으로 내릴 준비를 했다. 하지만 미지의 기대와는 달리, 여자아이가 갑자기 배의 방향을 꺾었다. 배는 미지가 바라던 쪽이 아닌, 다른 방향으로 가기 시작했다. 배는 물의 방향을 따라 흘러갔다. 물살이 점점 거세져, 배는 순식간에 멀리 떠내려갔다.

"안 돼! 멈춰! 이쪽이 아니야! 돌아가야 한다고!"

미지가 소리쳤지만, 때는 이미 늦었다. 배는 너무 멀리 와 있었다. 미지는 체념한 듯 자리에 앉았다.

'이 아이… 자기가 어디로 가는지 알고는 있는 걸까?'

물살이 더 세지고 이젠 아이가 노를 젓지 않아도 배가 스스로 나아갔다. 미지는 조용히 앉아 끝없이 펼쳐진 물의 세상을 바라보았다. 조금 뒤, 주변에 안개가 끼기 시작했다. 처음에는 그래도 눈앞의 것이 무엇인지 구분할 수 있었는데, 점점 시간이 흐를수록 안개가 심해져 앞을 볼 수가 없을 정도가 되었다. 여자아이는 마치 예상했다는 듯, 바닥에 내려놓았던 노를 꺼내 다시 저을 준비를 했다.

안개가 조금 걷히자 다시 앞이 보였다. 미지는 배가 지금 오르막길을 오르고 있다는 걸 눈치챘다. 경사가 심하지 않아서 여자아이가 노를 저으면 올라갈 수 있었다. 하지만 오르막길은 꽤 길었다. 게다가 여자아이는 힘이 세지 않아서 올라가는 데 시간이 오래 걸렸다.

안개는 거의 다 사라졌고 배는 다시 평평한 곳에 도착했다. 미지는 더 이상 겁을 내지 않기로 했다. 곧 학원으로 돌아갈 수 있을 거란 생각을 하면서 여유롭게 풍경을 즐기며 얌전히 배에 앉아 있었다.

그때였다. 귀에 작은 소리가 들려왔다. 미지는 눈살을 살짝 찌푸렸다. 그 소리는 마치 사이다를 종이컵에 따를 때 나는 탄산수 소리 같기도 하고 잘 달구어진 불판에 고기를 올려놓았을 때 나는 소리처럼 들리기도 했다. 미지는 그 소리가 무엇인지 궁금했지만, 앞에 앉아 있는 여자아이에게 물어보지 않았다. 어차피 대답하지 않을 게 뻔했기 때문이다. 미지는 소리에 귀를 기울이며 생각했다.

'이 배는 소리가 나는 쪽으로 가는 것 같아. 배가 앞으로 나아갈수록 소리가 점점 더 커지는 것 같아.'

미지는 점점 크게 들려오는 소리와 함께 이제 곧 소리의 정체를 알 수 있겠다고 생각했다. 그 순간, 미지는 갑자기 몸이 굳어지는 것 같았다. 그 소리의 정체는…… 폭포였다!

"아… 야, 잠깐만! 야, 자, 잠깐만! 이건 좀 아니지! 멈춰!"

미지가 벌떡 일어나 소리쳤다.

미지는 다시 자리에 앉아 고개를 숙이고 눈을 질끈 감았다.

'난 아직 죽기 일러… 난 아무 잘못도 없는데… 원치도 않았는데 괜히 여기로 와서… 아…정말…물에 빠지면 죽나?'

이런저런 생각들로 복잡한 머리를 부여잡고 고민하고 있을 때, 배가 기울기 시작했다.

"떨어지인다아아아!!"

배가 조금 전보다 더 기울어지더니, 수직이 되었다.

"꺄아아아아아아아아악!!"

미지가 소리를 질렀고, 배는 아래로 떨어졌다. 미지와 여자아이는 배에서 떠올랐다. 미지는 양손으로 배의 끝부분을 꽉 잡았다. 하지만 몸이 점점 더 떠오르더니, 결국 손을 놓쳤다. 여자아이는 계속 배를 잡고 있었다.

미지는 크게 소리를 질렀다.

"아아아아아아아아아아아아악!"

촤악!——

얼음처럼 차가운 물이 얼굴을 덮쳤다. 미지는 살짝 눈을 떴다. 그리고 기쁨의 소리를 질렀다. 그녀는 다시 학원에 와 있었다. 눈앞에는 카린이 서 있었다. 빈 텀블러를 들고 있는 걸로 봐서는, 카린이 텀블러 안의 물을 미지에게 부은 게 분명했다. 미지는 벌떡 일어나 카린에게 달려가서(인생 처음으로) 그녀를 꽉 안았다.

"카린! 정말 보고 싶었어!"

"뭐, 뭐야? 뭔 말이야? 당장 떨어져!"

카린이 당황한 듯 미지를 세게 떨쳐냈다.

"넌 왜 불러도 안 일어나? 학원에서 자다니… 네가 아까 시험의 날 행사 때문에 이상해졌구나!"

카린이 고개를 저으며 소리쳤다.

"내가… 잤다고?"

미지가 얼굴을 찌푸리며 혼잣말처럼 천천히 속삭였다.

"그래! 으휴!"

카린은 이렇게 말하고 강의실로 갔다. 미지도 카린을 따라 들어갔다. 선생님은 안 계셨다. 미지는 자리에 앉아 문제를 풀며, 아까 있었던 일들을 떠올려 보았다.

종이 치고 3분쯤 지나자 선생님이 들어오셨다.

"늦어서 미안해. 와! 이미 문제를 풀고 있었구나! 잘했다."

미지는 수업에 집중할 수가 없었다. 머릿속에 한 가지 생각만 맴돌았다. '그 숲의 정체는 도대체 뭘까…?'

학원 수업을 마치고 미지는 집을 향해 걸어가고 있었다. 숲의 정체와 10년 전에 있었던 일의 비밀을 알아낼 방법을 생각하면서.

'아무래도 지니가 뭘 숨기고 있는 것은 분명한데… 지니에게 물어

보면 솔직히 대답해 줄까?' 미지는 생각하고 또 생각했다.

내리막길에 다다랐을 즈음, 미지는 결론을 내렸다. 나와 가장 가까운 사람, 어쩌면 엄마가 뭔가 알고 있을지도 모른다는 것이었다.

"그래! 엄마는 아실 거야. 엄마가 나를 낳고 키워주셨으니까. 엄마가 나와 제일 가까우니까 엄마께 여쭤봐야겠다!"

미지는 이렇게 혼잣말을 하며 달리기 시작했다. 집에 거의 다 도착했을 때쯤 미지는 마음속으로 간절히 빌었다.

'엄마, 제발…뭐라도 말해주세요…!'

미지는 지니의 집을 지나치다가 지니의 집 불이 다 꺼져 있는 것을 보았다

"어디 갔나…."

미지는 혼잣말하듯 중얼거리며 집으로 들어갔다. 미지는 잠바를 벗어던지며 소리쳤다.

"엄마!"

엄마의 목소리가 안방에서 들려왔다.

"미지야! 엄마 여기 있어! 빨리 왔구나."

미지는 안방으로 달려갔다. 엄마는 나무 의자에 앉아 두꺼운 책을 보고 있었다.

"엄마, 그거 뭐예요?"

관심은 없었지만 미지는 물었다.

"아, 이거? 이건 네 유치원 때 앨범이야. 와, 너 이때 정말 작았다!

이 사진은 엄마랑 박물관 갔을 때 찍은 거야. 그때 엄마가 깜빡하고 네가 말한 박물관 책을 안 가지고 와서 네가 정말 화를 냈었지."

미지는 엄마에게 다가가며 천천히 말했다.

"아… 네. 그랬구나… 그런데요, 엄마, 10년 전에 저랑 엄마가 지금 제 중학교에 간 적 있잖아요?"

"뭐? 10년 전이면… 그때 넌 유치원생 아니었니?"

"아마도요…."

"그런데 그건 왜?"

"그때 제가 주차장에서 놀았잖아요…."

"얘, 엄마가 지금 몇 살인데 그걸 기억하니?"

엄마의 대답을 들은 미지는 무척 실망했다. 한숨을 쉬며 방을 나오려는데 엄마가 말했다.

"이건 너 수영장 갔을 때네… 아, 이건 10년 전에 학교 앞에서 찍은 거다! 이 헤어스타일 잘 어울렸는데!"

엄마의 말에 미지는 번개처럼 다시 달려가 앨범을 낚아챘다. 그 바람에 앨범이 엄마의 발에 떨어졌지만, 미지는 상관하지 않고 그저 사진만 뚫어져라 쳐다볼 뿐이었다. 사진에는 미지가 학교 연못 앞에서 찍은 사진이 있었다. 단발머리에 키가 작은 미지가 웃고 있었다. 엄마도 그 사진을 보며 생각난 듯 천천히 말했다.

"그래… 이제 기억난다. 그때 엄마가 볼일이 있어서 너랑 학교에 갔는데… 네가 없어졌었지. 한참을 찾아다니다 주차장에서 발견했어. 네가 완전 흙투성이에 물에 젖은 채 서 있었어."

"물? 흙? 왜요?"

미지가 사진에서 눈을 떼며 물었다.

"그건 엄마도 잘 모르겠어…"

엄마는 일어나 거실로 향했다.

"벌써 방울이 밥 줄 시간이네! 미지야, 다 보면 앨범은 침대 옆 서랍장에 넣어 줄래?"

"네!"

미지가 대답했다. 미지는 엄마가 조금이라도 알려주셔서 다행이라는 생각을 하며 다시 사진을 바라보았다.

"어…?"

미지는 사진에 코를 박고 들여다보았다.

'단발머리, 하얀 치마, 키 100cm쯤 되는 아이.'

어디서 많이 본 모습이었다.

19. 진실을 밝히기 위해 떠나는 길

"이 사진 속의 나… 꿈에 나오는 여자아이랑 무척 닮았네…?"

미지는 지금까지 살면서 한 번도 느껴 본 적 없는 만족감이 마음 속 깊은 곳에서 밀려오는 것을 느꼈다. 또 하나의 퍼즐 조각이 끼워

진 순간이었다. 꿈에 나온 여자아이는 바로 십 년 전의 미지 자신이었다. 그제야 미지는 모든 게 연결되어 있었음을 알았다.

10년 전, 미지가 구덩이로 빠져서 갔던 곳은 꿈에 나오는 바로 그 숲이었다. 꿈속의 아이도, 배를 함께 탔던 아이도 모두 과거의 미지였다. 하지만 아직 완성되지 않은 퍼즐이 남아 있었다.

'그럼, 지금까지 나에게 일어난 다른 일들은 뭐지? 무전기 사건은? 지니의 이상한 행동들은?'

미지는 다시 머릿속이 복잡해졌다.

그때, 미지를 생각 속에서 끌어낸 건 엄마의 목소리였다.

"미지야! 방울이 밥그릇. 이 어딨지?"

엄마의 목소리가 마당에서 들려왔다.

"아, 맞다…."

미지는 정신이 번쩍 들었다. 침대에서 천천히 일어나 문을 열었다. 미지는 마당으로 나가 엄마를 바라보며 말했다.

"엄마… 가야 할 데가 생겼어요."

"뭐? 가야 할 데? 어디?"

엄마가 놀란 얼굴로 미지를 쳐다봤다.

"그건… 알려드릴 수는 없어요. 하지만 아주 중요하고 급한 일이에요."

한 번도 본 적 없는 미지의 단호한 말투에, 엄마는 잠시 미간을 찌푸리더니 이내 고개를 끄덕였다.

"알겠어, 미지야. 하지만 날이 쌀쌀하니까 일찍 들어와야 해. 그리고 오늘 아빠 생신이잖아. 저녁에 서프라이즈 파티하기로 했던 거, 잊지 마."

"네? 아, 네… 그럼요."

미지는 웃으며 대답했다. 하지만 가슴 한구석이 이상했다. 그것은 어쩌면 지금 이 순간이 엄마를 보는 마지막 순간일지도 모른다는 예감이었다. 미지는 방으로 들어가 가방을 싸기 시작했다. 손전등, 어쩌다 생긴 램프, 플라이보드, 핸드폰, 긴 밧줄, 크리스마스 때 지니네 가족에게 받은 녹음기와 무전기, 태블릿, 장난감 고무줄총, 망원경… 필요한 것과 필요 없는 것이 뒤섞여 있었다. 물건을 하나 넣을 때마다, 방울이가 하나씩 꺼내는 통에 가방을 무려 여덟 번이나 다시 싸야 했다. 준비를 마친 뒤, 미지는 화장실에 다녀와 가방을 멨다. 가방은 꽤 무거웠다. 그래서 미지는 자전거를 타고 가기로 했다. 미지는 밖으로 나와 마당에 세워둔 자전거에 가방을 싣고 올라탔다.

"엄마, 다녀오겠습니다!"

안방 창문 쪽을 향해 크게 외쳤다. 엄마가 창문가에서 손을 흔들었다. 미지도 환하게 웃으며 엄마에게 손을 흔들어 보였다. 미지는 길을 나섰다. 진실을 밝히기 위한 여정이 시작되고 있었다.

미지는 먼저 집을 나와 지니네 집 앞으로 갔다.

지니네 집 창문에는 커튼이 모두 쳐져 있었고, 평소에는 밝던 집이 오늘은 이상하게 어둡고 침울해 보였다. 미지는 자전거를 세워 두고 마당 쪽으로 걸어가 초인종을 눌렀다.

"딩동."

예상했던 대로 대답은 없었다. 미지는 몇 번 더 초인종을 누르며 기다렸지만, 아무도 나오지 않았다. 미지는 가방 안에서 휴대폰을 꺼내 지니에게 전화를 걸었다.

"고객이 전화를 받지 않아 '삐' 소리 이후 음성사서함으로 연결됩니다."

뚝. 미지는 전화를 끊었다.

'이건 분명 지니가 일부러 전화를 받지 않는 거야. 혹시 나한테 화가 많이 났나?'

휴대폰 홈 화면에 지니와 함께 놀이동산에 갔을 때 찍은 사진이 보였다. 둘은 어깨동무를 하고 회전목마 앞에서 환하게 웃고 있었다. 그 사진을 보자 미지의 눈가가 뜨거워졌다.

'눈에 뭐가 들어간 게 분명해.'

미지는 전화 거는 것을 포기하고 가방 속에서 무전기를 꺼내 조심스럽게 입을 댔다.

"…지니야?"

대답이 없었다. 그러다 문득 지니가 예전에 말했던 게 떠올랐다.

'무전을 할 땐 내 이름 말고 "더블 통새우에 치즈스틱 추가"라고 불러 줘!' 미지는 주변을 살피며 작게 속삭였다.

"…더블 통새우에 치즈스틱 추가?"

그 순간 무전기에서 지니의 목소리가 들려왔다.

"미지야…."

"지니야! 지니 앤더슨! 너 어디야?"

"미지야… 보여…."

"뭐? 뭐가 보여? 너 어디야?"

"어둠이 보여… 폭포… 강… 동굴…."

"폭포, 강, 동굴? 그게 무슨 뜻이야? 지니, 너 거기 어디야—!"

뚝. 무전기가 끊겼다.

"야, 야! 더블, 더블 치즈버거! 아니, 새우버거였나?! 지니야! 지니 앤더슨!"

미지는 조급해졌다. 재빨리 자전거에 올라타 페달을 힘껏 밟았다. 오직 하나의 생각뿐이었다.

'최대한 빨리 학교로 가야 해.'

미지에게 오늘 하루는 너무 힘든 날이었다. 시험의 날 행사에, 이상한 일들까지 겹쳐 미지는 체력도 바닥난 기분이 들었다.

미지는 문득 플라이보드가 생각났다.

"오! 굿 아이디어!"

미지는 자전거를 길모퉁이에 세워 두고 가방에서 플라이보드를 꺼냈다. 미지는 가방을 메고 플라이보드 위에 올라서서 빨간 버튼과 G 버튼을 눌렀다. 순식간에 하늘이 열리고, 발밑의 보드가 부드럽게 떠올랐다. 미지는 바람을 가르며 학교 쪽으로 향했다. 학교가 보였다. 그녀는 초록색 버튼을 눌러 착륙했다. 플라이보드를 접어 가방에 넣고 시계를 보니 오후 다섯 시가 가까웠다.

가방을 메고 주차장 쪽으로 향하려던 그때, 뒤에서 익숙한 목소리가 들려왔다.

"이런, 이런, 이런!"

깜짝 놀라 뒤를 돌아보니 카린이었다. 그녀는 미지의 자전거를 타고 있었다.

"이렇게 늦은 시간에 학교엔 왜 들어가? 그리고 아까 하늘을 날던 건 뭐야?!"

미지는 당황했지만 침착하게 대답했다.

"그럼 넌 왜 여기 있는 건데? 그리고 내 자전거는 왜 타고 있어?"

"음… 편의점에 가는 길이었는데, 네가 지니네 집 앞에 서 있더라고. 그래서 몰래 지켜봤지. 초인종도 누르고, 전화도 하고, 무전기도 쓰고… 그 무전기 진짜 폼 나던데? 어디서 샀… 아, 아무튼! 그러다 네가 자전거 타고 어딘가로 달려가길래 따라왔어. 그런데 세상에! 하늘 나는 스케이트보드인가 뭔가를 꺼내는 거야! 그래서 자전거로 쫓아오다가 여기까지 오게 된 거지!"

"그럼… 날 미행한 거야?"

"뭐? 미행이라니! 아무튼 넌 왜 학교에 온 거야?"

미지는 당황해서 아무 말도 하지 못했다. 카린 때문에 계획이 완전히 망해 버렸다. 미지는 최대한 태연한 목소리로 이야기를 꾸며냈다.

"음… 일단 지니네 집에 간 건 지니를 찾으려고 간 거 맞아. 아까 지니 엄마가 연락 와서, 지니가 오늘 학교에서 보충 수업 때문에 학원에 못 온다고 하더라고. 그래서 혹시 집에 왔나 싶어서 가 봤는데 아직 안 왔더라구. 그래서 지니 수업 끝나면 같이 놀려고 학교로 온 거야."

'휴, 생각보다 괜찮았어.' 미지는 스스로에게 그렇게 중얼거렸다.

카린은 실망한 듯 코웃음을 쳤다.

"흥! 뭐야, 난 또 뭐 대단한 거라도 하러 가는 줄 알았네!"

카린은 자전거를 돌려주며 투덜거렸다. 횡단보도를 건너는 그녀의 뒷모습이 멀어지자, 미지는 안도의 한숨을 내쉬었다. 카린이 시야에서 완전히 사라진 걸 확인하자, 미지는 자전거를 끌고 서둘러 학교 안으로 향했다. 누가 볼까 봐 걱정스러운 마음으로 주차장 쪽으로 걸음을 재촉했다.

'혹시… 주차장에 그 구멍이 없으면 어떡하지?'

그때였다.

"미지야!"

누군가 자신을 부르는 소리가 들렸다. 미지의 심장이 우주까지 울릴 만큼 세게 뛰었다. 담임 선생님이었다.

"선, 생, 님! 아, 아직 퇴근 안 하셨어요?"

선생님은 태연한 목소리로 말했다.

"응, 갑자기 일이 생겨서 퇴근 시간이 늦어졌어!"

"아… 네…."

미지는 어색하게 웃었다.

"그런데 미지야, 넌 이 시간에 학교에 왜 왔어?"

미지는 심장이 쿵 내려앉았다. 이번에도 또 완벽하게 이야기를 꾸며야 했기 때문이다.

"그게요… 이제 곧 시험인데 제가 깜빡하고 공책을 신발장에 두고 왔지 뭐예요."

"뭐? 공책을 신발장에?"

"음… 옆 반 친구한테 빌려줬는데, 저희 반이 수업 중이라 신발장 맨 위에 올려뒀대요. 그래서 걔가 방금 전화로 알려줬어요. 거기 있다고요."

"아, 그렇구나. 그럼 늦었으니까 얼른 공책만 찾아서 나오기다."

"네!"

미지의 대답을 듣고 선생님 차가 학교 밖으로 나가자, 미지는 그제야 숨을 고르며 속으로 외쳤다.

'시간이 너무 지체됐어!'

미지는 달리기 시작했다. 한 발 한 발 땅을 디딜 때마다 심장이 쿵쿵 울렸다. 모퉁이를 돌아 주차장에 도착했다. 차들이 보였지만, 미지의 눈에는 단 한 곳만 보였다. 주차장 오른쪽 구석, 나뭇가지와 나뭇잎이 수북이 쌓인 곳. 미지는 숨을 몰아쉬며 그곳으로 달려갔다. 자전거를 담장 옆에 세워 두고, 무릎을 꿇은 채 나뭇가지와 낙엽을 한쪽으로 치웠다.

그 아래—

깊고 어두운 구멍 하나가 모습을 드러냈다. 꿈에서 본 것과 똑같았다. 심장이 더욱 세게 뛰었다. 이건 더 이상 꿈도 상상도 아니었다. 현실이었다. 이제 구멍 안으로 들어갈 수 있었다. 미지는 숨을 깊게 들이켰다. 그리고 한쪽 다리를 조심스레 집어넣었다가 금세 다시 빼냈다.

'들어가면… 다시 나올 수 있을까?'

두려움이 몰려왔다. 잠시 고민하던 미지는 가방에서 밧줄을 꺼냈다. 밧줄 한쪽 끝을 구멍 옆 가로등에 단단히 묶고, 다른 한쪽은 구멍 속으로 던졌다.

'너무 짧으면… 그건 그때 가서 생각하자. 지금은 그게 중요한 게 아니야.'

짧은 망설임 끝에, 미지는 양쪽 다리를 구멍 안으로 넣었다. 이제, 진실을 향해 나아갈 시간이었다. 미지는 심호흡을 한 뒤 몸을 던졌다. 순식간에 어둠이 미지를 삼켰다. 학교 주차장도, 가로등도 사라졌다. 오직 검은 어둠뿐이었다.

"아아아아아아악!!"

미지가 비명을 지르면서 엄청난 속도로 낙하하기 시작했다. 두려움, 공포, 그리고 설렘. 구멍은 끝이 없었다. 만약 추측이 틀렸다면, 이 아래 숲이 없다면…. 미지는 눈을 질끈 감았다. 잠시 뒤, 속도가 줄어드는 느낌이 들었다. 미지는 살짝 눈을 떴다. 그리고 놀라움에 입을 벌렸다. 주변에는 믿을 수 없는 일들이 벌어지고 있었다. 미지가 꾸었던 꿈속 장면들, 여자아이와 함께 배를 탔던 기억들이 홀로그램처럼 허공에 펼쳐지고 있었다. 그 순간─ 쿵! 몸이 땅에 부딪혔다.

"아얏!"

미지는 자신이 숲에 떨어졌다는 사실을 알아챘다. 예상했던 대로였다. 나뭇잎이 나무를 덮고 있었고, 바람과 햇볕이 미지의 온몸으로 전해졌다.

'여기서 더 걷는다면… 그곳에 도착할 수 있을까?'

미지는 가방끈을 단단히 조이며 생각했다.

'이건 내가 선택한 길이야. 더 이상 지체할 수 없어. 이제 가는 거야!'

미지는 길을 나서기 전에 운동화 끈을 묶었다. 끈을 다 묶고 일어서려는 순간, 어딘가에서 비명 소리가 들려왔다.

"으아! 으아아아아아악!"

미지는 고개를 들어 올려다보았다. 위쪽 구멍에서 또 다른 사람이 떨어지고 있었다. 미지는 부딪히지 않기 위해 몸을 옆으로 던져, 위에서 떨어진 사람을 간신히 피했다. 미지는 재빨리 일어나 싸울 준비를 했다. 떨어진 사람도 천천히 몸을 움직이며 일어섰다. 미지는 그 얼굴을 보고 너무 놀라 소리를 질렀다.

"카린?!"

떨어진 사람은 다름 아닌 카린이었다.

"너 여기 어떻게 온 거야?!"

"내가 그걸 어떻게 알아? 난 그냥 계속 널 따라다닌 것밖에 없어. 그건 그렇고… 여긴 도대체 어디야?"

미지는 당황했다.

카린은 무슨 일이든 망치는 '망치기 대마왕'이었다.

"카린, 당장 이 밧줄을 잡고 올라가서 집으로 돌아가! 그리고 오늘 있었던 일은 아무한테도 말하지 마!"

"장난해? 여긴 도대체 어디야? 나 지금 꿈꾸는 거 아니지? 이 숲의 정체는 뭐야?"

카린이 주위를 둘러보며 말했다. 그때 미지에게 좋은 생각이 떠올랐다. 그것은 카린의 기억을 지우고, 이곳에 있으면 절대로 안 된다는 기억을 새로 심는 것이었다. 미지는 손바닥을 펴 보이며 외쳤다.

"기억 삭제!"

하지만 카린은 멀뚱히 미지만 바라볼 뿐이었다.

잠시 후 카린이 피식 웃으며 말했다.

"너 지금 뭐 하는 거니? 하도 영화를 많이 봐서 이제는 네가 진짜 기억을 지울 수 있다고 착각하는 거야? 으휴, 너무 불쌍하다."

미지는 당황했다. 카린의 기억이 지워지지 않았다. 전에는 분명 다른 사람의 기억을 삭제시킬 수 있었는데. 정말 이상한 일이었다.

'어쩌면 특정한 사람에게는 능력이 통하지 않는 걸지도 몰라. 특히, 카린에게는 내 초능력이 안 통하는 걸지도…. 그런데 이상하네. 예전에 한 번 카린에게 초능력을 쓴 적이 있었는데….'

미지가 생각에 빠져 있는 동안 카린은 숲을 이리저리 돌아다니기 시작했다. 미지는 10분 넘게 카린을 설득하고 애원했지만, 결국 실패했다. 다른 초능력을 써봤지만 소용없었다.

'혹시 내가 초능력을 잃어가고 있는 건 아닐까?'

미지는 불안한 마음으로 카린을 바라보았다.

"좋아, 카린. 이제 더 이상 돌아가라고 말하지 않을게. 하지만 약속 하나만 해. 이 자리에서 절대 움직이지 말아야 해. 안 그럼 나한테 소금 맛 캐러멜 젤리는 평생 못 얻어먹게 될 거야!"

"미지, 내가 그 젤리 때문에 이런 신기한 곳을 포기할 것 같아? 도대체 여기서 뭘 하고 있었던 거야?"

카린은 웃으며 말했다. 카린은 질문으로 가득 찬 호기심 덩어리였다. 미지가 무슨 말을 해도 가만히 있지 않았다. 카린은 미지를 따라다니며 계속 재잘거렸다.

"따라오지 마!"

미지가 몇 번을 외쳐도 소용없었다. 미지는 결국 결심했다.

'그래, 그냥 무시하자. 집중해야 해.'

그녀는 걸음을 멈추지 않은 채 가방에서 램프를 꺼냈다.

뒤에서 계속 떠드는 카린이 신경 쓰였지만, 지금은 훨씬 더 중요한 일이 있었다.

'지니가 다쳤을지도 몰라. 아까 '폭포'랑 '강' 같은 단어를 말했으니까… 분명 폭포 뒤편에 있는 동굴 안에 있을 거야.'

미지는 계속 걸었다. 생각은 점점 꼬이고 복잡해졌다. 아무리 생각을 멈추려 해도 불가능했다. 덕분에 뒤에서 떠드는 카린의 목소리는 점점 신경이 쓰이지 않게 되었다. 미지의 머릿속은 온통 지니 생각뿐이었다. 미지는 지니가 너무 걱정됐다. 그럴수록 미지는 숲속의 그 동굴을 더 빨리 찾아야 한다는 생각뿐이었다.

숲은 정말 신비로웠다. 상상이나 꿈에서 봤던 것보다 훨씬 아름답고, 황홀했다. 하지만 독버섯이나 나무 가시처럼 위험한 식물들도 있었다. 지난번에 왔을 때처럼 다람쥐들이 뛰놀고, 새들도 많았다.

"숲에 길고양이도 살아?"

카린이 지나가던 고양이를 보고 어이없다는 듯 물었다.

"가능해… 여기선."

미지가 헐떡이며 대답했다. 미지는 속도를 조금 더 올렸다. 카린 때문에 시간이 너무 지체된 것 같았다. 솔직히 미지는 지니가 걱정

된 것도 사실이지만 다른 한편으로는 드디어 폭포 뒤로 갈 수 있다는 생각에 설레기도 했다.

'믿기지 않아. 시험의 날 행사, 학원에서의 상상, 학원을 갔다 오고, 카린과 함께 구덩이에 빠진 일까지… 이 모든 게 하루에 일어난 일이라니!'

심지어 미지에게 시험의 날 행사는 몇 달 전 일처럼 느껴졌다.

'지니는 내가 어떻게 초능력을 갖게 됐는지 궁금해했었지. 아마 같은 방법을 쓰면 자기도 가질 수 있다고 믿었을 거야. 하지만 나도 몰라. 왜 나만 초능력을 갖게 됐는지….'

미지는 걸으며 생각했다. '세상엔 수많은 사람들이 있는데 왜 하필 나일까? 한 번 초능력자가 되면 왜 포기할 수 없는 걸까? 그리고 난 그걸 어떻게 알게 된 걸까?'

그때였다.

"아악! 야!"

카린이 갑자기 미지를 흔들며 소리쳤다. 미지는 깜짝 놀라 상상 속에서 깨어났다.

"왜?" 미지가 귀찮은 듯 소리쳤다.

"이제 그만 좀… 어…?"

미지와 카린 앞에는 하얀 늑대 한 마리가 앉아 두 사람을 빤히 바라보고 있었다.

"뛰, 뛰어?" 카린이 떨며 말했다.

"그, 그럼 뭐야… 잡아먹히는 거야?"

미지가 아주 천천히 뒷걸음질 치며 말했다.

"숲에 늑대가 산다는 말은 안 했잖아!"

카린이 원망스러운 듯 속삭였다.

"카린, 난 여기 늑대가 사는지도 몰랐어. 그리고 네가 따라온 거지, 내가 너한테 오라고 한 적 없거든. 그러니까 늑대한테 뜯기고 싶지 않으면 조용히 하고 걸어. 자연스럽게. 쟤… 우리 쪽으로 다가오는 것 같아."

미지는 천천히 뒷걸음질을 쳤다.

'이 상황에서 안전하게 빠져나갈 수만 있다면….'

등에서 땀이 흘렀고, 심장 박동이 빨라졌다. 카린도 마치 얼음물에 빠진 사람처럼 떨고 있었다. 그때, 미지는 늑대를 보다가 이상한 점을 발견했다. 미지는 발걸음을 멈추고 늑대를 계속 주시했다.

"야, 뭐해?" 카린이 속삭였다.

"카린… 저 늑대, 이상해. 내가 어떤 책에서 본 적이 있는데, 늑대는 사냥할 때는 공격적일 수도 있지만, 사람을 보면 오히려 피하거나 두려워한대."

미지가 기억을 더듬으며 말했다.

"알겠는데… 지금 우리는 숲 한복판에서 늑대랑 마주 보고 있잖아? 더구나 구조대도 부를 수 없는 상황이라고. 그러니까 네 '잘난

척'은 좀 그만해 줄래?"

카린이 눈을 굴리며 말했다. 하지만 미지는 말을 이었다.

"그게 아니야. 늑대는 사람을 보면 피한다고. 공격하지 않아. 그런데 저 늑대는… 오히려 우리한테 다가오고 있어."

"그래도… 피해야 할 것 같은데…."

카린이 겁먹은 목소리로 말했다.

미지는 대답하지 않았다. 그저 아주 천천히, 늑대에게로 다가갔다.

"야! 뭐 하는 거야!" 카린이 소리쳤다.

그러나 미지는 들은 체도 하지 않았다. 늑대도 마찬가지로 미지를 향해 천천히 다가왔다. 카린은 겁에 질려 뒤에서 떨며 무언가를 계속 중얼거렸다.

미지와 늑대의 거리가 가까워졌을 때, 미지는 잠깐 멈췄다. 그리고 오른손을 들어 천천히 늑대 쪽으로 뻗었다.

"야…! 늑대한테 물어뜯기고 싶어?"

카린이 속삭였지만, 늑대는 이빨을 드러내거나 피하지 않았다. 오히려 차분한 눈빛으로 미지를 바라보며 기다리는 듯했다.

미지는 조심스럽게 손을 늑대의 목에 얹었다. 늑대는 고개를 살짝 들고 눈을 감았다. 따뜻하고 부드러운 촉감이 미지의 손끝으로 전해졌다. 이제 미지는 늑대가 두렵지 않았다. 미지는 늑대를 조심스럽게 쓰다듬었다. 얼굴을 만질 때도 늑대는 경계하지 않고, 오히려 좋아하는 듯했다.

"뭐, 뭐야…?" 카린도 조심스럽게 다가오며 말했다.

"안 물어? 안 도망가?" 미지가 웃으며 말했다.

"카린, 너도 만져 봐."

"뭐? 하, 하지만…."

"만져 봐. 안 물어. 약속할게." 미지가 단호하게 말했다.

카린은 잠시 망설이다가 조심스럽게 손을 늑대의 등에 얹었다.

두 사람은 함께 웃으며 늑대를 쓰다듬었다.

"뭐야… 나 늑대 처음 만져봐. 늑대가 이렇게 순한 동물인 줄은 몰랐어."

카린이 미소를 띠며 말했다.

"그러게… 원래 늑대는 사람을 무서워한다고 들었는데, 생각보다 친근하네."

미지가 대답했다.

그러자 카린이 미지를 쳐다보며 말했다.

"야, 근데… 좀 이상하지 않아? 이 늑대가… 널 되게 좋아하는 것 같아."

사실 미지도 그런 느낌을 받았다.

"그런데 늑대뿐 아니라 다른 동물들도 다 너를 좋아하는 것 같아. 늑대도, 다람쥐도, 새들도, 여우도 다. 마치 동물들 모두가 너를 위해 만들어진 것 같아."

카린의 말에 미지는 아무 대답도 하지 않았다. 그저 늑대를 다정하게 쓰다듬기만 했다.

정말 그랬다. 미지 역시 모든 동물들이 자신을 위해 존재하는 것처럼 느껴졌다. 마치 미지가 오기를 기다려온 것처럼.

"저… 늑대야?"

미지가 조심스레 늑대를 보며 물었다.

"우린, 아니, 나는 동굴을 찾고 있어. 덩굴줄기 너머, 강 너머에 있는 동굴이야. 혹시 실례가 안 된다면… 우리를 안내해 줄 수 있을까?"

늑대는 고개를 살짝 들었다. 카린은 미지를 정신 나간 사람 보듯 쳐다봤지만, 곧 놀라운 일이 일어났다. 늑대가 고개를 끄덕인 것이다!

"그건… 좋다는 뜻이니?"

미지가 물었다. 늑대는 다시 한번 고개를 끄덕였다.

"이건… 꿈인가?"

눈을 휘둥그레 뜬 카린이 놀란 목소리로 말했다. 늑대는 자신 있게 앞으로 걸었다. 미지와 카린은 놀라움과 감탄의 눈빛을 주고받으며 늑대를 따라갔다.

"정말 대단해…!"

카린이 속삭였다.

"이건 일기에 꼭 써야겠어. 그런데 미지야, 넌 아까부터 어디로 가려는 거야? 동굴? 거기 뭐가 있어? 보물이라도 있는 거야?"

미지는 대답하려다 이내 입을 다물고 다시 생각에 잠겼다.

"뭐야? 또 혼자 뭘 생각하는 거야?"

카린이 묻자, 미지는 아무 말도 하지 않았다.

'그래… 도대체 동굴에 뭐가 있는 걸까? 지니가 있으려나? 아까 지니가 폭포랑 강 얘기를 했었는데… 설마…!'

미지는 걸으며 생각하고 또 생각했다.

미지를 생각의 수렁에서 꺼낸 건 카린의 목소리였다.

"미지야! 미지! 몇 번을 불러야 해?"

미지는 정신이 번쩍 들었다.

"왜?"

미지가 짜증 섞인 목소리로 대답했다. 카린은 손가락으로 미지 앞을 가리켰다. 미지는 두려움도, 설렘도, 희망도 아닌 묘한 감정을 느꼈다. 미지의 눈앞에는 그 늑대와 커다란 나무 덩굴들이 있었다.

"저거 봐, 미지야… 우리 키보다 커!"

카린이 감탄했다. 미지는 잠시 무표정하게 줄기들을 바라보다가 늑대에게 조용히 말했다.

"늑대야, 데려다줘서 정말 고마워. 여기서부터는 우리가 할게. 이 은혜는 절대 잊지 않을게."

늑대는 미지의 얼굴에 살짝 얼굴을 비비더니 숲속으로 조용히 사라졌다. 미지는 카린을 향해 말했다.

"카린, 지금부터 이 덩굴줄기들을 다 걷어내야 해. 빨리 와서 도와줘."

둘은 함께 덩굴을 옆으로 밀어내기 시작했다. 힘들고 땀이 났지만, 멈출 생각은 전혀 없었다. 드디어 마지막 덩굴 한 줄기만 남았다. 이제 손으로 살짝 치우면 됐다. 미지는 잠시 숨을 고르고, 오른손을 들었다. '드디어 이 순간이 왔어… 모든 비밀을 밝혀내야 해.' 그녀는 심호흡을 하고 남은 줄기를 거두었다.

20. 미지의 세계의 미지

따뜻한 바람이 불어 미지를 감쌌다.

미지는 눈을 살짝 감았다. 전에 느꼈던 그 감각 그대로였다. 눈을 뜨자, 꿈속에서 보았던 풍경이 눈앞에 선명하게 펼쳐졌다. 양쪽으로 끝없이 이어진 강, 작은 배, 그리고 폭포….

"와…."

카린이 감탄했다. 묻고 싶은 게 산더미 같았지만, 미지가 가던 길을 방해할까 봐 입을 다문 듯했다. 미지는 한동안 서 있다가 앞으로 걸어 나갔다. 항상 바라던 순간이었다. 카린도 조심스럽게 그 뒤를 따랐다. 미지는 배에 사뿐히 올라탔고, 카린은 반대편 자리에 앉았다.

"도대체 왜 구명조끼가 없는 거야? 신고해야겠어!"

카린이 불평했다. 미지는 아무 말 없이 노를 잡았다. 아까 상상 속에서 본 장면과 꼭 닮은 모습이었다. 노를 젓는 건 힘들었지만, 미지에게는 그 무엇보다 가치 있는 일이었다.

잠시 뒤, 배는 강 건너편 땅에 닿았다. 거센 폭포의 물방울이 튀어 미지와 카린의 얼굴에 부딪쳤다. 두 사람은 동시에 배에서 내렸다. 미지는 폭포 옆으로 걸어가며 눈을 크게 떴다. 폭포 뒤에는 깜깜하지만 뭔가 특별해 보이는 동굴이 있었다. 미지는 침착하게 숨을 고르고, 카린과 함께 동굴 쪽으로 걸었다. 동굴 입구에서는 서늘한 바람이 불어왔다. 미지는 잠바 지퍼를 올리고 안으로 들어갔다.

동굴 안은 차갑고 오싹했다. 폭포 때문에 빛이 거의 들어오지 않아 어두웠다.

"램프 하나로는 부족하겠는데…"

미지는 가방을 열어 손전등을 꺼내려 했다. 그런데, 가방을 여는 순간, 무언가가 갑자기 미지에게로 뛰어올랐다.

"으악!"

미지가 놀라 눈을 크게 떴다.

"방울이?"

방울이는 어느새 미지의 무릎에 앉아 꼬리를 흔들고 있었다.

"아까 내가 짐 싸고 화장실 갔을 때 가방 안으로 들어간 거구나…. 다른 물건들에 가려 전혀 몰랐네."

미지는 한숨을 쉬며 어이가 없다는 듯 방울이를 보며 말했다.

"이게 도대체 뭐지? 원래 계획은 혼자였는데, 이제는 카린도 있고, 방울이도 있고 완벽하네. 카린은 말이라도 통하지만, 너는 강아지라⋯.”

미지가 말을 다 끝내기도 전에, 방울이가 짖어 댔다. 그러고는 동굴 안쪽으로 달려 들어갔다.

“이제 들어가야 하는 이유가 하나 더 생겼네⋯.”

미지가 짜증 섞인 목소리로 중얼거렸다.

카린은 미지의 눈치를 살피며 조심스레 말했다.

“저⋯ 그럼 이제 안으로 들어가 볼까?”

미지는 놀라서 카린을 쳐다봤다.

“카린! 너, 언제부터 그렇게 착하게 말했어?”

카린은 얼굴이 붉어졌다. 평소엔 미지를 놀리고 괴롭히기 일쑤였는데, 지금은 마치 존경이라도 하는 듯했다.

“뭐⋯ 이런 일은 나한테 처음 있는 거니까⋯.”

카린이 얼버무렸다. 미지는 굳이 더 묻지 않았다.

두 사람은 동굴 안으로 걸음을 옮겼다. 천장에는 뾰족한 바위들이 매달려 있었고, 물이 똑똑 떨어졌다.

“정말 오싹하네⋯.”

카린이 속삭였다.

“왠지 귀신이 나올 것 같아. 공포 영화 보면 이런 곳에서 원한 맺은 사람이 다음 희생자를⋯.”

“카린!”

미지가 카린의 이름을 부르며 소리쳤다.

"이상한 소리 할 거면 따라오지 마. 나, 정말 중요한 일 때문에 여기 온 거야! 근데 네가 자꾸 옆에서 그러면 집중이 안 된다고!"

"알겠어… 미안해…."

둘은 계속 걸었다. 그리고 마침내, 방울이를 발견했다.

"방울아! 어디 갔던 거야? 그렇게 갑자기 뛰어가면 어떡해!"

미지가 소리쳤다. 하지만 방울이는 계속 짖기만 했다. 미지와 카린이 의아해하며 물었다.

그때였다.

"그러니까… 너는 여기에 너의 친구들을 주렁주렁 데리고 와도 괜찮다고 생각한 거구나?"

차가운 목소리가 어둠 속에서 울려 퍼졌다.

미지와 카린은 깜짝 놀라, 사방을 둘러보았다.

"미지, 카린, 그리고 이 강아지…."

목소리가 다시 들렸다. 이번엔 미지가 재빨리 손전등으로 그 방향을 비췄다. 미지는 숨을 삼켰다.

"헉…!"

거기에는 지니가 서 있었다.

"지니야! 너, 어쩌다 여기 온 거야? 방금 그 목소리 낸 사람 알아? 혹시 누가 너를 인질로 잡아 놓은 거야?"

그러자 지니가 갑자기 웃기 시작했다. 그 웃음은 평소의 지니와 전혀 달랐다.

"하하하! 나를 인질로 잡아놨다고?"

미지는 등골이 서늘해졌다. 지니에게서 이상한 기운이 느껴졌다.

"지니야, 왜 그래…?"

미지가 조심스럽게 물었다. 하지만 지니는 웃음을 멈추지 않은 채, 미지를 똑바로 바라보았다. 방울이는 낮게 으르렁거리며 지니에게 짖었고, 카린은 두 사람을 번갈아 보며 당황한 눈빛을 지었다.

"가만…."

미지가 뭔가 깨달은 듯 중얼거렸다.

"혹시… 아까 그 목소리의 정체가… 너야?"

지니가 천천히 고개를 끄덕였다.

"그래."

"하지만 그럴 리가 없잖아! 평소의 너랑 너무 달라. 원래 밝고 해맑게 웃던 지니가 갑자기 이렇게 변했다고?"

지니가 낮은 목소리로 말했다.

"그 이유는 내가 설명해 줄 수 있지."

"뭐라고?"

"나는… 평소의 밝고 해맑은 지니가 아니야."

"그게 무슨 말이야? 진짜 지니는 어디 있는 건데?"

"그건 내가 말해 줄 수 있는 게 아니야. 하지만, 네가 노력하면…

알 수 있을 거야."

"그게 무슨 뜻이야? 넌 도대체 정체가 뭐야?"

지니가 의미심장하게 웃었다. 그 순간, 거센 바람이 동굴 안에 휘몰아쳤다. 미지와 카린은 눈을 꼭 감고 바람이 멎기를 기다렸다. 바람이 잦아든 뒤, 미지가 눈을 떴을 때 지니는 사라지고 없었다. 대신, 그 자리에 한 여자가 서 있었는데 그 여자는 흰빛과 푸른빛이 섞인 긴 머리카락을 늘어뜨리고 있었다. 왼쪽 눈은 주황색, 오른쪽 눈은 초록색. 그리고 검은 망토에, 커다란 갈색 지팡이를 들고 있었다. 미지는 숨을 삼켰다.

"당신… 정체가 뭐야?" 여자가 천천히 미지를 바라보며 말했다.

"나는 미지. 나도 너와 같은 종이야."

그 목소리는 태연하면서도 오싹했다.

"같은 종…? 그게 무슨 말이야? 그리고, 왜 내 이름이랑 똑같아?"

여자가 미소를 지었다.

"이름이 같다고? 아니야. 내 이름은 우켄트(Ukent). 내 존재는 '미지'야. 미지 그 자체."

"무슨… 소리야?"

"너는 이름이 '미지'인 한 사람일 뿐이지. 하지만 나는 사람들이 말하는 그 미지, 즉 '알 수 없는 것' 그 자체야. 나는 사람이 아니라, 명사야."

미지는 말을 잃었다. 그리고 겨우 입을 열었다.

"그럼… 여긴 뭐야? 이 세계는…?"

"여긴 '미지의 세계'야."

여자가 부드럽게 이어서 말했다.

"너의 세계가 아니라, 그냥 미지의 세계. 전혀 모르겠다는 표정이네, 정말로…."

'우켄트'가 설명을 시작했다.

"지금부터 잘 들어. 네가 항상 품었던 궁금증들을 풀어 줄 테니까. 나는 이 세상의 모든 것, 즉 우주가 만들어지기도 전에, 이미 세상에 존재했어. 나는 초능력자야. 너처럼. 아까 내가 '너랑 같은 종'이라고 했던 말, 기억나? 그게 바로 그 뜻이야."

우켄트는 잠시 말을 멈추더니 다시 천천히 입을 열었다.

"우주가 만들어지고, 태양과 지구 같은 행성들이 생겨났을 때, 나는 사람들에게 '미지의 세계'를 한 개씩 선물했어. 하지만 사람들은 전혀 기억하지 못하지. 너무 오래전 일이니까. '미지의 세계'의 입구는 그 어디에나 있을 수 있어. 깊은 바닷속에 있을 수도 있고, 침대 아래에 있을 수도 있고, 너처럼 학교 안에 있을 수도 있어. 미지의 세계는 그 사람이 어렸을 때 한 번쯤 가봤지만, 남은 삶 동안 다시는 가지 않을 곳에 만들어져. 그곳은 누구도 쉽게 들어갈 수 없어."

우켄트는 손끝으로 허공을 그리며 말을 이었다.

"너의 경우에는 학교 주차장에 만들어졌지. 너는 기억하지 못하겠지만, 아주 어릴 때 네가 혼자서 학교 주차장으로 들어온 적이 있어. 그때 나는 너에게 너의 미지의 세계를 만들어 주었어. 하지만 문제가 생겼어. 네가 그곳을 다시 찾아온 거야. 엄마와 함께 학교에 왔을 때, 넌 그 주차장을 다시 보았고, 너의 '미지의 세계'로 들어가 버렸지."

미지는 숨을 죽이고 우켄트의 말을 들었다.

우켄트의 목소리는 낮고 단단했다.

"너의 미지의 세계는 '숲'이었어. 그건 네가 자연을 좋아했기 때문이야. 나는 그 숲을 한참 돌아다니다가 나무줄기 사이를 지나 강과 폭포, 배, 그리고 동굴을 발견했지. 그 이후의 일은 네가 이미 본 그대로야."

우켄트는 잠시 미지를 바라보았다.

"아까 학원에서 네가 혼자 상상에 빠져 있었을 때 기억하지? 그때 너는 숲에서 여자아이를 만났고, 그 아이는 배를 타고 강을 떠돌았잖아. 그 여자아이가 바로 10년 전의 너였어."

미지는 놀라 눈을 크게 떴다.

"참고로 네가 무슨 일을 했는지 다 아는 이유는 나 또한 초능력자이기 때문이야. 이제 강의 구조를 설명해 줄게. 강의 물줄기를 따라가면 오르막길이 나와. 그 길을 오른쪽으로 가면 원을 한 바퀴 돌아 폭포를 만나게 돼. 그 폭포를 타고 내려가면, 다시 원래 자리로 돌아오는 거야."

미지는 조용히 고개를 끄덕였다.

우켄트는 계속 말을 이었다.

"네가 폭포에서 떨어지고 강물에 빠진 뒤, 육지로 올라왔다가 동굴 뒤를 발견했지. 호기심이 많았던 너는 그 안으로 들어갔고, 그곳에서 나를 처음 만났어. 사실 나는 네가 '미지의 세계'를 발견했을 때부터 계속 널 지켜보고 있었어."

우켄트의 눈빛이 잠시 흔들렸다.

"솔직히 말하면, 처음엔 어떻게 해야 할지 몰랐어. 내 나이는 지구의 인간 수보다 훨씬 많지만 살면서 이런 일은 처음이었거든. 그러다 문득 깨달았지. 너는 정말 특별한 아이라는 걸. 그래서 나는 너에게 초능력을 선물했어."

미지는 숨을 삼켰다. 우켄트의 목소리는 부드럽지만 묘하게 슬펐다.

"그런데 내가 너에게 초능력을 준 이유는 하나가 아니야. 나는 너를 보자마자 알았지. 너 같은 아이라면 초능력을 가져도 남을 해치지 않을 거라는 걸."

우켄트는 손가락을 들어 미지를 가리켰다.

"예를 들어볼까? 너는 학교에서 담임 선생님을 만났을 때, 그 문제를 초능력으로 해결할 수도 있었지만 그러지 않았지. 카린을 만났을 때도, 정문에서 초능력으로 돌려보낼 수 있었지만 그냥 함께 있었어. 수없이 많은 곤경 속에서도 너는 네 능력을 쓰지 않았어."

우켄트는 미소를 지었다.

"그래서 나는 확신했어. '이 아이는 제2의 초능력자로 적합하다.' 나는 너의 기억을 지웠어. 그리고 단 하나의 명령을 남겼지. '초능력자가 되는 것을 절대로 포기하지 마라.' 그렇게 나는 너를 현실 세계로 돌려보냈어. 그리고 너는 스스로 느꼈지. 네가 남들과는 뭔가 다르다는 것을."

우쿈트의 긴 이야기가 끝나자, 공기마저도 고요해진 기분이 들었다. 그녀는 미지를 가만히 바라보았다. 그 눈빛에는 오래된 슬픔과 알 수 없는 자부심이 섞여 있었다. 우쿈트의 이야기를 듣고 미지는 이해되지 않는 게 있다는 듯 물었다.

"그럼, 지금까지 저한테 일어난 일들은 다 뭐죠? 무전기 사건이나, 지니가 강당에서 보건실에서도 있었던 일, 그리고 지니와 함께 자전거를 타고 등교하다가 지니 자전거 체인이 빠지면서 일어난 이상한 일들. 아 맞다! 제가 아까 카린에게 초능력을 쓰려고 했을 때 통하지 않았던 일도 있었어요. 그리고 지니가 퍼즐 맞추기를 할 때 마치 다른 영혼이 몸 안에 들어온 것처럼 이상하게 군 것, 지니의 자전거에서 제 꿈에 나온 소리가 난 이유는요? 아! 맞다. 아까 학원에서 물을 마시려다가 지니에게 내가 초능력자라고 고백하는 장면을 상상했을 때, 그게 정말 놀이터에 있는 것처럼 생생하게 느껴졌어요. 과거의 저와 함께 배를 탔을 때도 그랬고요. 그건 상상이 아니라, 정말 그 자리에 있는 것 같았다고요. 전 이미 배를 탄 기억은 다 잊어버렸었는데, 어떻게 그걸 다시 스스로 할 수 있었던 거죠?"

미지가 궁금증을 한꺼번에 쏟아내자, 우켄트는 잠시 미지를 바라보다가 천천히 입을 열었다.

"일단 진정해. 전부 다 설명해 줄 테니까. 무전기가 네 주머니에 갑자기 들어 있던 사건 말이지? 그건 네가 한 거야. 정확히 말하면, 네 안에 있는 초능력이 한 거지. 너는 눈치 못 챘겠지만, 가끔 초능력은 네가 의도적으로 쓰지 않아도 본능적으로 반응하기도 해. 너의 능력을 네가 잘 다루지 못할 뿐이지, 시간 여행이나 순간 이동 같은 것도 가능해. 그래서 네 초능력이, '곧 길을 잃게 될 너'를 알고 무전기를 주머니 속에 넣은 거야."

우켄트는 잠시 말을 멈추었다가, 조금 망설이는 표정으로 다시 말을 이었다.

"그리고… 나머지 일들. 학원에서 있었던 일, 지니의 자전거에서 소리가 난 일, 퍼즐을 맞출 때 있었던 일, 초능력이 통하지 않았던 일, 등교할 때 있었던 일, 지니가 자신은 계속 보건실에 있었다고 말한 일… 그건 전부 내가 한 짓이야. 모두 연관이 있는 사건들이지."

우켄트는 조용히 숨을 내쉬며 말을 이어갔다.

"먼저, 나는 너를 꼭 만나고 싶었어. 하지만 나는 '미지'라는 꼬리표가 붙어 있어서, 사람이 나를 보러 오지 않는 이상 내가 먼저 사람을 만날 수는 없어. 그래서 너를 내게 오게 하려고 온갖 노력을 했지만, 모두 실패했지. 너를 꼭 만나야만 했는데…."

미지가 말을 끊었다.

"왜 저를 만나고 싶으셨던 거죠?"

우켄트는 깊게 숨을 들이마시고 대답했다.

"그건… 너의 초능력에 문제가 생겼기 때문이야."

"네? 어떤 문제요?"

미지가 깜짝 놀라며 되물었다.

우켄트는 아직도 어딘가 낯선 표정으로 미지를 바라보다가, 조심스럽게 말을 이었다.

"나는 너를 만나야 했기 때문에 너를 만날 수 있는 방법을 여러 가지로 생각했어. 하지만, 항상 불가능하다는 결론이 나왔지. 나는 사람을 직접 만날 수 없으니까. 그러다 마침내 한 가지 방법을 찾아냈어. 내가 다른 사람의 영혼에 침투해서 만나는 것. 그래서 어쩔 수 없이, 지니에게는 미안하지만 지니의 몸속으로 들어가 너를 만난 거야."

우켄트는 미지의 눈을 피하며 덧붙였다.

"그러니까 네가 청소용품 함에서 교실로 돌아왔을 때부터 네가 본 '지니'는 진짜 지니가 아니었어. 나는 네 꿈과 10년 전의 일, 그리고 A.O가 모두 연관되어 있다는 걸 알려주기 위해 퍼즐 맞추기를 제안한 거야. 너로 하여금 사건들을 퍼즐처럼 하나씩 맞추게 하려고."

미지는 숨을 죽이며 들었다.

우켄트는 낮은 목소리로 계속 말했다.

"그런데 네가 퍼즐을 맞추면서도 딴생각을 하는 것처럼 보여서 '잘 생각해 보라'고 단호하게 말했던 거야. 그때 잠깐 오싹한 기분이

들었다면 미안해. 하지만 어쩔 수 없었어. 너에게 모든 사건이 연결되어 있음을 알려주려면 그렇게 말하는 수밖에 없었거든."

우켄트는 고개를 살짝 숙였다.

"사실 난 너에게 바로 정답을 알려줄 수도 있었어. 하지만 그러면 너는 제대로 이해하지 못했을 거야. 그런데 그때 네 선생님이 끼어들었지. 그리고 내가 모르는 사이, 너는 교실을 빠져나가 버렸고. 나는 너를 찾으려고 학교 구석구석을 헤매다가 겨우 찾아냈어. 물론 그때 네가 거짓말하고 있다는 것도 알고 있었지. 그래도 그 사실을 바로 말하면 네가 이상하게 여길 것 같아서, 그냥 모르는 척 믿어 준 거야. 하지만 나는 지니가 아니니까, 완벽하게 지니처럼 행동하기는 어려웠어. 그래서 네가 '뭔가 좀 다르다'라고 느꼈을 수도 있어. 그래도 설마 '누군가가 지니의 몸에 들어왔다'라고는 꿈에도 생각 못 했겠지. 어쨌든 사건은 대충 잘 넘어갔고, 우리는 운동장에서 유치하게 놀았지. 기계체조라니… 지금 생각해도 참 괴상한 놀이였어."

미지가 그 말을 듣고 급히 말을 끊었다.

"자, 잠깐만요! 그럼, 그때 진짜 지니는 어디 있었던 거예요? 혹시 저의 미지의 세계에 가둬 둔 건가요?"

우켄트가 고개를 저으며 말했다.

"나는 먼저 지니를 과학실에 가둬 놓았어. 점심시간이 끝날 때까지만. 그리고 점심이 끝나자마자 풀어 줬지. 하지만 지니의 머릿속에는 과학실에 갇혀 있던 기억이 없었어. 대신 너와 함께 놀았다는 기억이 있었지. 내가… 조금 수정했거든. 그래서 지니는 자연스럽게 정상으로 돌아올 수 있었던 거야."

우켄트는 잠시 고개를 숙였다 들며 말했다.

"하지만 또 다른 문제가 생겼지. 시험의 날 행사에 참여해야 했던 사람은 진짜 지니가 아니라 나였거든. 나는 그날 반드시 그 행사에 가야 했어. 그래서 지니가 두 명 나타나지 않도록 지니의 머리를 아프게 만들었지. 결국 지니는 행사에 가지 못하고 교실로 돌아가 엎드려 있다가 계속 낫지 않아 보건실로 갔고, 거기서 조금 누워 있다가 너를 보러 다시 강당으로 향했어. 하지만 그때 강당 문은 잠겨 있었지. 물론 그것도 내가 한 짓이야. 지니가 올 걸 알고 미리 문을 잠가 뒀거든. 그래서 결국 지니는 다시 보건실로 돌아가게 된 거야."

미지는 조금 이해가 됐다는 듯 고개를 끄덕이더니 다시 물었다.

"그럼, 시험의 날 행사 때는 계속 당신이 지니의 모습이었던 건가요? 그런데 왜 난센스 퀴즈 문제에서 저를 도와주셨던 거예요? 그 양말 문제요. 그리고 왜 굳이 당신이 지니 대신 시험 행사에 참여해야 했던 건가요?"

우켄트가 고개를 끄덕였다.

"영어 문제에서 A.O가 나왔던 거 있지? 그 문제가 나온 건 나 때문이었어. 원래 그 문제는 질문으로 나오게 설정돼 있지 않는데, 내가 컴퓨터를 조금 만지작거려서 A.O. 문제가 나오게 했지. 네게 모든 사건이 연관되어 있다는 걸 알려주기 위해서였어."

"제게 알려주기 위해서였다고요."

"그래. 조금 오래 걸리긴 했지만 결국 넌 맞혔지. 그러니까 그 작전은 대성공이었어. 내가 너를 도와준 이유는, 게임이 너무 빨리 끝날 것 같아서였어. 행사가 너무 빨리 끝나면 영어 문제까지 가지 못할 수도 있었거든. 그러면 네가 그 이후의 문제를 보지 못하고, 지금까지 일어난 일들이 다 연결되어 있다는 걸 깨닫지 못했을 테니까."

우퀜트가 잠시 숨을 고르고 말을 이었다.

"네가 지니와 함께 자전거를 타고 등교하다가 생긴 일도 내가 저지른 일이야. 물론 이유는 같아. 모든 사건이 다 연결되어 있다는 걸 너에게 보여주고 싶었거든. 나는 지금까지 네게 일어난 이상한 일들을 다 설명해 줬어. 너는 네가 그 자리에 있었다고 생각했겠지만, 사실은 네 머릿속에서 일어난 일이야. 한마디로, 내가 네 기억을 되살려 상기시킨 거야. 네 몸이 자동으로 움직였던 건, 그 장면이 '어린 너의 시점'이었기 때문이지."

미지가 눈을 동그랗게 떴다.

"그럼 지니 집 앞에서 무전기가 작동됐을 때 대답했던 것도 당신이었나요?"

"그래. 네가 빨리 여기에 오게 하려고 내가 지니의 무전기를 복사해서 가져온 거야."

"그런데 지니는 자신이 하늘에서 떨어졌다고 했어요! 그리고 자신이 그 자리에 없었다고 했고요. 만약 그게 제 머릿속에서 일어난 일이라면, 지니가 왜 그런 말을 한 거죠?"

"그건 지니의 눈에는 실제로 그렇게 보였기 때문이야."

우켄트가 잠시 눈을 감았다가 말을 이었다.

"내가 네 머릿속 기억을 상기시키는 과정에서 어떤 부분이 살짝 꼬여버렸어. 그래서 그 일을 수습하려고 지니에게는 네가 사라졌고, 하늘에서 떨어진 것처럼 보이게 만든 거야. 그건 계획에 없던 일이었지만, 그래도 별일 없이 끝났으니 다행이지."

미지는 조용히 우켄트의 다음 말을 기다렸다.

"참, 지니의 자전거에서 네 꿈에 나온 소리가 난 게 아니라, 네 꿈에서 지니 자전거 소리가 난 거야. 나는 네가 나를 만나러 오게 하려고 계속 꿈을 꾸게 했거든. 하지만 꿈속에 너무 오래 있으면 오히려 더 혼란스러워질까 봐, 항상 네가 배를 타기 전까지만 꿈을 꾸게 하려고 했어."

"아…"

미지가 고개를 끄덕였다.

"하지만 네가 꿈에서 깨는 건 내가 조절할 수 있는 일이 아니었어. 그래서 네 주의를 끌 만한 소리를 찾아다녔지. 적당한 걸 찾지 못해서 결국 미래까지 가서 찾았어. 미래의 어느 날 네가 지니와 함께 등교하다가 들을 자전거 소리. 그게 딱 맞다 생각해서, 그 소리를 옮겨

네 꿈속에서 나게 한 거야. 네가 깜짝 놀라서 꿈에서 깨어나게 되도록.”

“그렇군요. 그렇게 된 거군요… 궁금한 게 두 개 더 있어요!”

미지가 여전히 답답한 것이 있다는 듯 물었다.

“제가 크리스마스 밤에 꾼 꿈 말이에요. 그때 이상한 일들이 다 벌어졌잖아요? 그전까지 꾼 꿈에서는 항상 10년 전에 있었던 일들만 나왔는데요. 그리고 하나 더, 그럼 지니는 지금 어디에 있는 거예요? 안전은 한 거죠?”

“그래. 지니는 안전해. 지금 부모님과 함께 있을 거야. 지니네 가족은 오늘 학교가 끝나면 가족 여행을 가서 이틀 뒤에 돌아올 거야. 지니가 너한테 말하는 걸 깜빡했나 보네.”

“그럼, 제가 크리스마스 밤에 꾼 꿈에서 10년 전 일이 나왔잖아요. 그때 누군가 제 이름을 불러서 뒤를 돌아봤는데, 저는 어느새 학교 주차장에 있었어요. 그때 저를 부른 게 누구였죠?”

“말했잖아. 나는 항상 네가 배를 타기 전까지만 꿈을 꾸게 했다고.

그러니까 이번에는 ‘끼기긱’ 소리를 내지 않았어. 그 소리가 나면 다음 일들을 다 보기 전에 꿈에서 깨니까. 대신, 지니가 복도에서 네 이름을 불렀던 그 목소리를 복사해서 사용했지. 그래서 꿈속에서 지니의 목소리가 너를 부른 거야. 네가 뒤돌아보자마자, 나는 너를 순간 이동시켰지. 사람이 꿈이나 상상 속에 있을 때는 그 사람의 위치를 조정할 수 있으니까.”

우켄트가 잠시 말을 멈추고 숨을 내쉬었다.

미지는 속으로 생각했다.

'진짜 궁금한 게 더 있는데. 왜 내 초능력이 통하지 않았는지, 그리고 왜 우켄트가 나를 보고 싶어 했는지.'

우켄트는 그런 미지의 마음을 읽은 듯 말했다.

"왜 내가 널 보고 싶었는지, 그리고 왜 네 초능력이 통하지 않았는지 묻고 싶은 거야?"

"그걸 어떻게?"

"그 질문에 대한 답은 네가 기대하는 만큼 신비로운 진실은 아닐 거야. 나는 거의 쉬지 않고 초능력을 써. 인간들을 돕거나, 새로 태어나는 인간들에게 '미지의 세계'를 만들어 주기 위해서. 그래서 내 초능력은 사라지지 않아. 항상 필요하니까."

"미지의 세계라…."

미지가 중얼거렸다.

"하지만 너는 달라. 넌 초능력이 필요하지 않다고 생각하지. 그래서 잘 쓰지도 않아. 필요할 때조차도, 너는 평범한 사람이 되면 어떤 기분일까를 알고 싶어 했지. 하지만 그럴 수 없었잖아. 넌 초능력자였으니까. 넌 초능력을 포기할 수 없다는 걸 알았고, '쓰지 않으려는 노력'을 계속했지. 그래도 네가 초능력자라는 사실은 사라지지 않지만 말이야."

"그럼 여전히 제가 초능력자란 말씀인가요? 저는 저에게 초능력이 사라졌다고 생각했어요. 쓰고 싶을 때가 있었는데 통하지 않았거든요."

우퀜트는 대답 대신 이야기를 들려주듯 자신이 하던 말을 이어서 했다.

"그러던 어느 날이었어. 너에게 놀라운 변화가 시작된 거야. 네가 하도 초능력을 쓰지 않자, 너의 능력은 '네가 초능력자이며 그 아이들의 주인'이라는 사실을 인정하지 않으려 했어. 그 아이들은 네가 능력을 쓰지 않으니까, 자기들이 '주인에게 필요 없는 존재'라고 생각했거든. 그래서 아까 네 능력이 통하지 않았던 거야. 네가 초능력을 쓰려고 해도 이미 닫힌 초능력의 문은 너를 향해 열리지 않았던 거지. 하지만 아직 완전히 사라진 건 아니야. 너의 깊은 곳, 아주 깊은 곳에 숨어 있어. 나조차 거의 볼 수 없을 만큼 깊이. 나는 그 사실을 아까 네가 초능력을 쓰려고 했을 때 알아냈어. 물론, 그전부터 알고 있었지만 완전히 닫혔다는 건 오늘 처음 알았지. 너의 초능력은 아직 완전히 사라지진 않았지만 이제는 거의 너를 따르지 않아. 당황스럽지? 지금까지는 항상 잘 통했으니까. 앞으로도 계속 그럴 거야. 왜냐하면 초능력들이 '네가 주인'이라는 사실을 인식하지 못하니까."

미지는 우퀜트의 말을 들으며 왠지 모를 슬픔이 밀려왔다. 한 번도 초능력을 좋아한 적은 없었지만, 왠지 모르게 지금은 조금 아쉬운 기분이 들었다.

"그래서 내가 너를 만나고 싶었던 거야. 너의 초능력이 더 이상 통하지 않을 거란 걸 알고, 상황의 심각성을 느꼈어. 작년부터였어. 너의 능력이 아주 조금씩 문을 닫기 시작한 것이. 처음엔 티도 안 날 만큼 작은 변화였는데, 그게 오랫동안 쌓여 결국은 초능력을 쓸 수 없게 된 거야. 나는 그 사실을 너에게 알려주고, 네 초능력을 다시 데리고 가려고 한 거야."

미지는 고개를 푹 숙였다. 지금까지 초능력이 없으면 얼마나 좋을까 상상하며 살아왔지만, 막상 없어지고 나니 그렇게 기분이 좋지만은 않았다.

"초능력이 없었으면 좋다고 생각했지만, 막상 사라진다고 생각하니 기분이 좋지는 않지?"

우켄트가 처음으로 다정하게 말했다. 미지는 자신의 마음을 읽는 우켄트를 보고 놀랐지만, 그의 말이 맞다는 걸 인정했다.

"이미 문은 잠겼지만,"

우켄트가 계속 말했다.

"아까 말했듯이 아직 완전히 없어진 건 아니야. 아주 깊은 곳, 어쩌면 이 땅보다 더 깊은 이를테면, 지구의 내핵보다 더 깊은 어딘가에 남아 있을 거야. 분명 살아있는 건 확실해. 그래서 네가 다시 초능력을 되찾을 수도 있겠지만 그건 거의 불가능할 수도 있어. 너무 깊이 들어가 버렸으니까."

미지는 고개를 들어 우켄트를 바라보았다. 우켄트가 미소를 지으며 물었다.

"한번 해볼래?"

미지는 눈을 감고 생각했다.

'지금까지 초능력을 쓴 적은 많지 않지만 그래도 초능력과 함께한 기억들이 있었지. 지니와 함께 카린을 저주할 때, 교감 선생님에게 마법을 걸었을 때, 10년 전의 일과 꿈의 비밀을 알기 위해 썼을 때도 있었고… 비록 실패했지만.'

많지는 않았지만, 그 기억들은 조금이나마 즐거웠다.

그때였다.

미지에게서 빛이 뿜어져 나오기 시작했다. 햇살보다 훨씬 눈부신 빛이었다. 미지의 옷과 머리카락이 휘날리고, 우켄트는 놀란 얼굴로 미지를 바라보았다. 미지는 어리둥절한 표정으로 자신에게 일어나는 변화를 지켜보았다. 몸이 덜덜 떨리더니, 마지막으로 '팍!' 하는 빛이 번쩍였다. 미지는 뒤로 튕겨 나가넘어졌다. 곧바로 일어나 자신의 몸을 확인했다. 살아 있었다. 우켄트가 미지를 향해 달려왔다. 믿을 수 없지만, 카린도 함께 달려오고 있었다.

"우켄트…."

미지가 힘없이 말했다. 우켄트가 미지 앞에 앉으며 웃었다.

"미지! 네가 해냈어! 네 안에 있던 초능력을 끌어냈어! 정말 대단해! 이건 나조차도 절대 못 했을 거야!"

카린도 웃으며 말했다.

"어… 뭔지 모르겠지만 축하해!"

카린은 최대한 태연해지려 했지만, 결국 참지 못하고 외쳤다.

"야!! 너 초능력자야? 이 사람이 하는 말 다 사실이야? '미지의 세계'는 또 뭐고? 너 지금까지 뭘 감추고 있었던 거야?!"

미지는 카린의 말을 무시하고 우켄트와 함께 자리에서 일어났다.

"자, 이제 초능력을 써 봐!"

우켄트가 신이 나서 외쳤다. 미지는 잠시 고민하다가 동굴 벽에 손바닥을 댔다. 순식간에 동굴 벽이 무지갯빛으로 물들고, 어두웠던 안은 밝아졌다. 순식간에 분위기가 환하게 변했다. 우켄트가 활짝 웃었다. 모두가 조금 진정이 된 것 같았다. 우켄트가 미지와 카린 옆에 앉으며 말했다.

"정말 잘 됐다. 이제 너의 초능력이 돌아왔으니, 너의 원래 세계로 돌아가서 지니와 함께…."

우켄트의 말 중간에 미지가 단호하게 말을 끊었다.

"아니요."

우켄트는 놀란 눈으로 미지를 바라보았다.

"뭐… 뭐라고?"

"저는 초능력자로 살지 않을 거예요. 이제부터는 지니와 카린처럼 평범하게 살 거예요."

"하지만… 아까는 초능력이 없어진 걸 슬퍼했잖아."

"네, 조금요. 하지만 몇 년 동안 지니를 보며 생각했어요. 지니는 비록 초능력이 없지만 행복해요. 가족들과 시간을 보내고, 친구와 함께 놀죠. 저도 초능력을 안 쓰며 지냈지만 전혀 부족하지 않았어요. 잘못한 일이 있으면 초능력으로 고치지 않고, 그에 맞는 벌을 받았죠. 그래서 깨달았어요. '비록 특별하거나 남다른 능력이 없어도 삶은 여전히 행복하다.' 어차피 초능력을 거의 쓰지도 않는데, 가지고 있는 건 낭비 같아요."

우켄트는 미지를 조용히 바라보았다. 미지는 속이 시원하게 뚫리는 기분이었다. 지금까지 알고 싶던 진실은 모두 밝혀졌고, 이제는 어떤 미련도 남아 있지 않았다. 이걸로 충분했다.

"정말이야? 후회 안 해?"

미지는 망설임 없이 고개를 끄덕였다. 우켄트는 미지를 잠깐 바라보다가 말했다.

"너의 의견이 그렇다면 강요하지는 않을게."

"그럼, 제 초능력은 어떻게 하실 건가요?"

"다시 가져가야지."

미지는 고개를 끄덕였다. 우켄트가 말했다.

"그럼, 마지막으로 한 번 써 봐."

미지는 우켄트의 말을 듣고 손바닥을 바라보았다. 잠시 고민하던 미지는 아이디어를 얻기 위해 주변을 둘러보았다. 그때, 멀뚱멀뚱 서 있는 카린이 눈에 띄었다. 카린은 지금까지 미지에게 복수만 하려고 했고, '카린파' 아이들을 모두 '부하'라고 부르며 제대로 된 친구도 만들지 못했다. 미지는 크리스마스 때 카린의 가족이 싸우는 걸 본 뒤로 항상 카린이 잘됐으면 좋겠다고 생각했다. 하지만 카린은 '존중'이나 '배려' 같은 가치들을 무시하고 항상 미지를 이기는 데에만 눈이 멀어 있었다. 미지는 지금까지 그런 카린을 그저 바라만 보며 불쌍하게 여겼지만, 이제는 직접 도와줄 때였다.

미지는 우켄트에게 말했다.

"저는 카린과 카린의 가족이 행복해졌으면 좋겠어요."

우켄트는 그 말을 듣고 조금 놀란 듯했다. 미지가 설명을 덧붙였다.

"카린의 가족은 항상 싸우기만 하고, 친구 하나 없는 외톨이였어요. 저는 카린과 그 가족을 행복하게 만들고 싶어요."

카린은 얼굴을 붉혔다. 하지만 맞는 말이라 반박할 수 없는 듯했다. 우켄트는 잠시 망설이더니 말했다.

"그래. 너의 결정을 존중할게."

미지는 싱긋 웃었다.

"잠깐만, 나를 어떻게 하겠다고?"

카린은 당황한 듯했다. 미지는 카린을 향해 손동작을 보였다. 그러자 카린의 몸에서도 불빛이 나왔다. 카린은 놀라서 "이게 뭐야?" 하고 중얼거렸다. 그 순간, 카린은 하늘로 살짝 떠오르더니 불빛이 사라지자, 땅으로 떨어졌다. 카린은 쓰러진 것처럼 보였다.

"걱정하지 마."

우켄트가 말했다.

"그냥 의식을 잃은 거야."

미지가 물었다.

"그런데 카린의 가족은 어떻게 해야 하죠?"

"그것도 문제없어. 카린이 가족과 친하게 지내면 그 가족들도 자연스럽게 행복해질 거야."

"그런데… 얘가 세계에서 제일 중요한 비밀을 알게 됐는데… 어떡하죠?"

우켄트가 웃었다.

"하하! 괜찮아.

얘가 뭐라고 해도 사람들은 절대 안 믿을 거니까."

"그러네요!"

둘은 웃었다.

잠시 후, 미지가 말했다.

"저… 그런데 초능력을 쓰고 싶은 사람이 두 명 더 있어요."

"누구?"

"먼저 지니요. 지니에게 바구니가 달린 자전거를 주고 싶고, 반려동물도 생기게 해주고 싶어요."

"좋아!"

우켄트는 고개를 끄덕였다. 이번에는 조금 어려운 손동작을 만들어 갈색 바구니가 달린 베이지색 자전거를 만들어 냈다.

"그럼, 반려동물은?"

우켄트가 물었다. 미지가 밝게 대답했다.

"지니는 다람쥐를 제일 좋아하니까, 숲에 있는 다람쥐 한 마리를 데리고 가면 정말 기뻐할 거예요."

우켄트가 고개를 끄덕였다.

"이건 들고 가기 힘들겠네."

우켄트가 자전거를 보며 말했다.

"얘도 그렇고."

우켄트가 카린을 가리키며 덧붙였다.

"하지만 문제없어!"

우켄트가 소리치더니, 미지가 한 번도 본 적 없는 손동작을 만들어 냈다. 그러자 자전거와 카린은 순식간에 사라졌다.

"어… 어디로 보내신 건가요?" 미지가 놀라 물었다.

"네 친구, 아니, 너의 '원수'는 너의 미지의 세계로 통하는 구멍 바로 앞쪽에 두었어. 내가 너를 지켜보니까 너는 밧줄을 타고 올라가려는 것 같던데, 밧줄을 타고 올라가면 바로 앞에 카린이 보일 거야.카린이 네가 올 때 딱 일어날 거고. 카린이 너한테 질문을 좀 많이 던져도 이해해 줄 수 있지?"

"그럼요! 그럼, 자전거는 어디로 보내신 건가요?"

"자전거는 지니네 집 앞에 있어. 지니는 아마 산타 할아버지가 조금 늦게 선물을 주었다고 생각하겠지."

우퀜트가 웃으며 말했다.

"아무튼, 다음으로 초능력을 쓸 사람은 누구야?"

미지가 잠시 망설였다.

"…."

"누군데?"

"…당신이요."

"나?"

"네. 아까 당신은 지구에 사는 사람들의 수보다 더 큰 숫자의 나이를 갖고 계신다고 하셨잖아요. 그럼 그 오랜 시간 동안 계속 같은 일만 하고, 똑같은 생활을 하고, 바깥세상에 한 번도 나가 보지 못했다는 뜻인데… 그럼, 너무 지루할 거 아니에요. 어차피 사람들은 자기의 미지의 세계에 가지도 않을 텐데, 왜 굳이 미지의 세계를 만들어 주면서 일을 하는 거예요? 저는 당신에게 자유를 주고 싶어요."

그러자 우퀜트가 웃었다.

"하하하! 사람들이 미지의 세계로 어차피 가지 않을 거라는 불평을 해도 달라지는 건 없어. 그것에 대해 항의할 사람도 없고, 그게 나의 임무니까. 그리고 나는 괜찮아. 지금 하는 일이 나쁘지 않거든. 사람들의 특징과 개성을 살려 새로운 미지의 세계를 창조해 내는 건 생각보다 재미있는 일이야. 비록 '미지'라는 꼬리표가 달려 있지만, 나는 나 자신에게 만족해."

미지는 우켄트의 말에서 진심이 느껴졌다고 생각했다.

"그러면 저도 당신의 생각을 존중할게요."

미지가 조용히 말했다. 우켄트는 미지를 향해 싱긋 웃어 보였다.

"그럼, 이제…."

미지가 아쉬운 목소리로 말했다.

"더 이상 남아 있을 이유가 없네요. 저는 떠나야 할 시간이고, 당신은 하던 일을 다시 해야 하고…."

우켄트는 슬픈 미소를 지었다.

"처음으로 사람을 만나서 즐거웠는데… 처음에 조금 까칠하게 굴어서 미안해. 난 한 번도 인간을 만나 본 적이 없어서 조금 낯설었거든. 그런데 막상 너와 대화해 보니 네가 참 좋아. 그래서 너에게 차갑게 군 게 후회돼."

"괜찮아요."

두 사람 사이에 잠시 침묵이 흘렀다.

"그럼, 이제 떠나야 할 시간이야. 우리 모두 각자의 생활에 다시 적응해 나가야지."

"네, 맞아요."

미지는 손전등을 다시 가방 안에 넣었다. 그리고 어느새 잠들어 있는 방울이를 안고, 우켄트를 바라보며 말했다.

"이제 다시 이곳에 오는 일은 없겠죠?"

"그래. 미지의 세계가 들켜 버렸으니, 나는 이제 너를 위한 또 다른 미지의 세계를 창조해 낼 거야. 아주 특별하게 만들어 줄 테니 기대해. 어차피 보지는 못하겠지만…."

둘은 소리 내어 웃었다.

미지는 기쁜 것인지 슬픈 것인지 알 수 없었다. 하지만 이건 받아들여야 하는 현실이었다. 이제 미지는 10년 전에 있었던 일과 꿈 같은 일을 모두 잊고, 새로운 생활에 적응해 나가야 했다.

"네가 이 미지의 세계를 나가는 즉시 초능력은 없어질 거야."

우켄트가 말했다. 미지는 우켄트와 함께 걸으며 동굴을 나왔다.

"나는 여기서부터 너를 따라가지 않을게."

우켄트는 폭포 옆에 서서 미지를 바라보았다.

강한 바람이 불어왔다.

"그럼, 이만…."

미지는 뒤를 돌아 앞으로 나가려다 다시 뒤를 돌아 우켄트를 보고 오른손을 내밀었다. 악수의 의미였다.

"뭐, 영화 같은 데서 보면 이럴 때는 달려가서 안아주고는 하지만, 제 성격 어떤지 아시잖아요."

"누구보다 잘 알지."

둘은 악수를 했다. 미지는 악수를 나누고 다시 배에 올라탔다. 미지는 우켄트에게 차분히 말했다.

"언젠가는 저도 죽게 될 테지만, 우켄트는 죽지 않을 거예요. 그러니 어쩌면 다음 생에 만날지도 모르죠…."

우켄트는 미지를 향해 미소를 보였다.

"짧은 만남이었지만 고마웠어요."

"나도."

"아, 그리고… 하고 싶은 말이 한 가지 더 있는데요…."

"뭔데?"

미지는 살짝 미소를 지으며 차분하게 말했다.

"사람은… 특별하지 않아도 상관없는 것 같아요. 아까 말했듯이, 다른 아이들은 특별한 능력이 없지만 행복하니까요. 그리고 비록 자신의 미지의 세계를 사람들이 직접 볼 수는 없어도, 대부분의 사람들은 알 거예요. 바로 자신이 지금 서 있는 곳이 미지의 세계라는 것을. 굳이 멀리 가지 않아도, 자신이 있는 이곳이 바로 미지의 세계처럼 특별한 곳이라는 것을요."

- The End -

에필로그 I

카린의 미지 관찰 일기

72편

으아아아아아악!

오늘 미지 녀석이 전교 회장이 됐다. 도대체 그 애는 완전히 마녀 두꺼비 같은데, 어떻게 전교 회장이 되었는지 모르겠다. 보나마나 치사한 속임수를 썼을 것이다. 만약 나를 투표 안 한 놈이 누구인지 알기만 하면, 그 녀석을 끝장낼 것이다! 오늘은 유난히 기분이 안 좋고 재수 없는 날인 것 같다. 에잇! 기분이 나쁘니 공부나 해야겠다.

85편

음, 어제 썼던 『친구를 속이는 100가지 장난』 중 나오는 장난은 통하지 않았다! 어떻게 된 일인지 모르겠지만, 미지의 사물함에 있어야 할 지갑이 내 서랍 안에 있었다! 분명히 미지가 어떻게 한 것일 것이다. 너무 짜증난다!

99편

정말 재수 없는 날이다! 크리스마스 행사 때 편지와 선물을 줄 사람이 미지로 뽑혔다! 편지에는 최대한 나쁜 말을 많이 담으려고 한다. 하지만 선물로 무엇을 줘야 될지 모르겠다. 처음에는 벌레를 잡아서 줄까 생각했지만, 벌레가 너무 징그러워서 그럴 수 없을 것 같다. 게다가 미지는 특이해서 벌레를 너무 귀엽다고 생각한다. 그래서 나는 내 머리카락이나 작은 레고 블록 하나를 줄까 생각 중이다.

104편

오늘은 별다른 기록할 만한 일이 없다. 하지만 과학 단원평가에서 미지가 백 점을 맞았고, 나는 96점을 맞았다! 그건 한 개 틀렸다는 뜻인데, 내가 틀린 문제는 아주 쉬운 문제였다. 모두가 아주 당황했다. 내가 엄청나게 쉬운 문제를 틀렸을 리가 없으니까. 알고 보니 내가 단위를 쓰지 않아서 틀린 것이었다! 그렇게 바보 같은 실수를 하다니 정말 어이없다! 그래서 미지한테 화풀이를 했다. 잘한 일인지 잘 모르겠다.

116편

와와와!!! 오늘 엄청난 진실을 알게 되었다. 지금까지 미지가 어떻게 특이한 일을 했는지 알게 되었다. 미지는 초능력자였다!! 오늘 있었던 일을 다 말하자면 너무 길다. 하지만 포인트는, 내가 미지와 함께 학교 주차장에 있는 어떤 구덩이 속으로 빠져 '미지의 세계'라는 곳에 가게 되었다는 것이다. 그곳에는 어떤 여자가 있었는데, 정신병원에서 충분히 치료받지 않고 탈출한 것처럼 이상했다. 그 여자의 이름은 우퀜트였다. 그 사람은 미지와 알 수 없는 대화를 계속 나눴다.

그래도 제일 중요한 건, 미지가 초능력자라는 사실이다! 초능력을 쓰는 것을 내가 직접 보았다. 정말로 신기 방기한 일이다. 하지만 친구들에게 말을 해도 안 믿어 줄 테니, 말하지는 않을 거다. 괜히 입만 아플 테니까…. 미지는 나한테 초능력을 쓰기도 했는데, 내가 행복해지게 만들었다. 그래서 그런지 오늘은 미지에 대한 나쁜 말이 떠오르지 않는다.

어? 엄마가 오신 것 같다. 오늘은 엄마한테 화를 내지 않고, 최대한 반갑게 맞이할 것이다. 그리고 이제 카린파는 미지를 괴롭히는 무리가 아니라, 함께 공부하고 토론 등을 하며 즐거운 시간을 보내는 무리로 만들 거다. 미지한테 회장을 해줄 수 있는지 물어봐야겠다. 미지 관찰 일기에는 앞으로 미지가 하는 행동을 기록하면서, 어떻게 해야 미지처럼 똑똑하고 착해질 수 있는지에 대해 쓸 것이다. 초능력자이지만, 어쨌든 미지는 참 좋은 아이인 것 같다.

미지는 살면서 이렇게 힘든 적은 없었다. 지금까지 맨 가방 중에 제일 무거운 가방을 메고 있었기 때문이다. 심지어 강아지 한 마리와 다람쥐 한 마리가 가방 안에 들어 있어서 훨씬 더 무거웠다. 끝없는 구덩이를 밧줄을 타고 올라가고 있었으니, 힘든 것은 당연한 일이었다.

미지가 겨우 정상에 도착하자, 지금 상황과 어울리지 않는 예쁜 노을이 눈에 들어왔다. 주황색, 노란색, 분홍색… 여러 색이 섞여 환상적인 조합을 만들어 내고 있었다.

'이제 곧 밤이구나….'

미지는 구덩이 속에서 빠져나와 땅에 누웠다. 힘들어서 눕자 오른쪽으로 고개를 돌렸는데, "꺄아아악!" 옆에 눕자마자 카린의 얼굴이 미지 코앞에 있었다.

카린도 깜짝 놀라 일어나며 소리를 질렀다.

"꺄아아악!"

둘은 동시에 벌떡 일어났다.

카린은 일어나자마자 이상한 사람처럼 크게 소리 내어 웃었다.

"우하하하하하! 미지! 드디어 너의 진실이 밝혀졌구나! 넌 초능력자였지? 이제 나한테 다 들통 났으니, 너의 비밀을 다 밝혀! 지금까지 저기서 뭐 했던 거야? 혹시… 아까 그 이상한 여자한테서 시험 백 점 맞는 방법을 계속 물어보고 있었던 거야? 그래! 날 따라 잡는 애는 절대로 없는데 이상하다 생각했어….”

미지는 카린을 완전히 무시하고, 아까 그 구멍 쪽을 바라보았다. 하지만 구멍은 없었고, 오랜 세월이 느껴지는 콘크리트 바닥만 보였다. 미지의 ‘미지의 세계’는 이미 사라진 후였다.

하지만 미지는 아쉽지 않았다. 그토록 궁금해했던 비밀들을 모두 알아냈으니까. 미지는 싱긋 웃었고, 눈가가 살짝 촉촉해졌다.

“뭐, 뭐야? 너 왜 그래?”

카린이 물었다.

미지는 허무하게 말했다.

“아니야… 그냥… 이제 다 끝난 걸 아니까, 더 이상 미련이 남아 있지 않아서….”

“뭔 말이야? 아무튼 빨리 가자. 이제 곧 해가 질 텐데, 엄마가 나한테 꼭 밥 먹기 전까지 들어오라 했어. 너 안 갈 거면 나 먼저 간다.”

미지는 카린과 함께 일어났다. 둘은 학교 밖으로 걸어 나왔고, 카린은 쉴 새 없이 질문을 퍼부었다.

“그래서 그 여자의 정체는 뭐야? 아까 그 여자가 한 말이 전부 뭐야? 꿈이라니? 아니, 너랑 그 여자가 무슨 말을 하는지도 못 알아듣겠더라….”

미지는 카린의 말을 하나도 듣지 않고 있었다. 미지의 기억 속에는 아직도 우켄트가 남아 있었다.

"아, 맞다!"

미지가 갑자기 기억을 상기하며 소리쳤다.

"아빠 생일 파티! 오케이, 아빠 올 때까지 아직 10분 정도 남았으니까, 뛰어가면 시간에 딱 맞춰 도착할 수 있겠지? 미안, 카린. 나 먼저 가야 될 것 같아. 나중에 봐!"

카린은 뛰어 가는 미지를 향해 소리쳤다.

"그래! 잘 가, 초능력자!"

"이제 나는 초능력자가 아니야…."

미지가 작게 말했다.

미지는 집을 향해 뛰었다. 달리기가 빠른 미지는 3분 만에 집에 도착할 수 있었다. 다행히 아빠는 아직 집에 오지 않은 시간이라, 계획했던 대로 깜짝 파티를 열 수 있었다.

집으로 가던 미지는 지니네 집 앞에 있는 하얀 자전거를 발견하고 멈췄다. 미지는 가방에서 다람쥐를 꺼내, 지니의 자전거 바구니 안에 넣어 두었다. 그리고 다람쥐가 빠져나가지 않게, 바구니 구멍을 지니네 앞마당에 있는 나무판자로 덮었다. 미지는 나무판자 옆에 있는 펜을 보고, 펜도 집어서 나무판자 위에 썼다.

'죄송하지만, 이 다람쥐 좀 돌봐 주실 수 있으세요? 부탁드립니다. 저는 자격이 없는 것 같아요.'

미지는 자신이 쓴 문장을 한 번 더 훑어보고 고개를 끄덕였다. 그리고 다시 집으로 향했다.

집 앞에 도착하자마자 문을 활짝 열고 소리쳤다.

"엄마! 저 왔어요!"

미지의 엄마는 부엌에서 직접 만든 케이크를 과일로 장식하고 있었다. 부엌에는 '생일 축하합니다'라고 쓰여 있는 풍선과 종이들이 가득 붙어 있었다.

"왜 이렇게 늦었니? 빨리 와서 앉아. 아직 아빠 안 오셨으니까, 같이 케이크 만드는 것 좀 도와줘."

미지는 손을 씻고 달려가 케이크 데코를 도왔다. 모든 준비가 끝나자, 미지와 엄마는 불을 끄고 아빠가 집에 들어오자마자 폭죽을 터트릴 준비를 했다. 작전은 대성공이었다. 미지의 아빠가 집에 들어오자 요란한 소리와 함께 불이 켜졌다. 아빠는 무척 고마워하며 생일 파티에 함께했다. 그런데 파티 도중, 지니네 가족과 카린이 찾아왔다. 지니는 미지를 보자마자 안으며 말했다.

"미안해! 그렇게 까칠하게 굴면 안 됐는데…."

미지도 대답했다.

"괜찮아! 나도 미안…."

뒤에 서 있던 카린은 쭈뼛쭈뼛 거리며 미지에게 작은 박스를 건넸다.

"선물!"

카린이 말했다.

"크리스마스 때 제대로 못 줘서. 필기구 세트야."

카린은 바로 떠나려 했지만, 미지가 붙잡고 함께 식사하자고 했다. 그리하여 미지네 가족, 지니네 가족, 그리고 카린은 즐겁게 저녁을 먹었다. 지니는 집 앞에 갑자기 놓인 자전거와 다람쥐를 자랑했다. 미지는 사실을 말하지 않으려고 입을 꾹 다물고 있다가, 지니가 말을 끝내자 입을 열었다.

"어… 그래. 참 기쁜 일이네."

카린도 점점 새로운 생활에 적응을 해나가는 것 같았다. 그녀는 새로 만든 공부 클럽에 대해 미지와 지니에게 이야기했고, 미지에게 그 클럽의 회장이 되어 줄 수 있냐고 물었다. 미지는 당연히 좋다고 했고, 지니도 클럽에 가입했다. 클럽의 이름은 '강아지 클럽'이었다.(강한 실력을 쌓아, 어제의 나보다 지금의 내가 더 발전하도록 돕는 클럽이라는 뜻이었다) 함께 식사하던 사람들도 모두 즐거워했다. 그날은 다 함께 시간을 보내며, 모두에게 정말 즐거운 식사였다.

미지는 문득 창문을 바라보다 예쁜 구름을 보았다. 구름은 우켄트를 많이 닮아 있었다. 미지는 구름을 보고 싱긋 웃었다.

그 뒤로, 몇 가지 변화가 생겼다. 먼저, 카린과 미지, 지니는 절친이 되었다. 지니는 미지와 카린이 열심히 도와주고, 강아지 클럽에 누구보다 열심히 한 덕분에 10월 중간고사에서 꽤 괜찮은 점수를 받았다. 미지와 카린은 둘 다 만점으로, 사이좋게 전교 1등을 했다.

미지는 학교 주차장 근처나, 주차장으로 연결된 문을 지날 때마다 오른쪽 구석을 힐끔힐끔 쳐다보는 습관이 생겼다. 하지만 항상 보이는 건 차들과 콘크리트 바닥뿐이었다. 깊은 구덩이나 나뭇가지, 나뭇잎 같은 건 없었다. 그래도 미지는 괜찮았다. 이 세상 어딘가에, 새로운 미지의 세계가 있을 테니까.

미지의 초능력은, 이제 미지가 원했던 대로 더 이상 작동하지 않았다. 하지만 미지는 상관하지 않았다. 굳이 초능력이 없어도, 미지는 이미 충분히 행복했으니까.

12살 소녀 클라우디아 케인스는 새로운 도시로 이사 오면서 모든 것이 낯설기만 하다. 하필이면 새 집은 '귀신 나오는 빨간 지붕 집'이라고 소문난 곳. 첫 등교부터 친구들에게 경계심을 사며 외로움과 불안으로 한숨이 깊어진다. 하지만 활발하고 따뜻한 성격의 아만다를 만나면서 상황이 조금씩 달라지기 시작한다. 둘은 함께 집을 꾸미고, 보드게임을 하고, 속마음을 나누며 진짜 친구가 되어 간다.

학교에서는 또 다른 난관이 기다리고 있다. 똑똑하지만 차갑고 경쟁심이 강한 에이바와의 갈등이다. 실수와 오해가 이어지며 서로를 라이벌처럼 생각하지만, 시간이 지나며 클라우디아는 에이바의 행동 뒤에 숨겨진 상처와 외로움을 이해하게 된다. 결국 라이벌은 친구가 되고, 서로에게 힘이 되어 준다.

학기 동안 할로윈 사건, 오해, 질투, 선택의 순간들을 지나며 클라우디아는 우정·정직·용기·공감의 의미를 배워 간다. 그리고 가장 큰 도전인 과학 박람회가 다가오자, 클라우디아는 팀을 이끄는 리더가 되어 친구들과 함께 의견 충돌을 해결하고 목표를 향해 나아간다.

아만다의 창의력, 애슐리의 유머, 헬렌의 섬세함, 에이바의 노력과 함께 팀은 멋진 프로젝트를 완성하고 결국 1등을 차지한다. 하지만 무대 위에서 클라우디아가 깨닫는 가장 큰 진실은 이것이다.

"우승이 중요한 게 아니야. 넘어져도 다시 일어나는 용기, 친구를 돕는 마음, 그리고 최선을 다하는 과정—그게 진짜 성장이지."

Claudia's New Beginning

Prologue

"Ta-da!" shouted my mom happily, showing me my new, pale blue room. "Isn't it great? Isn't it awesome? Isn't it wonderful? What do you think, Claudia?"

She pushed me in for a better look. The room had a white bed slightly bigger than I am, a very babyish blue sheet with stars on it, a desk with a drawer and a small pen holder, a white cabinet, a large bookshelf because I love reading books, posters with childish pictures on them, and a small lamp. The room was warm, and it smelled like my favorite flower, violet.

"What do you think? Are you thinking that it's probably the best room ever?" she asked in her kind, sweet voice.

"I'm sorry to say this, but it's very babyish," I said, looking around slowly.

Mom beamed with happiness. "Well, your dad and I thought, since you're grown up, you need more space for yourself! And it is perfect! I think you love it!"

"I don't, Mom." I said. "Anyways, you always say it's 'perfect' even though it isn't." This was very true.

"Like last time when we went camping. Our tent flew away

because of the strong wind, so our family got wet because it was raining, and we didn't have anything to cover us. And you said, 'Perfect!', because we could see the sky better since there was nothing blocking our sight. Dad and I still remember that."

Mom looked as if she remembered it, too. "Yeah, it would be awful if you don't remember it, because it was so perfect!"

"Mom, you're too positive," I said.

"Well," Mom said, "that camping trip was adventurous and incredible. You'll feel the same way if you look around, in this 'sweet' and 'suite' room." I didn't laugh. Mom did, though.

I sighed and walked inside. I turned on the light on the cabinet. The light was so bright that I could barely open my eyes. I turned it off immediately and turned around to Mom.

"Remarkable!" Mom shouted.

"I thought I would, like I could, go blind!" I said.

"Well, look at the bright side!" Mom laughed again, but I didn't.

Right next to the cabinet, there was a bed. On the edge of the bed, where I put my feet, stood my favorite book series, Maria and Mathew's Marvelous Mystery Solving. The wall was my favorite color, pale blue. I knew Mom had completely ignored my request because before we moved, I had said, "Please make the wallpaper white in my room!"

I wasn't so pleased about the sweet-room thing. So I simply said, "Can I stay in the small room that's downstairs?"

Mom smiled and answered, "Sure, and you can sleep here."

"For my entire life!" I shouted. But Mom ignored me and left the room, saying, "Hope you enjoy it! We have more stuff in the living room, so think about what will work well and get it. You can take whatever you want from there. Oh! But not anything with a yellow Post-it. We're giving those to Jessica." (Jessica is my cousin)

I went to the living room to get things for my room. My mom and dad left the house to buy a fly swatter because there were so many flies in the kitchen. Almost everything had a yellow Post-it on it. I brought another cabinet drawer, school supplies (pens, pencils, erasers, glue, scissors, notes...), old pictures of me, my small bags, fluffy pillows, more sheets, and a huge amount of books. I texted my mom that I would move the big stuff, like the closet, later.

Then I went back into the room. The room was warm. That made me remember my old house. I didn't want to move. I wanted to stay. My new house was bigger and fancier than my old house, but I still preferred my old house. I had grown up there since I was a baby.

Mom and Dad came back with some food to eat and a black fly swatter just as I finished organizing my things and was reading a book. We ate dinner together, hamburgers. Then I took a shower, said goodnight to my parents, and lay down to sleep. The next day was the first day of my new school.

Chapter 1: The Broadstone Town

The house was filled with noise, which I hated. I hated everything, and I had been grumpy ever since our family left our old house. I just sat on my clean bed, looking out the window in boredom. It was early September, and the autumn leaves made the street look wonderful, unlike my feelings.

Mom was cheerfully talking outside with one of the men who had moved our luggage by a truck.

"I believe this is the final one, ma'am," I heard him saying.

"Yes. Thank you."

"The rest of the workers will help move your goods into the house."

"Thank you."

"Good day." The man got back into the truck.

The kid next door was peeking at our house. He seemed interested. But there was no way I was going to visit him. Nothing was going to make me feel better.

Just then, someone knocked. It was my dad.

"Hey, hon," he said. "Your desk's here."

I opened the door wider. Workers were carrying my big desk.

"Oh, right. Um... could you put that right... Here, please?" I asked.

The workers set the desk where I wanted. They left, but Dad remained.

"So... what do you think, Claud? Some change, huh?"

I looked at Dad in disgust.

"An enormously huge change. Just leave me alone." I said.

"Okay, dear." Dad left quickly.

I sighed and lay down on my bed. If I could go back to San Francisco, I definitely would! I thought.

My name is Claudia Caines, and I have moved to a new house in New York City from San Francisco because of my dad's business. He said he needed to be in a bigger city. We moved to a red-roofed house on Willow Street. I didn't want to move. I was so sad about leaving my old house and school. I even lost my best friends, Becca and May. That was a big problem, because I had no one to hang out with on Willow Street.

Even though I enjoyed studying, reading, and being alone instead of playing with friends, I still needed some friends. I sighed again. Back in San Francisco, I had been the best student in my grade. I was famous in those days. I liked my school, my house, and everything else. So I wanted to just escape from New York and go back to San Francisco. But since I had no choice, I just had to get used to all the new things, like Mom had said before we moved.

I stared at the ceiling. When I was about to fall asleep, there was another knock.

"Yes…" I answered, without emotion.

Someone opened the door. It was Mom.

"Hey, Claudia. How do you feel?" she asked in her kind voice.

"I'm doing awful. I hate everything! I told you to come to New York without me. I could've stayed at May's place!" I said, angrily.

"I see you've been like that since we moved," Mom said. "But I know what can make you feel better!"

She pulled out a book, but not just any book. It was Maria and Mathew's Marvelous Mystery Solving: The Thief in the Shoe Store!

"Mom!" I shouted happily. "I thought it was lost!"

"I finally see your first smile since we moved! I found it in the brown cabinet. You know, the cabinet that was dumped inside our basement in our old house."

I ran to her to grab the book, but Mom said, "Nuh-uh!"

"What? What do you mean, nuh-uh?!"

"I'll give you this if you do what I say."

"What?"

"I'd like you to get used to our new neighborhood and try to make some friends."

"How?"

"Well, go out and see this perfect street!"

I glared at Mom, who looked really joyful.

"Fine!" I said, after a long pause. "But after I do, you give me that book."

"Certainly."

I was mad at Mom, but for the book, I put my jacket on and grabbed my phone. Mom interrupted again.

"No! No phone. Absolutely not!"

"What? Why?"

"If you take your phone, you'll just sit on a bench with your phone, using your book-reading app, instead of exploring the street!"

"But… but Mom! I don't know the street well. What if I get lost?"

Mom pulled something out, as though she had expected me to say this. It was a map. Map of Broadstone Town.

"Problem solved?" she said, handing it to me.

"No, thank you," I answered, quickly. "I think I'll be fine without it."

Thinking of my reward book, I passed her, ran downstairs, and went out.

I looked around Willow Street. There weren't many people outside. As I walked, something big caught my eye. It was a giant willow tree. I stared at it. That tree was really huge! I'd never seen one so big. A fence surrounded it.

I walked around it and noticed an explanation in front of the fence:

This tree is the oldest tree in Broadstone Town. It is more than 250 years old. This old tree gave this street its name, Willow Street. It may soon die, but it means very much to the townspeople, so it is protected.

I finally understood why the street was called Willow Street.

I kept walking. In the center of the street was a big middle school. On the building's facade, it said Broadstone Middle School, with a picture of a big stone next to the words. (I guess because of the school's name)

At that moment, I remembered what Mom had said a week before we moved: "Your new school's name is Broadstone Middle School."

So that was my new school. It was big and fancy. The school's backyard was also enormous. I didn't know if the inside of Broadstone Middle School would be like my old school, but from the outside, it looked more impressive than my old school. I stared at my new school for a minute before continuing to explore.

After a few minutes, I found a big park with trees and a few people. In the park, there was a group of girls! Their school uniforms had badges that read: Broadstone Middle School, 8th Grade. It said that their names were Emma, Sophie, Lizzy, Bell, Leslie, and Ava.

Emma had freckles and short orange hair. Sophie was thin and very tall. Lizzy had brown eyes, brown hair, and brown eyebrows. Her hair color, also brown, was especially pretty. Leslie had long, very curly black hair. She looked interested in me as she noticed me standing far away, watching them, but didn't wave or say something to the other girls next to her about me. Ava was a bit of a chubby girl, with black eyes and black hair tied in a ponytail.

Without thinking, I ran to meet the girls. As I got closer, I could hear them talking.

"Ugh, did you hear that there's a new family in the haunted blood-roof house?" Emma asked the others.

"Yeah. I think they might be really poor. How could they even move to the haunted blood-roof house?" Leslie said.

Everyone nodded. I didn't know what the haunted blood-roof house was, but I thought I could ask them when I became friends with them later.

When I reached them, I said, not even knowing what I was saying,

"Um… hi, guys! My name is Clodi… I mean, Claudia. I'm the same age as you, because I'm in the 8th grade. I just moved here. Hey, can I join in with you guys?"

I stared at them, making the eyes that showed I wanted to join them, but they just stared at me. After a few seconds, Bell asked me,

"Where did you move to, exactly?"

"Red-roof house. Six blocks up from here." I answered.

As soon as I said that, everyone gasped. Sophie walked away from me, quickly. Ava's eyes got really big. And all the others looked at me with shocked faces, like they just saw a criminal right in front of them.

"Guys? Are you all okay?" I asked.

"…You're from house number 15? In Willow Street?" Leslie asked. Her voice was trembling.

"Um… sure… why?"

I shouldn't've said that. Emma screamed, Bell almost fainted, and Ava shouted, "Are you joking? That is the haunted blood-roof house!"

"What's a haunted blood-roof house?" I asked, a little scared because of their reaction.

Then, Emma started the story.

"I'll tell you, moron. A long time ago, a woman named Candis and a man named Gregory got married. But later, Gregory fell in love with someone else, Shirley. So Gregory divorced Candis and married Shirley. Candis got so mad that she set fire to Gregory's house at midnight. Her plan was to leave Shirley inside, but rescue Gregory. She went inside the house to save him, but she couldn't find him anywhere. That was because he went on his honeymoon with Shirley. When she realized Gregory wasn't home, she tried to escape, but it was too late. She was trapped. She had no choice but to die.

The next day, the townspeople saw what had happened. They thought Candis tried to kill herself because she was divorced from Gregory. So when Gregory and Shirley came back home, the townspeople told them that Candis was trying to kill herself because she was so sad that Gregory had divorced her. Gregory was heartbroken. Even though he divorced her. He felt guilty and sad that Candis was dead because of him. He spent all day crying. Then he went mad. He thought he had to follow Candis, so he threw himself out of a window in his house. He could've survived if it had been a first-floor window… anyways, when Gregory died, Shirley thought there was no point in living without her husband. Since Gregory wasn't alive, she also threw herself out of her house window too… since then, that house is called 'The Haunted blood-roof house', because the color of the roof is similar to the blood color of Gregory and Shirley."

When the long story ended, I asked, "Um… great story! So why am I related to that story and the… haunted red-roof house?"

Emma corrected me. "Haunted blood-roof house." "And that house in the story is your house. You are cursed!" Lizzy shouted at me.

Ava, Sophie, Lizzy, and Bell all ran off.

"C, come with me, guys!" Emma shouted, running away too.

Those girls didn't seem like their mouths were heavy, so it seemed as if I would not be able to make any friends in my new neighborhood, nor in the school.

Chapter 2: The Haunted Blood Roof House

"We'll be home by eight." Mom said, who was putting her shoes on in front of the. She and Dad were going out to greet the Willow Street neighbors.

"You sure you don't wanna go?" Dad asked me.

"I'm sure. Just go." I replied.

"Okay, bye!" Mom said, and they left.

I felt a bit scared once they were gone, because of the haunted blood-roof house. I went into my room and tried to read a book. But just as I was about to start, a weird stomping noise came from upstairs. I put the book down.

I remembered what the girls had told me about the haunted blood-roof house: "He thought he had to follow Candis, so he threw himself out of a window in his house… the haunted blood-roof house… You are cursed…" Their voices echoed in my head.

I went upstairs slowly, my heart racing like a horse. Is it just the wind? But a win couldn't make a stomping noise! Maybe a mouse? But a mouse should be like 35kg to make a sound like that! Or is it Candis? Maybe she's still here, holding a grudge against Gregory and Shirley!

The higher I went, the louder the noise became. Upstairs, there was an attic, a bathroom, my reading room (I read so many books that my mom made me a special room just for them in the new house), and my mom's room. I was so nervous, I even worried that my heartbeat was loud enough for the ghost to find me.

I decided to check each room.

First, I went into Mom's room. As I opened the door, a wave of heat hit me. Her room was as big as mine, with a big closet, a bed, a lamp, a desk with a computer, and a small spot for her makeup. Nothing seemed wrong, but I stepped inside anyway.

I took a deep breath and started searching for the source of the noise. But if it was some creature making the sound, there was nowhere to hide. Mom hadn't moved much into her room yet.

I opened the closet first. Nothing was in there. Just some brown coats and her jackets. I sighed. Next, I pulled back the white curtain to check behind it. Again, nothing. (I always look there because when I played hide-and-seek with Jessica, she always hid behind the curtain)

I went out, and as I did, I grabbed Mom's hair dryer, just in case a ghost came out from a random spot and attacked me behind my back, I'd turn it on and blast it away.

After that, I went to the bathroom. It was dark, so I reached for the light switch. But the light didn't turn on. It seems like it was broken. I sighed. This house has some problems. Big problems! I thought. For a second, I remembered the haunted blood-roof house story. Is Candis playing jokes on me? I shook my head. I knew I was letting that story distract me. Maybe the girls in the park had just been lying.

When I was thinking about the girls and the story, I reminded myself why I was there. I took out my phone and turned on the flashlight. Then I looked inside the bathroom and,

"Ahhh!"

Inside, hundreds of flies were buzzing, and there were fungi and some sticky liquids all over the floor. I slammed the door shut, shuddering in disgust. Before checking another room, I sprayed myself with perfume.

The third room was my reading room. I slowly opened the white door, a little nervous. Inside were thousands of my favorite books, a desk, a lamp, a chair, and a one-person sofa just for reading. I stepped inside, feeling very thankful that my mom made this room for me. I looked around very carefully. The books were all there, but no ghost. So I left the room, thinking that I should come back to this room after I found out the source of the noise.

Now, that left only one place: the attic.

My legs shook as I walked to the final door. If what or whatever that was making the noise wasn't in the other rooms, it had to be inside the attic. The closer I got there, the louder the noise became. Now it wasn't just stomping, but horrible laughing as well! I almost fainted.

For a moment, I thought about calling Mom and Dad, or just waiting until they got home. But I was too curious. I had to know!

I opened the door, but kept my eyes shut. A strange smell hit me, and the air turned icy cold. I forced myself to open my eyes and look.

"Oh my!"

There were zombies, a skeleton, and mummies! I tried to run, but when I saw spiders on the floor, I fainted.

I don't know when exactly, but I woke up in the dark later, hearing voices from my parents.

"Claudia! Where are you?" I heard Mom shouting from downstairs.

"Claudia! Oh gosh, I hope she didn't go back to San Francisco all by herself!" This was Dad.

Without looking back, I ran out of the attic, shouting to my parents, "Mom! Dad! I'm here! Up here!"

I heard hurried footsteps from downstairs, coming closer to me. I was frightened even though I knew Mom and Dad were back home again, because I could still hear the noise from the attic.

Soon, I saw Mom and Dad, both looking relieved that I was safe.

When they were close to me, I spat out, "Mom! Dad! Thank God! If you were late, you would've seen me killed! There was a noise! And I searched and I went to the attic! There were zombies! And... and..."

I tried to explain, but I was so scared that I could barely remember what I saw.

"Claudia? What's wrong?" Mom said, worriedly. "What happened? Is everything okay? Are you hurt? I think there was a thief!"

Dad seemed like he agreed, too. But I told them that it had not been a thief, and about the noise and how I searched for it. I also added the story of how I met the girls in the park, and that they told me about the haunted blood-roof house story.

"The ghost of Candis, Gregory, and Shirley must've brought their monster friends to the attic!" I shouted, with a pale face. After I finished, Mom and Dad looked at each other. Then, they laughed.

"Shhhhhh! The monsters might hear us! Be quiet!" I shouted, but they ignored me. After a few moments, Mom and Dad finally told us the truth about the attic. Mom said,

"Claudia, sweetie, those things in the attic weren't monsters! It's the decorations for Halloween! Your dad and I brought them from our old house. We thought of leaving it, but since it's Halloween soon, we brought it! We put them there because there wasn't a space to put them in."

"You must've thought they were real and fainted. Those spiders are rubbers!" Dad said, too. But I was still unconvinced.

"But… but… what about the sound? The decorations couldn't walk, do they? There's something in there!" I said.

Mom tried to convince me, but when I kept saying that the attic was haunted, she stood up and tried to go into the attic. But I stopped her.

"Mom! You can't go in! You might get hurt!" But Mom just ignored me and opened the attic door. Luckily, it was dark, so I didn't see those… those things again. When Mom turned on the light, there was a "Buzzzzzzzzz…." sound, and the light didn't turn on. So Mom turned on her phone flash and went inside.

"Be careful, Mom!" I shouted as Mom disappeared through the dark.

Moments later, there was an "Aha!" sound from the attic, and the stomping noise stopped.

"What is it? What is it, Mom? Is it a ghost?" I asked.

Then, I could hear Mom's footsteps and the sound of someone dragging something. And the next second, I saw my mom holding a big witch matrix. Mom explained,

"You must've heard this, Claud! This is the 'Jumping Witch Doll'. It jumps when you turn it on. Great to live it in the backyard on Halloween! I think we accidentally turned it on while moving because of all the other stuff."

She laughed. So did Dad. And I said, angrily,

"Another reason I don't want to be in this house!"

Chapter 3: Broadstone Middle School

After that, we had hot dogs for dinner, which Mom and Dad bought today. When we all finished eating, I set my alarm for five o'clock in the morning, and put it on my cabinet in my room. And just in case I fell asleep again, I put alarms everywhere: in Mom's room, on the stairs, the living room, the kitchen, the reading room, the bathroom (the one on the first floor), and even at Dad's office. This way, I could be more lively in the morning because the sound of the alarm would be louder! I thought. Then I realized that I should probably put one inside the guest room too, so I grabbed another alarm and started walking towards the guest room.

But Mom stopped me and shouted, "Claudia, what in the world are you doing? I just found eight alarms all over the place! What are you doing? Are you having an alarm party? You're gonna wake the whole neighborhood with this amount!"

"Oh, Mom!" I said, laughing. "It's the big day tomorrow! It's the first day of my new school! I have to be prepared! I need to wake up lively so I can move quicker! Which is why I put up many alarms! They'll be louder!"

Mom looked at me, surprised.

"Wait, didn't I tell you? Tomorrow we're just going to hear an explanation about the school and look around!" she said.

I was shocked. "What? Why? Who said that? Where? When?!" I

shouted. "I just read ten books about math, English, and science!"

"Okay, calm down." Mom said. "I think I forgot to tell you because I was confused… but I can tell you now, can't I?"

Mom laughed nervously. But I was really mad at her for forgetting to tell me something, because then, I'd have to change my schedule. I shouted to Mom about how she didn't tell me that. It took me a few minutes to calm myself down. After I was normal again, I grabbed a paper to write my new schedule on.

"So…" Mom began, looking relieved that I was finally calm. "Your new school's principal, Mr. Hamrit, and I had a small chat about tomorrow. He told me you'll start normal classes in two days. But tomorrow, you'll look around the school and talk about your test score. You'll be taking a level test. And you'll be going to your new school a little late, so you don't need to set thousands of alarms all over the house, okay?"

I felt so disappointed. I'd been really excited to start at my new school. I studied so hard, hoping to impress my teacher and new classmates on my first day. If I were good at studying and my teachers recognized me, I could make friends and maybe even become famous at my new school. And I had to wait one more day!

Mom noticed my disappointment and said, "Don't worry, Claudia. Let's think about this in a positive way."

(I hate those words, because I've heard them from Mom like ten thousand times.)

"Like, how?" I asked. "No new school, no waking up early, no new friends, no point in me reading those books."

"Wow… you just have to wait one more day, Claudia. That sounds like you'll never go back to school again."

"Well, that's true," I said. "My old school… I'll never go back there again. Everything's new. New house, new friends, new teacher, new school… everything has changed, Mom."

Mom looked surprised at how I twisted her words like that.

"Now…" she said, "put the alarms back to where it was. Then go to bed." She went upstairs.

I sighed and checked each room. If I found an alarm, I brought it back to my room. After that, I told Mom and Dad good night. Finally, I could sleep in peace.

I don't know when exactly, but in my dream, there was a strange man and two weird-looking women. They kept showing up suddenly in front of me. They appeared again and again and again, in my dream breakfast, in my dream books, even when I dream-read books!

"I am… Gregory…" the man said.

"My name… is… Candis…" one woman whispered.

"And my name is… Shirley…" said the other woman.

"Whooo… little girl… we will follow you forever…" they all said together.

I was so scared that I screamed and threw everything I could see at them.

Then, I woke up. It was just a dream. Just a dream… but so realistic.

I checked the clock. It was 6 a.m., my usual wake-up time on normal school days. I tried to fall back asleep again, but of course, I couldn't. I felt like someone was watching me through the dark. I thought about going to my parents' room, but I was a middle schooler. I knew Mom and Dad wouldn't let me.

To calm myself, I started singing softly.

"Mary had a little lamb…

Little lamb… little lamb…

Mary had a little lamb, its fleece was white as snow…"

I stopped. I heard footsteps coming towards my room. Louder and louder. My heartbeat matched theirs.

I looked around to see if anything could protect me. I spotted a dumbbell from the corner, so I held it like a baseball bat, waiting for whoever, or whatever, that was outside to come in. The door creaked open. Someone came in!

I swung the dumbbell as hard as I could.

"What the?! Ow!" a voice cried out. It sounded familiar.

I turned on the light. I couldn't believe it. It was my dad!

"Dad! I am so, so, so sorry! But why are you here? I thought you were a ghost! I just had a nightmare."

Dad groaned and stood up. "I just wanted to check on you if you were fine before I went to work! You've been so scared about this haunted blood-roof house thing! But why did you smack me with a dumbbell? And that dumbbell is mine! Why do you have it? I thought I lost it. I've been looking for it everywhere!"

"I told you. I had a nightmare! Candis and Gregory came into my dream! I thought you were a ghost!"

Dad sighed. "Okay, you know what? Let's just say this didn't happen. Your mom could wake up. And you know what happens if we wake her before 7 a.m., right? Now go back to sleep."

"I'm so sorry, Dad," I whispered and went back to bed. Dad went out, taking the dumbbell with him.

The next time I opened my eyes, it was 8:17 a.m. I figured I could get up now.

I checked Mom's room after I went outside. Her sheets were folded inside the closet. She must have already gone downstairs. So I headed down too.

Mom was in the kitchen, reading some papers and sipping her usual morning coffee.

"Good morning, Mom," I said.

"What's that?" I asked, pointing to the papers.

"It's the neighborhood newspaper, called Happy Broadstone Town Newspaper. And our family is on the first page. Look!" Mom showed me the newspaper.

I leaned over to read it.

House number 15, located on Willow Street, had been empty for many years because of the rumor of the "Haunted Blood Roof House." This house is also known as the Ghost Tower. Many kids used it as a place for "boldness challenges." But there's a reason kids can't go inside now: the Caines family.

The Caines family consists of a girl and her parents. They don't seem to know what had happened in that house, or that three people had died there. When the Caines family (except the girl) went out to greet neighbors and hand out food, everyone avoided them.

Some even said they saw black air coming out of them.

"I saw it with my bare eyes!" said Jane Kensely, who lives two blocks away from the haunted blood-roof house. "Everyone was staring at the Caines family when they passed. That family looked very scary, and I think there was something coming out from them… like a black air…"

Many people share this opinion about the Caines family.

Another group, girls who attend Broadstone Middle School, also spoke.

"I saw her. The girl," one of them said. "Her name's Claudia. She's so weird and strange. I saw her at the park. She looks funny and she talks strangely."

Many neighbors don't like the Caines family and keep saying things like, "I don't know how long they'll last in the Haunted Blood Roof House.

When I finished reading, I looked at Mom. She didn't say a word. She kept staring at the newspaper. I couldn't tell if she was happy our family was on the first page or angry at the way people described us.

But one thing was clear: she didn't care about the "Haunted Blood Roof House." She only cared about the "black air."

She finally looked at me, then turned back again.

"Black air…" she murmured. "That was because a man next to me was smoking!"

Then she added, "And that man was your father."

I gave her a look that said: Seriously? "Maybe someone saw it and thought the smoke was coming out of us, so they told the reporter that!" Mom said.

"Well," I replied, "the black air was coming out of you guys. It came out of Dad's mouth, so… technically, it was."

"But that's not the point!" Mom shouted at me.

I wondered why on earth that wasn't the point, especially since she was shouting so hard about it.

"Alright, alright," I said, sitting at the table and grabbing a toast from the biggest plate. "Anyways… where's Dad?"

"Mmm hmm, hmm mmm, hmmm!" Mom said, with her mouth full

of orange juice.

"Oh, I understood that perfectly well, thanks," I answered, sarcastically.

Mom swallowed and explained, "He had a morning meeting today, so he left early."

I nodded slowly and started eating. The silence was so heavy that five minutes later, I decided to break it.

"So…" I began.

Mom looked startled at my voice; it had been too quiet.

"Tell me more about Bigstone Middle School."

"It's Broadstone." Mom corrected me. She cleared her throat. "Well, I haven't actually seen it either. But I read an advertisement about it. It said the school is very big and has lots of students. It will be different from your old school. Twice as big, with five to six hundred more students."

"I know what it looks like," I said. "I saw it yesterday when I went out."

"Oh, did you make any friends?"

"What do you think?"

"Nope."

We went back to eating.

When I was almost done, Mom handed me a small piece of paper.

"It's your schedule for today," she said.

I looked at it and took a picture of it with my phone, just in case I lost it. It said:

Claudia's Schedule

- 9:30 – 9:40: Arrive at school, meet the principal.

- 9:40 – 10:10: Hear explanations about the teachers.

- 10:10 – 10:50: Explore the school alone!

- 10:50 – 11:20: Take a test to check the knowledge.

- 11:20 – 11:30: Wait for the test result.

- 11:30 – 11:55: Check the result, hear more details, and go home.

I folded the paper, slipped it into my pocket, and checked the time. It was exactly nine.

"I think I should start getting ready now, Mom," I said.

Mom also checked "her watch," though she didn't have one; she lost it a while ago.

"Oh! Me too," she said, standing up and rushing upstairs.

I couldn't understand why she acted like the clock had suddenly sped up twice as fast, even though she had no idea what time it was.

I shook my head and went into my room. It was time to dress up.

Speaking of dressing up, I need to explain something. To be popular at school, there are four ways (pay attention to number four):

1. Be cool. (Don't say anything weird or abnormal)

2. Go to school parties, or any parties, like friends' birthday parties.

3. If you're a girl, have a boyfriend. If you're a boy, have a girlfriend. (Best choice: someone popular, famous, and good-looking)

4. Wear good clothes and act like you're good at makeup and hair.

Number four is the "dress up" part. I'm not good at that. At all. Honestly, I'm not good at any of the above.

My way of being popular is completely different:

1. Be smart.

2. Don't do things that draw attention.

3. Be the teacher's pet.

4. Do nothing but reading and studying.

Very short and simple ways. I was sure I was great at everything on the second list.

At my old school, the most popular kids were Bob and Violet. Bob was amazing at soccer, and he had millions of followers on his SNS. And Violet, she was good at every single thing on the first list. Plus, she was a professional violinist. She won the first prize at the school talent show last year by playing her violin.

Anyway, let's get back to the point. On the first day of school, your appearance and clothes decide everything. Whether you'd be normal, popular, or a strange kid. It all came down to that.

Luckily, I wasn't a "fashion terror." But I wasn't good at it either. Since I would definitely see some kids, even if I wasn't taking real classes yet, I decided to wear blue jeans and a white shirt. I added a thin, black jacket too. It didn't look too bad.

Then I remembered who I should really be worried about. Not me. Not Dad. Not even the girls at the park. It was so obvious.

I ran upstairs and banged on the white door.

"Mom!" I shouted.

There she was, standing in her perfect dress and coat, doing her makeup. She looked like a CEO heading to an important meeting.

"Yes?" Mom answered. "Did you see a ghost? Candis? Maybe another witch doll?" She laughed.

I frowned. "What? No, Mom. I'm not five years old."

"Then what?" she pressed.

"Oh, umm…" I hesitated. "I thought you'd dress up like a Halloween clown."

Mom looked surprised.

"What? No," she said. "All this time, maybe you thought I embarrassed you a bit with my clothes, but…"

"What? No!" I said quickly.

Mom looked strangely touched. But when I added, "You didn't embarrass me a bit. You embarrassed me a lot!" she frowned.

"Well," she began, "the past isn't important. What matters is that this is one of the most important days of your life."

"Oh… I see." I said. "Well, then, I'll go downstairs and finish… You know… finish."

"Yeah." Mom said.

I left the room as fast as I could.

Even All this time, I thought moving was ridiculous. The new house, the haunted blood-roof house rumors… all because I was unlucky. But maybe I needed to rethink it. Though I wasn't going to be happy or excited about this, maybe, just maybe, I could like the new school. Maybe I could even make new friends! Unless, of course, those girls from the park started "blah blah blah" -ing about me and my cursed house.

Or maybe I could be popular. I was a little popular at my old school because I was smart. I'm not trying to be arrogant! But after experiencing middle school life, I learned something: being cool is a better way to make friends than being smart.

While Mom did her morning yoga, I checked the notebook May had given me. (See Chapter One, first paragraph!) She had pressed it into my hands when I was about to leave.

"Bye, Claudia! It was so good to meet you. Take this note. Open it on your first day at your new school. It will help you. Goodbye!"

I opened it and read the first page.

To Claudia!

From May ^^

I wish you to fit in well at your new school. And to help you with it, I give you this. Hope your future is full of love!

I flipped to the next page, wondering how on earth she was supposed to help me from thousands of miles away.

I'm your friend, so I know you're good at... stuff. So I'm going to teach you some other "stuff." Go down.

1. How to make friends

- You have to be cool.

- You have to know what's popular.

Now, you won't know what's popular. So, go down again.

2. Popular things

- K-pop songs and girl & boy groups.

- Webtoons.

- YouTube.

- Having a good phone, laptop, or tablet.

Stop reading too many books and enjoy your life!

The rest of the pages, you can use as a journal.

Finished.

May was a popular girl, too, so I could trust her advice. But I didn't care about making friends. And anyway, I knew I couldn't this year, not while living in the haunted blood-roof house. I ripped out the first two pages May had written and tossed them in the trash can.

This year, I was not going to waste my time trying to make friends. And even if I tried, no one would even come near me, saying that I'm a 'cursed child'.

"Claudia! We have to leave now!" Mom called from downstairs.

"Coming!" I shouted.

Eight minutes later, I was in Mom's car with my bag, heading to my new school.

Mom looked even more nervous than I did. When she's nervous, she either talks too fast or too much. This time, both.

"Claudia, check your schedule paper again." Mom said.

"I can't," I replied. "I left it at home."

"What?" she shouted. "Why did I make that for?"

"How should I know? You made it."

Mom sighed deeply.

A few minutes later, we arrived at my school. We parked and got out of the car. I looked up at the school. Somehow, it was even bigger than it looked before. Mom was paler than ever, talking fast and saying things I didn't need to hear.

"Claudia, oh… I'm so nervous! By the way, did you know that I bought a tape 3 weeks ago when we didn't move? It's amazing, right? Tapes!p! Always an interesting topic to talk about!"

She looked like she was even more nervous than I was, even though it was I who was going to attend the school, not her. But unlike her, I wasn't nervous at all. I didn't really care about the school thing, so I was actually pretty bored walking to the school door. But I still wanted to go back to my old house and school.

"Mom," I said to Mom, who was smiling weirdly now. "It's not that late. If you're that nervous, we can just go back to our old school and old house. Dad doesn't have to start new work."

As ridiculous as I thought this new school was, it seemed like my idea sounded even more ridiculous to Mom.

We entered the school. Mom had a school map (I have no idea where she got it), so she told me that the principal's office was on the third floor.

I don't know why, but I hoped no one would see me until I officially started to attend the school, so I walked as quietly as I could, but Mom kept talking, so I worried anyway. I didn't want Mom to draw attention, and I was starting to get embarrassed. I told her to lower her voice.

"Why?" she asked.

"Because," I started angrily, but if I told her the truth, she'd be upset. "Because students are studying hard."

She nodded and hushed up a little, but kept talking.

It took us forever to actually enter the building because of Mom. She talked fast and much, but walked slowly. And by the time we were standing in front of the building door, I was really nervous. I bit my nails and blinked fast. They were my habits that I showed when I was nervous.

When I was about to push the door, Mom stopped me.

"Hang on, dear. I think I saw the first floor as the third. Let me check…"

Mom stared at the map. I sighed and waited for Mom. I looked around to see if anyone saw us. Then, I saw some girls and boys from a distance. Even though the bell rang, boys and girls lingered, laughing and chatting. When Mom noticed me staring at them, she smiled, probably thinking that I was interested in them.

"Hey," Mom whispered. "Want to go talk to them?"

I shook my head, remembering what happened yesterday.

"No. I had enough experience yesterday. I told you what happened."

"I'm already famous, you're famous, our whole family's famous, and our house is famous," I added.

As I finished, some other students walked closer to us from another direction. They didn't notice me, nor Mom, because they were talking to each other. But I recognized them. They were the girls from the park! Except for the girl named 'Ava', but still, they were close to me! They came closer and closer. It seemed like they were trying to enter the building.

I quickly hid behind Mom. Mom looked confused. She tried to call me, but I stopped her.

"Claudi…"

"Say nothing!" I hissed quietly.

Luckily, the girls turned their direction the other way. When I was sure they were gone, I explained to Mom what had happened. Mom nodded and said,

"Okay. And I found the way. The principal's office is on the first floor, not the third.

"Right," I said, feeling nervous again. I took a deep breath and pushed the door in front of me.

Inside the school was no different from the outside of the school. Fancy, new, shiny, big, and clean. My mouth was open, thinking of how my old school was the opposite of my new school. But I still preferred my old school.

Mom and I went to the principal's office. I was a little worried because my mom was leading the way, but a few moments later, we were standing in front of a brown wooden door with a carving that said 'Principal's Office'.

"Okay, Claudia. Don't be nervous. I trust you, honey." Mom said.

"I know. And you looked a thousand times more nervous than I." I replied.

"Do I?" Mom said, laughing nervously.

I took another deep breath and opened the door. Sunlight streamed in so brightly I had to close my eyes.

"Ah-ha!" a man's voice exclaimed.

I opened my eyes. An old man with black hair and a beard was sitting on a small, black sofa, looking at us.

"You must be Claudia Caines, and Mrs. Caines!" he said.

"Hello." Mom chuckled. "Claudia, this is your new principal, Mr. Hamrit."

I didn't move or speak.

"Sorry, she's shy." Mom explained.

"I am not," I said calmly, but loudly, still staring at Mr. Hamrit.

He shook a hand with us and led us to a sofa across from him.

"You look like a confident girl." Mr. Hamrit said, after we sat.

I didn't know what to say. Mom kept chuckling at everything he said.

"So…" Mr. Hamrit began smiling, and the long, boring conversation started.

"Your name is Claudia Caines." I nodded.

"I heard you're very smart. You like to read science books, instead of comics, you review and pre-study during recess instead of playing, and you bring books on a trip, instead of video games."

"Yeah… but I'm not extremely smart, like in movies," I said, half thankful, and half bored.

"Well, Claudia," he said, "there's another girl your age who's very clever too."

I perked up suddenly.

"Her name is Ava Squalls."

I gasped. One of the girls I'd met at the park was named Ava!

But maybe it's not that, Ava. I thought. There are lots of people named Ava.

"Mr. Hamrit," I asked carefully, "does Ava have green eyes and black hair in a ponytail?"

He looked surprised. "Yes. She doesn't always tie her hair in a ponytail, but I saw her a few times in a ponytail. And she definitely has green eyes and black hair. She's a chubby girl who's always confident and competitive."

So it was her. Ava Squalls, the very same girl from the park.

I didn't talk, thinking of what happened at the park.

"Is everything okay?" Mr. Hamrit asked.

"Nothing, Mr. Hamrit. It's just… I met Ava before. Once."

"I see…" he said.

Then he continued.

"Anyways, our school is strict and considers every subject important, especially English, math, history, science, and foreign languages."

I was glad that he didn't say P.E. I was good at everything except P.E.

Mr. Hamrit listed my teachers:

- Foreign Language / Language Arts: Ms. Rose
- Science: Mrs. Green
- Math: Mr. Kim
- Gym: Mr. Rob
- English: Ms. Marshal
- Music: Mrs. Johnson
- Art: Mr. Mec
- History: Ms. Febles
- Social Studies: Mrs. Gold

When I heard "Music: Mrs. Johnson," I thought of my grandmother, who had the same name.

He explained more details about the teachers, and when the clock struck 10:10, he said he would talk with Mom while I explored the school alone. He handed me the same school map Mom had and told me to come back at 10:50.

"Don't be late, Claudia. And only go into empty classrooms. Don't get lost!" he said.

Mom practically pushed me out the door.

When my mom waved me a hand, smiling broadly, and closed the door, I sighed and muttered, "This stupid school stuff is driving me crazy…"

Chapter 4: The Librarian Mrs. Smith

I went to the library as soon as I started walking. It was class time, so I had to walk quietly. I almost ran, though. I could spend some of the time reading books there, and then it wouldn't feel like I was wasting time.

A few minutes later, I was just steps away from my favorite place in the world. But right as I was about to open the library door, I heard a scream and the sound of heavy things falling.

I turned back. An old woman in a short, light pink colored dress was struggling to catch the books that were tumbling from a wooden cart, but she was too late. Too many had already fallen. Luckily, half of them were still in place.

"Oh no… what a mess!" the lady said, looking down at the fallen books, hopelessly.

I was desperate to get into the library, but it didn't feel right to ignore an old lady who clearly needed help. So I ran over to her.

"Are you okay?" I asked. The woman looked like a librarian.

"Huh?" she said, looking at me in surprise. "Oh… um, yes. I'm fine, thank you."

I helped her pick up the books and put them back into the cart.

"Thank you very much, little girl. This is the first time a student has ever given me useful help."

"What? Really? I mean… how come? Aren't people supposed to help each other?" I said, in amazement.

The lady sighed. "Easy to say. Students only talk like that in front of the teachers. But they don't act on it."

When we finished cleaning up, I finally introduced myself.

"My name's Claudia Caines. New student, eighth grade. And I absolutely love libraries."

The lady laughed. "Well, thanks for helping me. I'm the school librarian, Mrs. Smith. And I can't believe you like libraries! Except for some students, others hardly ever go there. They don't like reading, you know."

"Well, if I become a student here, I'll visit the school library every day, except during weekends!"

"So… you're looking around the school?"

I nodded.

"Well, let me show you around then, since I don't have any work right now."

I smiled, and so did Mrs. Smith.

"Really? Can I take up your time like that, Mrs. Smith?"

"Sure! It would be my honor."

So, Mrs. Smith put the cart inside the library, and we walked together. Mrs. Smith told me that she'd show me as much as she could.

A few minutes later, we were walking down the hallway, talking and asking each other questions.

"Mrs. Smith, when did you start working here?" I asked.

"About twenty years ago. Very long."

"Seems so…" I said.

"Anyway, this is Art Room One. And you see that door over there in the corner? That leads to Art Room Two and a storage space for supplies. There's an art duty too; students clean up the mess and put the tools back where they belong. Oh, and speaking of duty… I used to have library helpers, too. But only one or two students applied for it, so it just disappeared like a fog."

"I'll do it!" I said. "I was a library helper at my old school, too."

"Great!" Mrs. Smith smiled broadly. "Thank you! You're very kind and nice!"

Kind and nice… no one ever described me with those words before.

Inside the art room, posters made by students covered almost all parts of the walls. They said things like Imagination opens your dreams and Art has no answer. There were basic tools like crayons, paintbrushes, and paper everywhere. It seemed like the art teacher allowed students to draw on almost anything, or the students were just naughty, because there were paintings all over the desks, chairs, and floor. When I first came inside Broadstone Middle School, I thought the school was really clean and tidy, because of the appearance of the hallways and the principal's office. But the art room was different from what I imagined it would be.

"Now," called Mrs. Smith, "time for the cafeteria. Not far from here. Just a bit more…"

I hurried after Mrs. Smith, who turned back and started to walk again.

"It's not fair, is it?" I said angrily as we passed the principal's office.

"The school's big, the backyard's big, the classrooms are big, and the library is… is…"

"I know." Mrs. Smith said, sounding not angry, but sad. She tried to calm me down. "But don't get too angry, Claudia. There's nothing you can do, there's nothing I can do, even if I wanted the library to be bigger. I can't just call the remodeling service company and tell them to expand the library. I've been asking Mr. Hamrit to make the library bigger, but he always says it's too complicated and there's no budget."

"That's a lie! How's everything else so big then? I think this school has money to burn. Lots of parents donate! And why don't you really call the remodeling service company and tell them to expand the library? That's a great idea!"

"Claudia, there aren't even many students coming into the library. There's no point in expanding it anyway. Maybe there is enough space for now. Students barely come to the library."

"But… but…"

"Now this," Mrs. Smith said, raising her voice louder than mine, "is the cafeteria."

She opened the big glass door.

The cafeteria wasn't very big. Posters said things like EAT VEGETABLES TOO! and Wait, Did You Wash Your Hands? In the corner was a small blackboard with a sign "Today's Menu!" written. And underneath that sign, items like spaghetti and pizza were scribbled.

"Well, nothing to see here." I said. "Just normal."

We left and continued to walk. Next stop was the music room. As we got closer, we could hear singing from inside.

"I think students are in class." Mrs. Smith said. "Maybe peek through the window?"

I nodded and looked inside. A teacher stood at the front, holding a checkbook, while a nervous red-haired girl sang. The other students sat in the back, watching. They looked nervous, too. It looked like they were having a music test. I whispered what I saw to Mrs. Smith and left quietly.

"I think that song was Spring in December." I said, when we were far enough that the students and the teacher in the music class wouldn't hear us.

Mrs. Smith chuckled. "Why would a student sing Spring in December for an exam?"

"You're right." I admitted.

"That," Mrs. Smith said, pointing at a door marked NO ENTRY, "is the CCTV room." We passed the CCTV room quickly. Next to it was a bathroom, but I didn't bother looking inside.

"And the rest are just classrooms." Mrs. Smith explained.

On the second floor, she showed me the nurse's office, the gym, the administrative office, and more classrooms. Obviously, I couldn't go inside the administrative office.

After I looked at all the other rooms, we climbed to the third and the last floor.

"What's on this floor?" I asked.

"Well, there's the teachers' office, swimming pool, auditorium, and more classrooms."

"I've never been sent to the teachers' office for bad behavior before." I bragged. "I was always a good kid. I only went there once when my teacher sent me to pick something up. And I never had detention!"

"Lucky you." Mrs. Smith said.

"You told me you have to be at the principal's office by…"

"10:50." I answered.

"It's 10:34 now. If you just check the auditorium and go, you'll be back on time."

We opened the auditorium door, and at that moment, students poured out from their classrooms, wildly.

"Oh no! Classes ended!" Mrs. Smith cried. "We have to hurry, or the hallways will be a tornado!"

"Right!" I shouted through the noisy crowds.

We rushed back down and reached the principal's office.

"Alright," Mrs. Smith said, "I'll have to return to the library now."

I felt a little sad.

"Okay. Thanks for showing me around, Mrs. Smith. I'll visit the library every day."

She nodded, smiled, and walked away. Only, she went towards the wrong side of the hallway.

"Ah, Mrs. Smith!" I called. "Isn't the library the other way?"

She turned around, looking confused. "What? Is it? Oh! Yes. My, my... You see, when you get older and older, you forget things, Cordelia."

I frowned. "What?"

"Oops! That was a perfect example. Bye, Claudia!"

Then she walked off, this time, in the right direction. I stared at her back, shrugged, and went inside the principal's office.

Mom and Mr. Hamrit were talking, but stopped when they saw me enter. Mom smiled at me.

"Claudia! Done exploring?"

"Yeah… pretty good."

I told them how I met Mrs. Smith, helped her with the books, and how she toured the school for me.

"I think we fit well together." I finished. "Especially with her job."

"Great story, Claudia." Mr. Hamrit said with a smile. "Now… time for the test."

I gulped.

"Don't be nervous," he added. "It's just… well, we don't usually give tests, but you're smart."

He kept smiling at me, and I didn't know whether to smile back or ask about the test. I managed to make a tiny smile.

A few papers came out of the printer. Mr. Hamrit grabbed them, four and a half pages, and explained:

"There are twenty-two questions. If one is hard, skip it and come back later. You'll have forty minutes. Quickly glance through the paper so you get familiar with it."

I flipped through the questions and frowned.

"What's wrong?" he asked.

"Nothing. It's just… this test is so easy."

"Really?" he said, surprised. "I thought you were frowning because it was hard! If you think this is easy, you really are smart. But let's make it fair. I'll give you a harder one."

He typed something on his computer, and a few more papers were printed. Handing them to me, he said, "This one is two and a half pages. Twenty-two questions. What do you think?"

I skimmed it. "So-so. Not hard, but not easy."

"Great! That's what I wanted. Good luck."

He and Mom stood. "We'll step out. Claudia, you can wait if you finish early."

They went out.

"Okay, Claudia, you can do this." I told myself. "You've done this before so many times."

I started to write.

A few minutes later, I was already on the last question. I wrote the answer fast and clearly.

"Finished!" I shouted.

I stretched and checked the clock. Only fifteen minutes had passed.

"Claudia!" someone called behind me. I turned, and it was Mom and Mr. Hamrit, entering the room.

"Mom!" I stood.

"Miss Caines, are you done already? It's only been fifteen minutes!" said Mr. Hamrit, looking surprised.

"Yes, I'm done." I said. "And were you spying on me? How did you walk in the exact moment I finished?"

They explained that they had gone to the teachers' office to sign some papers and were just coming back when they heard me shout. I was embarrassed that they had heard me yell "finished!"

"I thought you'd take the full time." said Mr. Hamrit. "You really are smart."

"But I still have twenty minutes left. What should I do?" I asked.

He made a thoughtful "Hmm" sound, then smiled.

"I know exactly what. Mrs. Caines, please sit."

Mom sat next to me. Mr. Hamrit didn't sit; he walked around the office.

"Claudia, can I see your test paper?"

"Oh, yes." I handed it over to him.

"May I check it now?" he asked Mom.

"Why not?" she said cheerfully.

He pulled out an old binder full of papers. Inside was the answer sheet. Then he took out a red pen and began marking.

Mom trembled, watching nervously. I was nervous too. It wasn't like this was a college exam, but still, this was the principal! I have to look smart and nice, not like an idiot. I thought.

A few minutes later, Mr. Hamrit put down the pen. That could only mean one thing.

"The result is in." he said.

Mom and I leaned forward, half excited, half nervous.

"Yes?" we asked together.

"Congratulations! A very rare level, you scored 100!"

My heart leapt. I beamed with happiness, and so did Mom.

"100? Really?" I shouted.

He handed me the paper. On top, it said: 100%! Perfect!

"I'll keep this forever, Mr. Hamrit," I said proudly.

Once we calmed down, he explained, "There's a reason I had you take this test."

He walked to a shelf filled with binders and school papers. After searching, he pulled out some papers and handed them to me.

"Would you mind reading these?"

Curious, I looked at the first page.

{Special Class for Broadstone Middle School Talented and Honorable Students}

Principal Hamrit

For 8th Grade Students

This special class at Broadstone Middle School was created by the old principal, and now Principal Hamrit is in charge of it, and is taught by Mrs. Green and Mr. Kim, the science and math teachers.

This class requires many skills and knowledge.

Students who join must stay late after school and sometimes participate in extra sessions.

"What's a special class for talented and honorable students?" I asked.

"Well, it's a class for talented and honorable students." Mr. Hamrit answered.

I wanted to say, Yeah, I can see that, but that would've been rude. So instead, I flipped to the next page.

2. This Class Is...

Also called the Meeting with Smart Students, this group is only for talented and hardworking students. They learn important things together and receive very high-level questions from teachers.

The tradition started long ago, created by the school's principal. Each grade meets on different days, always with the same teachers:

- 7th graders on Monday
- 8th graders on Wednesday
- 9th graders on Thursday

Schedules sometimes change, and students may be required to stay late or attend extra classes.

If students want to join this class...

They must be smart and good at studying. Teachers recommend students to the principal, and the students must also have one to two hours free after school.

3. Broadstone Middle School Talented and Honorable Students

Top 1. Ava Squalls

Top 2. Billy Page

Top 3. Rylie Johnsen

4. Tom Williams

5. May Anderson

6. Maya Hadson

7. Liam Campbell

8. Richard Mills

9. Isabella Conley

10. Lewis Miller

There are six more students not listed here. These names represent the ones who have shown outstanding achievements. The top student, Ava Squalls, is the school president, class senior, and the teachers' favorite. She has never missed first place.

4. Ava Squalls

She never misses the first place!

Ava Squalls, who attends the special after-school class, is extremely smart and competitive. She is always first at everything: studying, tests, being teachers' favorite, and being a model student. She gets furious when she isn't first.

She is chosen as the lead in the school play almost every time. Her weakness is that she's unkind to students she doesn't like, and she shows off whenever she wins. She has black hair, always tied in a ponytail. It will be hard for anyone to catch up to her.

Her motto:

"My mark is always first place. I'll never miss it."

When I finished reading, Mr. Hamrit took the paper back.

"Now you know what I wanted to tell you." he said, winking.

"Wait…" I said slowly. "You want me to join this… honorable

students' class?"

"Yes." he answered. "You've exceeded my expectations."

He turned to Mom.

"Mrs. Caines, does Claudia have one or two hours free after school on Wednesdays?"

"Yes, Mr. Hamrit!" Mom and I both shouted.

We signed some papers together.

"I never thought this would happen." Mr. Hamrit was admitted as we signed the last page.

"You never thought what would happen?" I asked.

"You see," he explained, "students don't immediately join this special class, even if teachers recommend them. They must take a test, like you just did. Students need a score of over 93.5%. Ava got 100%. I thought no one would ever do it again, but you did."

He smiled proudly as Mom and I finished signing.

"We have fifteen minutes left," he said. "If you have any questions, ask me."

I had plenty of questions, especially about the size of the library, but I decided to take my chance on something else.

"Um… I want to know more about Ava Squalls." I said.

Mr. Hamrit smiled. "Actually… I'd like you to tell me about her."

"What?" I blinked. "But I already told you what happened at the park."

"Why do you want to talk about her?" he asked.

"That's… a confusing question," I admitted. "I guess because I have a strong pride. I was angry at her and the other girls because when I met them, they said that I was cursed because I lived in the haunted blood-roof house. But I'm also happy that Ava's smart like me. In the paper, it said she gets mad when she's not in first place. So… I want to beat her."

Mr. Hamrit laughed. I didn't get it.

"Why are you laughing?" I asked.

"You want to talk about her just because you want to win against her?"

"Yes. Why?" I asked seriously.

"Nothing." he said, still chuckling.

Mom was smiling too. I was completely serious. Why were they laughing?

"You're very competitive." Mr. Hamrit continued. "That's good. But winning against Ava Squalls seems impossible."

"How do you know? You haven't even seen me yet." I shot back. Then I quickly added, "Sir."

He smiled gently. "I like your confidence. So what do you want me to tell you about her?"

"Anything." I said.

He thought for a moment. "She's good at science. At the science fair, she's always first. In the school play, she's almost always the lead role. Also, "

"I don't want to hear about her always being first," I interrupted. "I want to know what she's not good at."

Mr. Hamrit frowned, thinking hard, like I had just asked him to solve $7,458 \times 2,947$ in ten seconds.

"She can't be perfect. Nobody can. She must be bad at something." I pressed.

"Aha!" he suddenly shouted, the same "aha!" he'd made when we first met. "I know! She's not good at sports. Like soccer or dodgeball. She got a C-minus on gym test last time."

He explained more: Ava often lost at individual sports, her running times were the longest, and she was afraid of balls. Gym class was the one place where students didn't like her.

But that wasn't helpful to me. I was bad at gym too. I always got a D-minus or D-plus. That's why Dad had been giving me extra gym lessons at home. But it didn't change much, except for making me think I should get even more lessons.

After our short chat, only five minutes remained. We packed our things. Mr. Hamrit told me to start school next Monday.

I glared at Mom, who said that I would start my new school the next day. Mom looked like she was trying to ignore me. Next Monday seemed like a long time.

"I was glad to meet you, Claudia. You too, Mrs. Caines. You won't regret this B. Claudia, you and Ava will make a great team. I wonder what kind of adventure you'll have here. See you in a week. Oh, and, "

He ran to the corner, picked up some books and clothes, and handed them to us.

"Textbooks and school uniforms." he said. "Do you want me to put them in a paper bag?"

"No thanks." Mom replied, smiling.

I shot her a look that said, What?! But she didn't notice.

"Then… have a good day." Mr. Hamrit said, closing the door.

This "Ava Squalls" girl was definitely going to make my school days very special. Hehe!

Chapter 5: Start

The week went by slowly and ordinarily. I spent most of the time reading.

I didn't really care, but my parents helped me decorate my room. We chose roles: I put up the posters and told Mom and Dad where to place things, while they moved the big and small furniture. My room looked completely different in just a few hours. Maybe that should have cheered me up, but honestly, I didn't feel like helping them unpack or clean the house at all.

After we finished, Mom told me to go outside and play again. But I was desperate to finish the last chapter of Solar System and Its Move. So I told her, "If I make friends now, school won't be fun later."

"You're right. Making friends is part of your job at school." she replied.

Surprisingly, Mom agreed to let me stay in. So I kept reading.

Whenever I checked the town newspaper, before breakfast, lunch, or dinner, they were still talking about us and our house. But there was other news too, like a really famous actor in our town getting married on the weekend.

Every day, I looked at the calendar. I waited… and waited… but it felt like Monday would never come.

By Friday, I finally found something to calm me that wasn't schoolwork. It was Mom.

At around 2 o'clock, after lunch, I was re-reading Maria and Matthew's Marvelous Mystery Solving #4: The Titled Woman's Lost Ring for the tenth time in my room, when Mom walked in.

"Hello." she said cheerfully. "Are you having a good time?"

"Oh, I'm having the best time, no school, no homework, no studying." I said, sarcastically.

She looked pleased.

"Well, I was hoping you'd say that, because I have something that might cheer you up."

She pulled something from behind her back. Books. But not just any books.

"May and Michael's Marvelous Mystery Solving series! Mom! Where did you get it?" I cried.

She explained that she'd gone to the mall with some neighbors yesterday and found the series, the one I kept mentioning, since I'd already finished all of Maria and Matthew's mysteries. So she bought it for me.

But I wasn't even listening anymore. I had already opened the book and started reading.

The rest of the week, I wasn't bored at all. I was too busy reading.

But on Sunday, I couldn't focus. The day was coming. Just one more day until the first day of my new school…

"When? Give me the exact time." I said to Mom at supper.

"Well, you can't wake up before seven o'clock." she said.

"That's too late! I told you, I need an hour and a half to get ready."

We argued back and forth until she finally said, "Then 6:45. No sooner."

"Deal! Perfect!"

We went back to eating spaghetti.

I have to change my alarm after dinner, I thought.

"Are you excited for tomorrow?" Dad asked, pulling more bread from the fridge.

"Yes. I wonder what will happen."

"Oh, Claudia!" Mom said suddenly. "I forgot. Your classmate, Amanda, will help you tomorrow. She'll walk to school with you, and she has the same timetable as you."

I froze.

"Says… who?"

"Says Mr. Hamrit, your principal." Mom answered, taking our empty dishes to the sink.

"Tell me every single thing about her." I demanded, following her.

"When you were taking the test, he told me about her. I also saw her, because Mr. Hamrit led me to her. She was in music class, singing in front of everyone. She was really good. I've never heard a girl her age sing like that. She has a natural sense of music. Her name is Amanda Thomson. She has long brown hair and green eyes. She's not very good at studying, though. Maybe you two can become friends and help each other."

"I am not helping her." I said firmly. "I'm not going to school to tutor someone. And I'm not having any friends."

"Okay, okay." Mom said, rolling her eyes. "But at least try to get along. She's going to introduce you to the school and teachers. Mr. Hamrit said that she gets excited when she meets new people, so… um… Claud? What are you doing?"

Mom noticed me scribbling quickly in my small notebook.

"I'm writing everything down." I said. "I need to analyze the creature before I meet it. Tell me more."

Mom laughed. "Actually… you should go prepare for your first day of school."

"What? Oh, you're right! Holy moly!" I ran to my room immediately. "I'll start packing my things!"

"And 'creature' is not a good word to use on your friends!" Mom shouted as I ran upstairs.

I shut my door when I was in, but before I could even pick up a bag, there was a knock. Mom. Again.

"Here." she said, handing me a folded paper. "This has everything you need to know for tomorrow. Read it carefully."

"Thanks, Mom."

She smiled and left.

I opened the paper. Nothing unusual, except that at the bottom it said:

Students are not allowed to bring pets or animals, or food (except lunch), without teachers' permission.

I didn't have pets anyway; they cost too much. And I didn't bring lunch from home.

A few minutes later, I finished packing my bag. I checked the time. It was almost nine. Most kids stayed up playing games or on their phones until two in the morning, but I always went to bed by ten.

So I planned for tomorrow: 30 minutes to get ready, 30 minutes to read, then sleep at ten sharp.

At exactly ten, Mom came into my room to say goodnight to me.

"Good night, sleep tight, don't let the bedbugs bite, wake up bright, in the morning light, to do what's right with all your might," she said.

"You too, Mom." I replied.

She left, turning off the light.

That night, I couldn't sleep well. I couldn't believe everything that had already happened.

"Ava Squalls… Ava Squalls…" The name wouldn't leave my head.

"I will beat Ava Squalls!" I whispered, drifting off at last.

I was somewhere. Somewhere… bright. It looked like a classroom. A normal classroom. But I was alone. No students, no teachers, no one.

Then the door opened. It was Ava Squalls.

"Hello…" she said weakly. "You… cursed child!"

"What? No! Listen, I'm Claudia Caines, and I don't believe in that haunted… whatever."

More girls from the park came in behind her.

"Guys, look!" said Leslie, holding up something from the floor. A test paper.

"It's that girl's test paper!"

I froze. It said: F minus. Please try harder next time!

"That's not my paper! Look again, I got a perfect score!"

Emma pointed at the top of the page.

"No, no! Look, your name. In your handwriting."

"That's fake! I'm smart enough to beat Ava! And how did you know that that's my handwriting?"

Ava smirked. "He-he! You'll never beat me. You're not enough, and you'll always be nothing."

Everyone came closer. I backed into a corner.

"W-what are you doing?" I shouted.

They grew taller, while I shrank smaller. Their laughter grew louder.

Then suddenly, music started playing.

"What's that song?" I asked.

"Claudia!" Emma called.

"Huh?"

"Your alarm."

"What?"

"Your alarm!"

I jolted awake. I was in my room, not a classroom. The alarm was blaring. I turned it off, but didn't get out of bed.

"What a weird dream…" I whispered.

The dream only made me more competitive.

I left my room. No one else was awake yet. Dad would get up at seven, so I had fifteen minutes. I pulled out the paper I had written last night, my schedule.

Step one: Shower.

I set my phone timer for eight minutes. Exactly eight minutes later, I came out, still with a little soap on my arm, but on schedule. I dressed up in my bathrobe. Then I moved on to my next step: hair.

I debated styles. A big ponytail looked messy, and I didn't like it. And Ava always wore one, so I settled on a half-bundle instead. "Perfect," I said to my reflection.

Then I opened my closet. Pants or a skirt? It took three minutes of serious thought before I chose the skirt. But then I realized that I had to wear my uniform. So I opened my drawer and pulled out my uniform, and wore it. I smiled.

Next on my list: wake Mom.

When I went downstairs, Dad was already in his work clothes, packing his lunch, and drinking coffee.

"Good morning." I said.

"Wonderful Morning! Oh, Claudia, you know what?" Dad smiled. "You look wonderful in your uniform."

"Thanks." I said, looking down at my clothes.

"Going to wake up Mom?" he asked.

"Yeah, why?"

He frowned. "Don't. I think she's having a good dream."

"Oh, please!" I muttered. I was much better at waking Mom than Dad.

I walked into their room. As usual, Mom was half on the bed, half on the floor. I thought hard, then smiled.

"Mom," I whispered, "it's already nine o'clock! We're late!"

She shot up so fast the mattress bounced.

"What?! Someone must've changed the clock!"

She bolted to the bathroom. Dad tied his tie in the mirror like nothing was happening. I followed Mom. She splashed water so quickly that it went all over the floor.

"Hey, Mom." I said. "You don't need to hurry."

"Why not? It's your first day of school, and you're late! Teachers won't like that!"

"Well… because it's actually 7:30."

Mom froze, glaring. "You lied to me!"

"Of course." I said casually, as if explaining one plus one.

"Why do I fall for it every day?" she groaned, then finished washing her face calmly.

I went back upstairs to double-check my school bag. Everything was packed. I slipped my lucky charm into my wallet, a necklace from Mom. It was droplet-shaped and opened to reveal a single letter inside: C.

For Claudia Cara Caines. All my names started with C, so my lucky letter was three.

Back downstairs, Dad was ready to leave.

"Okay, everyone, I'm going." he said.

"Bye, Dad," I said, hugging him.

"See you. And good luck on your first day." Mom said, also hugging him. He smiled. Then he left.

"Okay!" Mom said, heading to the kitchen.

"Pancakes, waffles, or sandwiches?"

"Anything." I replied.

"Then pancakes."

While Mom mixed eggs, milk, and pancake mix, I set the table, forks, knives, spoons, plates, and cups. I poured milk while Mom flipped pancakes.

She brought one for me and one for herself.

"I'll make two more each. Can you grab the syrups?"

"Oh yeah, I forgot."

I grabbed maple and chocolate syrup. Soon, we both had two pancakes. Mom chose chocolate; I chose maple.

While we ate, she suddenly said, "Oh, Claudia. I forgot again. Amanda and her mom will come to our house today at 8:20."

I nearly choked. "What?! Amanda's coming here?"

Mom nodded. "Her mom and I will talk while you and Amanda walk to school."

"I don't want help!"

"Do you know where your classroom is?"

"...No."

I sighed. Amanda was going to help me, whether I liked it or not.

At 8:15, the doorbell rang. Too early.

"Claudia! Amanda's here!" Mom called me. I was upstairs in my room.

"They're five minutes early!" I grumbled.

"You like being early." Mom reminded me.

I took my bag, checked my appearance, and ran downstairs.

At the door stood Amanda and her mom. Amanda wore the same uniform as me. She had long brown hair, emerald green eyes, and thick eyebrows. Her mother had short black hair, dark eyes, and wore a green dress.

"Is she… is it her?" Amanda gasped.

"Yes, dear." her mom said. "This is Claudia."

Amanda ran to me, handed me a chocolate bar, and squealed, "Hello! I'm Amanda Thomson. Can we be BFFs?"

I turned to Mom and whispered, "I don't like this girl at all."

Mom smiled at Amanda. "She says she likes you very much!"

Amanda beamed. "Can I call you Dia? Thanks! Let's go, Dia, we'll be late!"

I barely had time to wave at Mom before Amanda dragged me out the door.

As we walked, she said, "Let's ask each other three questions so we can get to know each other."

"I'd rather talk about math class," I muttered.

We argued until we settled it with rock, paper, scissors. Amanda won. Her questions:

1. Why did I move into the haunted blood-roof house, even though I'd get bullied?

2. Where did I live before?

3. What do I think of Ava Squalls?

I didn't want to answer, but I did. "We lived in San Francisco. Dad said we had to move for his business. I didn't want to. The real estate agent tricked us into buying that house. It was remodeled, bigger, and had a yard, but no one told us about the ghost story. I thought I'd be popular for being smart, not bullied."

Amanda shook her head. "At our school, being smart doesn't make you popular. You need friends, followers on SNS, and parties. You have to be cool."

Then she started explaining the "sides" of the school, Ava's side or not, play side or study side, even peanut butter vs. Nutella side.

"Seriously?" I asked.

"Seriously." she said.

Now that Amanda finished, I thought I had to answer the third question, but she launched into her own family story, siblings Jake and Ali, her mom's store, and her dad leaving after a divorce. She also told me about Jake wanting a tarantula, Ali's pet bunnies, and how she herself had a squirrel named Bambi.

I finally blurted, "Wow. You are a very talkative girl who can't stop talking."

Amanda just laughed.

By then, we were near the school. "Do you have any pets?" she asked.

"No." I said flatly.

Kids stared at us as we entered the yard. I knew why, because I lived in the haunted blood-roof house.

"Ignore them." Amanda said. "Pretend they're staring because you're famous."

"I wish."

Then Amanda pointed to the school door. "That's Ashley Kinney.

The most popular girl in school."

A shiny black car pulled up. A tall, thin girl stepped out, her blonde curls bouncing. Two identical girls followed her.

"That's Grace and Julie Howler. Ashley's Halloween parties are legendary!" Amanda whispered.

We reached the school doors.

"Are you nervous?" she asked.

"No!"

"Ready?"

"N… yes."

Amanda smiled and pushed the door open.

Inside, she led me to the lockers.

"That one's yours, 314. Mine's 313."

I opened mine. Cleaner than expected, with a mirror on the door. I taped my timetable there and stacked my books, umbrella, wallet, tissues, candy, and even my Einstein photo neatly inside.

Amanda had decorated hers with a picture of her and Bambi the squirrel.

"Finished?" she asked.

"Yep."

"Good." She checked her timetable, and I peeked at it too.

6th Grade Timetable}

Amanda Thomson

Monday	Tuesday	Wednesday	Thursday	Friday
1. Math	1. Language	1. History	1. Music	1. Math
2. Science 2	2. Club	2. ****	2. Language	2. History
3. Science 2	3. Club	3. Health & Safety	3. Gym	3. English
4. *****	4. Math	4. Science 1	4. *****	4. Art
5. Art	5. Music	5. English	5. Club	5. Science 2
6. Art	6. Gym	6. Math	6. Club	6. Science 2
7. History		7. Language		7. ****

Teachers

- Languages: Ms. Rose
- Science 1: Mr. Cap
- Science 2: Mrs. Green
- Math: Mr. Kim
- Gym: Mr. Rob
- English: Ms. Marshal
- Music: Mrs. Johnson
- Art: Mr. Mec
- Health & Safety: Ms. Febles, Mr. Brooks
- History: Mrs. Gold

The schedule may change depending on the situation.

I wanted to ask Amanda what the stars(****) meant, and what the difference was between Science 1 and Science 2, but there wasn't time.

"Today's first class is Mr. Kim's math class. Let's go to the second floor."

We grabbed our math books and bags and headed upstairs.

"The first bell rings at 8:55. The second bell rings at 9:00." Amanda explained. "It's only 8:47, but since you're new, we should go early and meet Mr. Kim."

We reached classroom 124. Amanda grabbed my hand and pulled me to the door.

"Go on, open it." she said, grinning.

I hesitated, then opened the yellow door.

Inside was an ordinary classroom. At the teacher's desk, a man was reading a book.

"Good morning, Ms. Thomson!" he said. "And I'd be pleased if you introduced the young lady next to you."

"Hello, Mr. Kim!" Amanda said. "This is the new student, Claudia Caines. You'll like her, she loves math."

"And history, science, physics, and twelve more subjects." I added proudly.

I held out my hand. "Hello."

Mr. Kim looked surprised. Maybe no one had ever offered him a handshake on their first day. He shook my hand warmly and smiled, however.

"I'm Mr. Kim. Pleasure to meet you. Amanda already told me about you. It's exciting to have a student who actually likes math. Most kids prefer other subjects."

"But math is fun too." I said quickly.

He just smiled. I couldn't tell what the smile meant, but I wanted to believe he liked me.

"You've got your textbook. Good." he said.

I wanted to say, of course, I'm not careless enough to forget, but I remembered Mom's warning not to talk too much and risk sounding rude. So I nodded instead.

"Our school teaches in the usual ways might be a little different from your old school. You'll just need to get used to it." He paused. "I heard you're very smart. I'm excited to see your skills."

He turned to Amanda.

"Thank you for volunteering to help Claudia. If she's unsure about something, please explain it kindly. I'm very proud of you."

Amanda flashed him her bright, shiny smile.

"Now, Claudia, please sit next to Amanda." Mr. Kim said.

Amanda squealed and led me to the third row, middle seats. I would've preferred sitting alone in the front row, but at least I wasn't hidden away. I wanted the teacher to notice me.

After we settled, I asked, "Is it really that hard to get 100% on the test?"

"It's not easy." Mr. Kim replied.

I wanted to ask him about Ava, but before I could even say her name, a strange song blasted from the speaker:

Lala Lala!

Get ready, ready!

Books and pencils, textbooks and bags!

Lunch and notes, check your timetable!

Prepare well, and let's all get ready! Ready! Ready!

Now go to your class and see you… Next time!

Hehe!

The song ended. I blinked.

"What… was that?"

Amanda chuckled. "You won't believe it, but… that's our school bell."

If students hadn't started rushing into the classroom at that moment, I wouldn't have believed her.

Mr. Kim returned to his desk while Amanda quietly introduced classmates: Sofia Fliweed, Billy Camon, Chloe Black, Charlie Maple, Mike Patch, Lucas Miner, Katie Watson, and more… and then, "There's Ashley." Amanda whispered as the popular girl walked in.

Finally, Ava Squalls entered. To me, she already looked selfish.

"Hi, Ava!" Sofia ran up to her. "Um, could you help me with this?" She showed Ava her math worksheet.

"Sure. Let's sit." Ava answered sweetly.

I couldn't stop myself. I marched right up.

"Hello. I'm Claudia Caines, the new student. You'll need to remember me, because later, you'll cry when you get second place." I said to Ava, who gave a weird look at me.

Then, I turned to Sofia. "Nice to meet you. From now on, ask me if you need help, because I'm smarter than Ava." I grabbed her worksheet. "This is easy." I scribbled the solution and handed the paper back to her. "You're welcome."

Anna stared at me like I was from another planet and hurried to her seat. I tried to keep talking to Ava, but the second bell cut me off:

Lala Lala!

Let's all study, study!

Teachers and students, boys and girls, cats and dogs!

Check your supplies and get ready!

Work hard, and let's all study, study, study!

Now study well, and see you... Next time!

Haha!

Ava glared at me, then went to her seat, right next to mine. I sat too.

Mr. Kim stood.

"Okay! Something new today. Let's all welcome a change to the class."

The students looked around in confusion.

"Did we get new screens?" asked Jack hopefully.

"No, we're getting a new teacher!" Emily guessed.

"Did we all finally get 100% on the test?" Sara shouted.

"No way!" Mike cried. "I forgot to write my name again!"

The class groaned.

"Silence, please." Mr. Kim said calmly. "All good guesses, but no. Look in the middle of the classroom."

Everyone turned towards Amanda and me, but most still looked confused.

"Look, everyone!" Billy shouted, pointing at me. "Katie changed her hairstyle!"

"I'm right here!" the real Katie yelled from the back.

"Then who are you? Isabella Wax from seventh grade?" Mike shouted.

"Mr. Kim! There's a random stranger in here!"

Mr. Kim sighed. "Calm down. She's not a stranger. She's a new student. Claudia, please introduce yourself."

Dozens of eyes fixed on me. I stood. I wanted to announce my awards and test scores, but I reminded myself to act "normal".

"Hello. My name is Claudia Caines. I'm from San Francisco. I'm good at studying and reading. Nice to meet you."

A few students clapped politely.

Then Mr. Kim began the lesson: the Pythagorean theorem. Harder than what I'd learned before in my old school, but not too hard.

I raised my hand often, and even went to the board once. But then, disaster. I miscalculated.

"I'm sorry, Ms. Caines, but this answer is wrong." Mr. Kim said gently. "You need to add these two numbers, not divide."

I froze. I checked again. He was right.

"It's okay. You can be wrong." Mr. Kim added kindly.

But that didn't comfort me. I had never been wrong before. Anger boiled inside me.

Ava smirked. I could almost hear her thoughts: Haha! I thought you were worthy of being my rival. But you can't even do simple math!

I fumed through the rest of class. Finally, the bell rang:

Lala Lala!

Let's all pack up, pack up!

Your pencil case and textbooks, bag, and notes!

Check you didn't miss anything!

Now go to your next class and see you... Next time!

Hoho!

"Alright, class." Mr. Kim said after the bell. "Your homework is to finish worksheet numbers four and five."

Students bolted out the door.

"C'mon, Dia. Our school only gives five minutes between classes." Amanda urged.

I shoved my things into my bag and hurried after her. As we passed Mr. Kim, he said something, but the hallway was too noisy to hear.

Amanda grabbed my arm and steered me through the crowded first floor. I kept looking around for Ava, hoping to talk to her, but she was nowhere to be found.

Four minutes later, we reached the science room. It was huge, with six tables and thirty seats, five per group. Safety posters hung on the walls: Tie your hair, Be careful, No running, No playing. The shelves were lined with equipment.

"Dia, you'll be sitting with our team, Team Erstan." Amanda said.

"We only had four students in our team before, but now you make five."

She led me to the back. I felt a little disappointed; I preferred sitting in the front.

"Our teammates are…." Amanda started, but the "Lala Lala" bell song played again, and kids poured in like a storm. I could see my teammates. Ashley Kinney sat in front of me, Ava Squalls in front of Amanda, and the last seat belonged to Helen Homer.

Five minutes later, a woman rushed in, panting. She wore a bright green dress and a matching coat.

"Sorry, class… I was in the bathroom. Too much coffee."

"That's way too much information, Mrs. Green!" The class shouted.

"That's Mrs. Green." Amanda whispered to me. "She really likes the color green."

Mrs. Green looked around. "Before we start, let me check the attendance. Is there a new student today?"

I stood quickly. "Yes, ma'am. Me. Claudia Caines."

"C-a-i-n-s-e?" she asked, scribbling on her clipboard.

"No, it's C-a-i-n-e-s." I corrected.

She nodded. "Got it."

I sat down again.

"Alright, class!" Mrs. Green said. "As I mentioned on Friday, polar bears are losing their habitats…"

For the second period, we learned about climate change, environmental damage, and human impact. Helen looked like she might cry.

After a short break, we started Science again.

"I thought the first part was boring." Mrs. Green said. "And you know me, I don't like boring! So now, let's make it fun. Each of you will create something about today's lesson. You can write, draw, and even make a comic. The best work will be displayed on the School Honor Board."

She passed out papers.

My heart leapt. This is my chance to prove I'm smarter than Ava!

I got to work immediately. Mrs. Green was saying something, but I needed as much time as I could get, so I didn't listen to her. I split my page in half: writing on the left, drawings on the right. I described humans damaging the environment, climate change, and polar bears, and illustrated it with careful sketches.

When I looked around, mine seemed far better than everyone else's. Until I saw Ava's.

She had divided her page into six rectangles. In each, she paired detailed writing with powerful drawings: people littering, polar bears crying, plants dying. Her sketches were amazing, and her words were strong.

Mrs. Green walked the room, smiling at some work, scoffing at others. Finally, she reached our group. She picked up mine and Ava's.

"Look, class!" she announced.

Everyone gasped. "So good!"

"I think one of these deserves the board. Who do you think should win?"

I beamed with happiness. Please... mine... I was wishing very hard, but Ava seemed as though she thought hers would definitely be chosen.

Some shouted that my work was better. Others shouted Ava's was the best.

Mrs. Green paused dramatically. Then she said,

"The winner is... Claudia Caines!"

My heart soared. I gasped and nearly shouted with joy. Yes! I beat Ava on my first day! Wow! Yayyyyyyyyyyyy!!

The class clapped, everyone except Ava. She looked shocked, furious, and even a little scary.

But then, Mrs. Green frowned at my paper.

"Wait... oh no."

"What's wrong?" I asked, worried.

"I'm sorry, Claudia, but I'm afraid I can't hang this. You did it horizontally. I told everyone at the start that the work has to be done vertically."

I froze. I had ignored her instructions in my rush to start first.

My stomach dropped.

"So… does that mean mine…?" Ava asked hopefully.

"Yes, Ava." Mrs. Green said. "I'll hang your work. Congratulations. And Claudia, you need to listen more carefully next time."

The class clapped again. Ava beamed, grinning like she'd just won the lottery.

I clenched my fists. I was so close! I should have won. Just because of one mistake, I lost.

I was furious. More than ever.

Chapter 6: The Sport Club and Other Classes

"It's okay. You just made a mistake, that's all." Amanda said kindly as we headed to the bathroom after the science class ended. Other students whispered about what had just happened in Science.

"Poor girl, Claudia. That was a terrible mistake."

"Yeah… did you see Ava's face?"

"Did you see Claudia's face? That was the most exciting class!"

"Who's going to win next time?"

I stomped past them, Amanda hurrying to keep up with me.

"I can't believe it." I muttered, splashing water on my face in the bathroom. "Because of one simple mistake, I lost my chance to be in first place! And the worst part is what Mrs. Green said, 'You need to listen more carefully next time. ' Now she'll think that I'm careless! I wanted to be the teacher's favorite student. Now she'll think I'm... a hoodlum!"

Amanda tried to calm me. "Wow... just wow. It's okay! She didn't look angry at all. And don't act like your life just ended. You can beat Ava next time. Don't cry over spilled milk."

"You don't understand!" I snapped, angrily. "You're not smart!"

But Amanda didn't even get mad. She just looked kind, like she understood. "I do understand. And maybe you can beat Ava next time. So come on, Dia, we've got class. Maybe this time you will beat her."

I hesitated, then followed her out.

"The stars on our timetable mean that the schedule changes every week." Amanda explained as we walked to our lockers. The hallway was a little less crowded than last time, because time had passed after the bell. "You don't know what you'll have until you ask the teacher. Today, Mrs. Green said it's the club activities. You might not have heard her because you were a bit mad. Anyways, we'd better go to our club classes."

"What about me? I haven't joined a club yet."

"Mr. Hamrit told me you'll be figuring out which club you fit into today. I'll help you. I'll miss my own club activity, but it's okay. Just follow my lead."

The bell rang, and students scattered to their classrooms.

"Instead of going to class, we need to check the notice board." Amanda said. "It has all the club details."

We walked to the big board on the wall. Sheets of paper listed the options:

Join These Wonderful Clubs and Enjoy Your Club Activities!

- Mr. Brook's Movie Club: Watch films and even make your own. Be a star of the school play!
- Mr. Mec's Art Club: Draw, paint, design posters, or clothes!
- Ms. Rose's Dance Club: Learn dance moves, perform, and even sing.
- Ms. Marshal's Debate Club: Share your opinions, argue, rebut, improve your skills!
- Mr. Cap's School Newspaper/Yearbook Club: Write about interesting things at school.
- Ms. Febles's Chess Club: Strategy, brainpower, and chess.
- Mrs. Gold's Coding Club: Build robots, program, and code.
- Mrs. Johnson's Music Club: Play instruments, sing, and perform.
- Mrs. Green's Board Game Club: Every board game you like, off-screen!
- Mr. Kim's Math Club: Solve challenging problems together.
- Mr. Rob's Sports Club: Soccer, baseball, swimming, badminton, get moving!

"Each has pros and cons." Amanda explained. "Sports club? Too tiring, Mr. Rob never gives breaks. Debate club? Always boring topics like 'Should Ms. Marshal wear white socks?' or 'Is Ms. Marshal pretty enough for TV?' Always about her. Music club? Mrs. Johnson just brags about her violin days at the Korean Art Hall. Coding club? If you don't like coding, don't. Board game club? Fun, but you only play for five minutes after learning the rules forever. Chess club? Okay, but Ms. Febles gossips more than she teaches about chess. Dance club? The routines are ancient, like the 1980s. Art club? Mr. Mec redraws your paintings. Newspaper club? You run all over school for stories. Movie club? Super embarrassing if you have to perform. And math club? The problems are crazy hard; only smart kids join. Like you."

"Wow!" I said. "How do you know all this?"

"I'm in the school newspaper club." Amanda said proudly. "I know everything. First, I wanted to join the music club because I really, really love singing, but I thought the school newspaper club would be fun too. But anyways, what about you?"

I didn't need to think. "I want to join the math club."

"I knew you'd say that!" Amanda said happily.

But then I asked, "And Ava? She's in the math club too, right?"

Amanda shook her head. "No. She's in the sports club."

"What?!" I nearly shouted.

Amanda shrugged. "She said she's already good at math, so she wanted to challenge herself at something she's bad at, sports."

I frowned. My plan was ruined. I wanted to beat her at math. But if she were in sports, then…

"Then I'm joining the sports club too." I declared.

Amanda gasped. "No way! You can't just follow Ava everywhere. You love math, stick with it!"

But I shook my head. "I'm already good at math, just like her. I want to beat her at sports too."

Amanda sighed. "Fine. Let's go to the gym then. I think they're playing soccer today."

We hurried to the gym. Inside, seventh graders were in the middle of a loud soccer game. A tall, skinny man barked instructions at them.

"That's Mr. Rob," Amanda said, leading me to him.

"Good morning, Mr. Rob!" Amanda said.

"Oh, Amanda. Shouldn't you be in class?" he grumbled, then noticed me.

"This is Claudia Caines, a new student." Amanda explained.

"Ah, welcome!" Mr. Rob said. "We're the sports club. We play everything: soccer, baseball, and swimming. Today it's soccer. Go join the eighth graders."

"Bye, Dia!" Amanda called, leaving me behind.

I joined the eighth graders and, of course, ended up right next to Ava.

I introduced myself to the group. "Hi, I'm Claudia, the new kid. I'll be in this club too. Let's be friends.

Then I turned to Ava. "Listen. I forgive you for being rude at the park. You're welcome. But you need to know, I'm your rival now. I'll beat you in everything. Math, science, history, and yes, even sports. I'll take your place. Your motto is 'Always first place'? Soon it'll be 'Always beat Claudia, because I am not enough to do it.'"

I felt proud of myself for saying everything.

Ava just stared… then smirked. "Did anybody hear something? Sounded like a gorilla yelling to itself."

The kids laughed. My face burned.

"You might feel proud now," I hissed. "But soon, you'll be frustrated."

Ava snorted and turned away.

The seventh graders' game ended, and Mr. Rob shouted, "Eighth grade, next!"

He handed me a blue string. "French Fry Team. You're the keeper." Ava, on the Red Team, was the attacker. Perfect.

The whistle blew. The game started.

Our team scored first, thanks to Joy Pierce's amazing skills. She dribbled, dodged defenders, and scored. Everyone cheered.

Then a tall boy charged towards me with the ball. He looked unstoppable. I froze.

Remember, Dad had told me, if you're scared of the ball, just thump it back with your hand.

With my hand? How?!

The boy was right in front of me. I panicked, shrieked, and ran out of the way. He scored.

"What are you doing?!" my teammates shouted.

"Sorry! I was scared!" I stammered.

Mr. Rob tried to assure me that the ball wasn't very hard, but my nerves didn't calm down. Luckily, no one else came near my goal, and Joy and Tomas each scored again.

Final score: 3–1. We won!

I cheered until I noticed my teammates were angry with me for running away.

But to my surprise, Ava's team actually thanked me. "If it weren't you, it would've been 3–0!" they said.

That gave me an idea. If I can make friends by helping the other team, maybe I should try to let my team lose on purpose every time...

The bell rang, and everyone dashed to the cafeteria. I went to my locker and saw Amanda waiting for me. We grabbed our lunches from our lockers.

"So you just... let the ball go in?" she asked, as we started walking.

"Um... yes. But the ball was coming right at me!"

"You should really take some gym classes."

"Yeah... maybe..."

We headed towards the crowded cafeteria. "We're not late." Amanda explained. "If you don't get here early, you have to sit on the floor."

She found us two seats at the far edge. "This is the 'no sandwich side.'" She said. "Over there's the Nutella side, that's the peanut side, and that tiny table with Helen and a boy, that's the jam side."

Lunch was fries, a hamburger, milk, an orange, and salad. We ate quickly, chatting about the school, and then went outside to watch a soccer game until the bell rang again. Everyone, including us, ran back to class.

The next lesson was art. I wasn't bad at it, but I wasn't great either, so I felt nervous.

After the second bell, our class sat in the art room, waiting. Just then, a tall man with paint smudges on his shirt walked in.

"Good afternoon, class!" he said.

"Good afternoon, Mr. Mec!" everyone replied.

He looked right at me. "Ah, the new student. Welcome. I'm Mr. Mec, the art teacher."

He didn't look especially kind, but as the class went on, I realized that he was actually a good teacher. We were told to imagine and draw our own characters.

And at one point, Tommy raised his hand. "Uh-oh, Mr. Mec, I think my left eyebrow is way thicker than the right one."

Mr. Mec leaned over to his paper. "That's fine, Tommy. In fact, it's more realistic. People's eyebrows aren't exactly the same."

"But still…"

"Okay, then just thicken the right one too." He quickly sketched on Tommy's drawing.

"Yeah, that's better! Thanks!" Tommy grinned.

I finished my own drawing in half of the class. Amanda was surprisingly good; she seemed talented at art, too.

After art, Amanda and I went straight to history class. The history class's teacher was Mrs. Gold. Unlike Mr. Mec, she was already waiting in the classroom when we arrived.

As our class settled, she asked coldly, "Where is the new student?"

I stood politely. "Hello, Mrs. Gold. My name is Claudia Caines."

"I did not ask you to introduce yourself!" Mrs. Gold snapped. "Now sit down at once, or this will be your first and last day of school!"

I froze. My cheeks burned. "Yes, ma'am…" I whispered so quietly that no one could really hear, and sat quietly.

Amanda leaned over. "Don't worry. You didn't do anything wrong. She's always like this. Just don't cross her. She might write to Mr. Hamrit that you should be expelled."

That whole class felt like a nightmare. I usually loved history, but Mrs. Gold made it unbearable. The room was so silent I thought I could hear a piece of paper dropping on our table. By the time the bell rang and Mrs. Gold swept out without a word, everyone groaned with relief.

"Another dreadful history class is over!" someone muttered.

"Yeah…" sighed another.

We all bolted out.

Amanda tried to cheer me up. "See? Not too bad. Sometimes she even kicks us out!"

As we walked, I thought back to my first impression of Amanda. I'd thought this whole "help buddy" thing was ridiculous, but she really had been trying her best to make me feel comfortable. I felt bad for how I'd treated her earlier.

So I decided to be kind.

"Amanda?" I called.

"Yes, Dia?"

"Um… thanks for helping me today. I really… got along well today."

Amanda's smile was very bright. "No problem!"

I felt happy that she was with me, so I forced myself to say the words I'd been holding back. "So… um… would you… like to… come over to my house today?"

I sounded like a robot. Amanda just stared at me. My heart thumped. What if she said no?

But then her face lit up. "Really? I'd love to! Thank you, Dia. You're such a good friend."

I sighed in relief. She'd said yes. Now all that was left was to enjoy our time together.

Chapter 7: A New Friend

So now I have a new friend. Or is she? Maybe she's only being nice because Mr. Hamrit told her to. But she's so kind… she really seems desperate to help me.

My head was all mixed up as Amanda and I walked to my house. She looked cheerful, while I barely noticed we were already at the front door.

"Here we are…" I muttered.

We crossed the yard and stepped inside. Warm air welcomed us.

"I'm home!" I shouted.

Mom's voice came from the kitchen. "Hi, sweetie! How was your first day?"

"Good. Uh… Mom, can Amanda hang out for a while?"

There was the sound of dishes clinking. Mom peeked out. "Really? Oh, hello!"

"Hello, Mrs. Caines." Amanda answered politely.

"Of course she can stay!" Mom said, smiling. "I'll be heading to Blossom Street in ten minutes. There's a small event out front."

"Okay. We'll be upstairs." I grabbed Amanda's hand and pulled her up the stairs.

"Bye!" Mom called after us.

"There are way too many stairs in this house." I complained.

Amanda shrugged. "It's fine. Good exercise."

We reached the second floor. "My room's the one with the 'KNOCK' sign on it." I said.

Amanda spotted it quickly and pushed the door open, stepping inside with excitement.

"Wow!" she gasped.

The room looked brighter now. I'd put daisies in a vase on my desk, so it smelled nice. Papers and books covered the desk, but neatly. My two tall white bookcases were crammed with thick, clean books. I'd changed my blue starry bedsheets for white ones with dot patterns, and swapped the lamp for one with softer light. Family photos covered my wide closet. Two yellow armchairs with a tall lamp beside them sat ready for reading. On the wall, big wooden letters spelled my name: Claudia.

"Well… I haven't finished decorating yet, so it might look strange." I said nervously.

"Are you kidding? This is awesome! I don't know why people say this house is spooky; it's amazing!" Amanda twirled, admiring the room.

I smiled shyly. "Thanks. But honestly, there isn't much to do here besides read."

Amanda tilted her head. "No video games?"

"No."

"Drawing? Dancing? Lego? Soccer?"

"Nope."

She sighed.

We sat in the armchairs. "There's gotta be something." she said.

"I don't think so." I said.

"I'm bored."

"Yeah… bored…" I paused. "Wait. Bored? Board?"

Amanda gave me a look. "Um… are you okay?"

"Board! Board games!"

Her eyes lit up. "Do you have one?"

"Not one, lots!" I jumped up and yanked open a cabinet.

"Whoa…" Amanda breathed.

Inside were stacks of games: chess, checkers, Guess Who, Sorry!, Word Scramble, Jenga, Connect 4, Sky Team, Sleeping Gods, Monopoly, Rummikub, Cranium, Uno, puzzles, Yahtzee, Dobble, and more.

"There are even more downstairs, but I think this is enough." I said. "What do you want to play first?"

She shook her head in amazement. "How do you have so many?"

"Our family loves board games. When I only read books, Mom wants me to enjoy something else, so on weekends or after dinner, our family usually plays together."

"Then let's play!"

We played four games: chess, Rummikub, Yahtzee, and Dobble. After that, we went downstairs. Mom was gone, leaving just the two of us.

"So…" I said, grabbing cookies and juice from the kitchen, "what do you want to do now?"

Amanda's eyes lit up. "I have a great idea! Let's decorate your room! You said you hadn't finished yet."

I hesitated, but she looked so eager that I sighed. "…Okay."

Amanda squealed, grabbed my arm, and dragged me upstairs. Before we started, I brought out two big boxes of my stuff. Inside were pictures, colored pencils, paint, crayons, dolls, notes, clothes, a telescope, snacks, and other belongings.

"Perfect!" Amanda said, which reminded me of my mom, who always said "perfect" as well.

We divided the work, Amanda arranged the bigger things, and I handled the smaller details. It went well.

Then I got a mischievous idea. "Hey, Amanda." I said, pretending to think. "My mom told me yesterday that my sports equipment is in the attic."

"Sports equipment? Do you like sports? I thought you didn't like it after I heard about what happened in the club."

"Uh, no. My dad's a gym teacher. He bought it for me. Might as well put it in my room."

"Okay, I'll get it. You stay here."

"Thanks, Amanda."

As soon as she left, I giggled. The attic was full of creepy Halloween decorations. There wasn't any sports equipment up there; she was going to be terrified.

Sure enough, twenty seconds later, I heard Amanda scream. "Ahhh! Claudia! Help, there are ghosts in here!"

I burst out laughing, grabbed a flashlight, ran upstairs, and opened the attic door. Amanda stood shivering, eyes squeezed shut.

"Relax. It's just Halloween stuff. See? Not real."

She opened her eyes, still pale. Even after I explained, she looked shaken. We quickly left the attic.

Back in my room, we finished decorating in about fifteen minutes. Pictures, books, my telescope, perfume, and other things were spread around. The room looked full and alive.

"Thanks, Amanda. I had no idea how to decorate anymore, but you helped so much. It looks perfect."

When I said "perfect," I finally understood Mom. She always said things were perfect, but I'd never believed it before. Maybe this was perfect: teamwork and the reward of it.

We sat down with cookies, but soon, we heard the front door open.

"Claudia! Amanda! I'm home! And Amanda, your mother's here too!" Mom called.

I felt sad; it meant Amanda had to leave.

We went downstairs. Mom and Amanda's mom were chatting by the door.

"I met her at the street event!" Mom explained. "Claudia, I bought you some clothes. Amanda's mom and I talked a while, then came back here."

I pouted, disappointed. Amanda looked a little sad, too, but then she brightened.

"Hey, Claudia," she said, "I have an idea! Why don't you come over to my house tomorrow after school? Are you free?"

I thought quickly. The "honorable student" class was on Wednesday, not Tuesday. "Yes, I am!" I shouted happily.

"Great! I'll show you my pet, she's so cute!"

So we made plans: tomorrow, I'd go to Amanda's house, and we'd walk to school together.

Then Amanda asked me to take a picture together. So we did. At first, I didn't really like it, but when I saw Amanda's happiness, I said yes. And the picture looked pretty cool.

After Amanda and her mom left, Mom grinned. "Well, I thought you'd never make a friend. Your old classmates weren't even that close. But it looks like you finally found someone. I am really, really, really pleased, honey. Keep it that way. Amanda is a good student. She could be your 'friend model'."

"A model? Whatever. She's just... so nice. She helped me feel comfortable in school. She helped me a lot with many things."

I yawned. "Anyways, I need to rest by reading now. It's been a long day. Still, there are hours left until the end."

I thought about everything: a new town, a new middle school, new teachers, a new house, and maybe, just maybe, a new friend.

The start wasn't too bad. But where there's a start, there must be an end. I wondered when mine would come.

Chapter 8: Second Day of School

Ding dong!

The loud chime echoed as I pressed Amanda's doorbell. Inside, I could hear chaos, banging, and shouting.

"Hey, you opened it last time! It's my turn!"

"No way! That was a prank from the kid next door. Doesn't count!"

"Still, you did it! My turn now!"

"Don't hit me! My bunny almost fell!"

"I don't care! I'm opening it!"

"Fine! Together then."

"…Okay. But who gets next time?"

"Let's figure that out later."

The door burst open.

"Oof!" I yelped, stumbling back.

Jake and Eli stood in the doorway, staring at me. Their eyes felt like spotlights, making me uncomfortable.

"Hi, I'm Claudia." I explained quickly. "You might not know me, but I'm your sister's friend. Amanda and I promised to go to school together, so… is she here?"

They didn't answer. After a long pause, Jake grinned.

"Hey, I know you, you're the duck sister!"

"A what?"

"Duck sister! Because you look like a duck. I saw you in the picture!"

"Why would I look like a duck?"

"Your lips! They're like duck beaks!"

"These aren't duck beaks, they're braces!" I protested. "That's why my mouth looks big!"

Just then, Amanda came rushing downstairs with her backpack.

"Jake! That's so rude. Apologize. She's not a duck. Maybe a puppy, she's cute like a puppy." She shot me an awkward smile. Jake and Ali stuck out their tongues and ran away. "Hi, Claudia." Amanda said.

"Hey, Amanda, let's go to school."

"Yep. Jake! Ali! Get your lunches from Mom."

Jake and Eli giggled as they ran to the kitchen from the living room. I closed the door behind us, relieved.

Nothing special happened on the walk to school. Ava Squalls was still glaring at me whenever we crossed paths, clearly furious about science class yesterday, even though she won. Maybe because she didn't win at first. Luckily, we didn't have science on Tuesday.

The first class was Language. Ms. Rose, our teacher, was young, kind, and absolutely gorgeous. Everyone adored her. She looked like an angel. In her class, we learned Spanish introductions. When I stumbled, instead of ignoring me like some teachers would, she guided me gently. I loved her class. Everyone did. It was the complete opposite of history with Mrs. Gold.

When the bell rang, Amanda and I split up for club time. She went to the newspaper and yearbook club; I went to sports.

Sports Club

I regretted a little for not joining the math club, but it was worth it;

this was where Ava was. I had to prove myself.

We warmed up, divided teams, and started basketball. To my dismay, Ava was on my team. She barely looked at me, like I wasn't even worth her attention. Probably thinking: She's not my rival, she's just dumb.

That made me furious. So I decided my mission: I wasn't trying to make my team win; it was to make Ava look bad.

Nobody passed me the ball. Everyone knew I was terrible at sports. Honestly, they probably wondered why I even joined this club. Maybe they assumed I had the same reason as Ava, trying to improve.

With two minutes left, we were one point behind. Ava shot clumsily, missing, but Jacob Lee grabbed the rebound. He was trapped by defenders. Everyone knew he'd normally shoot himself, but then he spotted me.

I was wide open. No one was guarding me. Of course, they knew I was useless.

But Jacob surprised everyone and passed to me.

The ball smacked into my hands. My heart froze. Twenty seconds left. No one close enough to pass to. If I gave it back, Jacob would lose it immediately.

So I bent my knees like Dad always told me, jumped, and hurled the ball without thinking. I didn't even watch, I was sure it would miss.

Then,

 "YAAAAAHHHHHHHH!"

The gym erupted. My teammates swarmed me.

"Claudia! You scored! We won!"

I stared, stunned. Me? Scored?

Our team had won by two points because of me. Hehe! Ava looked furious, even though she was on our team, too. Probably because I got the attention. That made me even happier. But I realized something: now people expect me to actually play sports. Uh-oh.

Amanda and I met at our lockers, as planned. I told her every detail about what happened in the sports club, still buzzing. And Amanda looked happy, too.

"…So Jacob passed me the ball, right? And no one blocked me 'cause they knew I was bad. I just threw it randomly, and it went in! Two points! We won! And Ava? She looked soooo upset! Mission cleared!"

Amanda's smile faded.

"What's wrong? Aren't you happy for me?"

She hesitated. "Well… I'm glad you scored. But I don't like the way you talk about Ava."

"What do you mean?"

"Making her look bad instead of helping your team? That's not right. Basketball is about teamwork. You should support each other, even rivals."

"Yeah, but,"

"And why do you focus so much on Ava being upset? Do you really feel happy when she's mad?"

I stayed quiet.

"Dia, stop thinking everything is about beating Ava. You don't win a million dollars if you beat her. Focus on yourself. Do what you like. Remember? You wanted to join the math club because you love math. But when you found out Ava was in sports, you switched, just to chase her. That's not healthy. Try to understand her instead. Learn from her. Improve yourself. Don't treat your life like it's all about beating Ava."

Her words stung. Because she was right.

"You're right." I admitted. "I've been selfish and obsessed. I'll try to change."

Amanda smiled. "Good. Oh! Here comes Ava."

I swallowed hard, then forced myself to smile. "So... nice play, Ava?"

She glared. "Please. If you hadn't scored once, you'd still be bragging that you're smarter than me. You're not my rival."

My fists clenched, but I breathed deep. "Well... congratulations on your science poster. You deserved it."

She raised an eyebrow. "Oh, so now you're trying to be my servant to look smart?"

"No. I'm trying to be nice. You're a good student. Let's be friends."

I held out my hand, but the bell rang. Ava walked away without shaking it. I sat down, cheeks burning.

Amanda winked at me. Strangely, even though Ava rejected me, I felt lighter.

Lunch

The cafeteria was chaotic. Luckily, Amanda and I didn't wait in line; we both had packed lunches.

Amanda unpacked tomatoes, five cheeses, ten crackers, blueberries, and orange juice. She mixed them into a little sandwich.

Mom had packed my favorite: nuts, two mini bananas, salad, one cookie, and a wrap. It was delicious.

Afterward, we read our math book from our math homework(Amazing People – Math: Pythagoras). Time flew by, and soon the bell rang.

Music Class

Amanda lit up. "I'm so excited! We're learning a new song called Old Home. There's an exam too, I practiced a lot."

Mrs. Johnson, our teacher, looked normal but strict. One by one, students went up to sing.

Amanda, with her name starting with "A," went early. She stood tall and sang beautifully, her voice strong and confident.

I watched, amazed. She really was talented.

"Home, home. Old home. Where I was born and grew up. Lovely and friendly. But I have to leave…"

Amanda's voice floated through the music room like a melody. She was so good. I was happy for her, but when my turn came a few kids later, my stomach twisted. I hadn't even learned the song properly!

Luckily, since I was new, I didn't have to sing. Phew.

After music came the gym class. Baseball. I tried hard, but I kept missing the ball. Thankfully, my teammates were good, and our team still won. Not the worst class ever.

When the class ended, I went over to Amanda's house. It was smaller than mine, but cozy. I played with her pet squirrel, Bambi. She was adorable! Amanda and I watched TV, played video games (I was terrible, but it was still fun), and laughed a lot. By the time I went home, I realized Amanda wasn't just my "help buddy". She was becoming a real friend.

Chapter 9: Best Halloween Ever

A few weeks passed. School felt more normal. Ava was still cold to me, but I hadn't given up trying to be her friend. On weekends, Dad kept drilling me in sports. Amanda and I grew closer, and Mom even talked about maybe getting me a puppy when she saw a picture of Bambi, but I quickly said no. That was impossible.

Then October rolled into Halloween season. Decorations popped up all over the town. Our family decorated our house on Monday. I refused to go back into the attic after the last scare, so I stuck to helping outside. We worked hard, because there was a big announcement in the newspaper:

[Broadstone Town Halloween Decorating Contest]

Prize for the best-decorated house! Spookify your home with the scariest decorations!

My parents got way too excited.

As we decorated, Mom asked, "So what's your plan for Halloween? You're too old for trick-or-treating now…"

"Duh! Amanda wants to, though. Ashley, the rich, popular kid, is having a huge party, but obviously, we didn't get invited. I heard it's a legend."

Mom smiled. "Well, Amanda's staying home to hand out candy while her siblings go trick-or-treating. Maybe you can help her."

"Maybe."

When our house was finished, it looked amazing, but so did everyone else's. Amanda was outside, decorating too. I waved across the yard.

"Nice decorations!" she shouted.

"Thanks!" I called back.

Later, with Mom and Dad at the market, I was alone in the house, again. Reading upstairs felt spookier than usual. Just as I was settling in, RING!! My phone went off. I nearly screamed.

It was Amanda.

"Hello?" I said, panting slightly.

"Hi, it's me. Do we have to read to Chapter 7 in history?"

"Chapter 8."

"Okay, thanks. By the way, what are you doing for Halloween?"

"Still thinking."

"I wish we could wear costumes to school."

"We're not preschoolers. Grow up."

"Still... our school doesn't celebrate Halloween or Christmas. Only the church does."

"Yeah, but neither of us goes to church."

"True... anyway, see you tomorrow."

I hung up, wishing I'd asked if I could join her on Halloween. Maybe tomorrow.

The next day at school, Ashley was the center of the universe. Kids crowded her, giving her gifts and begging for party invites. Amanda and I minded our own business. We wanted to go just as badly as everyone else, but of course, we weren't invited.

That afternoon, I finally asked Amanda.

"So... I heard you're giving out candies on Halloween."

"Yeah. Boring."

"Well, if it's boring, maybe you need someone to keep you company."

"Yeah."

"...Someone like me?"

Amanda blinked, confused.

"Okay, Amanda. I'm asking if I can help you hand out candy!"

Her face lit up. "Oh! Really? Of course you can! Thanks, Dia!"

I was relieved and happy. We both were. At least I had plans.

But later, a twist.

The next day, in my special class, Mr. Kim paired me with… Ashley. At first, she ignored me. I didn't care. Ashley was texting secretly during class. She didn't seem to care when Mr. Kim said that we'd play a game, using what we learned today. But when he announced that there would be a prize (a chocolate bar), Ashley perked up. With my coaching and, shockingly, her quick thinking, we won. Ashley even thanked me afterward.

"Hey… Claudia…" she said. My name. Not "cursed child." My name.

"Yes?" I squeaked, surprised.

"Thanks for helping. You're not as bad as Ava. In fact, you're actually kind of cool."

Then came the impossible: Ashley invited me to her legendary Halloween party!!!

My heart practically leapt out of my chest. Me? Invited to Ashley's party?

"Really? I mean… I'd love to go! Thank you!" I said to Ashley, panting a little from happiness and surprise.

Walking home, I floated like a balloon. I was finally going to be popular!

But when I opened my phone, I saw a picture of me and Amanda smiling together. And my stomach dropped.

"Oh, right…" I whispered.

I'd promised Amanda that I'd help her with candy. But Ashley's party… this was a once-in-a-lifetime chance!

What should I do?

If I chose Ashley, Amanda would be hurt. If I chose Amanda, I'd miss my chance to finally be cool.

I had one more day to decide.

And I still had no idea what the right choice was, even when I arrived home.

It was time for dinner. Dad brought home hamburgers, but my mind was too busy to enjoy them. I kept replaying the memory of Ashley's invitation and Amanda's face. While I thought and worried, I made a mistake, I grabbed the spicy hot sauce instead of ketchup for my fries. One bite, and my tongue was on fire. Perfect.

Even while doing my homework afterward, my head ached from thinking. What should I do?

Mom, who had been watching me since dinner, finally spoke.

"Sweetie, what's wrong? You didn't eat much, and you've been so quiet. Is something bothering you?"

"No, nothing! I'm fine. Just… thinking."

"Okay," she said gently, "but if you need help, remember, I'm always on your side."

Her words stayed with me. After finishing my homework, I went to her.

"Mom… can I ask you something?"

"Of course."

"Have you ever had to choose between two really important things? Like… you promised someone you'd help, but then you get invited to do something really rare and exciting?"

Mom nodded. "Sure. Many times."

"So… what did you do?"

She didn't hesitate. "I'd keep my promise."

"But what if it's a once-in-a-lifetime chance?"

Mom set down the dish she was washing, dried her hands, and sat beside me.

"Claudia, honey, listen. As we grow, we come to paths where we must choose. Some choices are easy, but others might be hard. What matters is choosing what's right. The wrong path may look shiny, but it can trip you. If you fall, you can get back up, but it's harder. Do the right thing, Claudia. For yourself, and for others."

Her words touched me deeply… and made me even more confused.

The next morning, walking to school with Amanda, my stomach churned. I had to tell her.

"How was your class yesterday?" Amanda asked.

"Oh! Good. I was on a team with Ashley in a game… and we won."

"That's good!"

"Yeah, but… here's the serious part. Remember how I promised to help you on Halloween?"

"Yeah?"

"Well… Ashley invited me to her party. I was so excited, I said yes, and I forgot about you. I'm really sorry. This party is a rare chance, so… I want to go."

Amanda's face fell. She wasn't angry, just… sad.

"Well, I can hand out candy by myself. It's not that hard. I know the party's important, so… you can go."

"Really?" I gasped.

She forced a smile. "Really."

I thanked her, but the guilt sat heavy inside me.

Halloween day finally came. At school, nothing special happened, no costumes, no decorations. Ashley explained, "Our school doesn't do events like that." She spent more time with me, and I drifted toward her group. Amanda was still kind, but quieter. I pretended not to notice.

That evening, our street buzzed with excitement. We stopped at the notice board to see the winner of the decorating contest: Ashley's house, of course. Her family had spent a fortune, and it looked incredible. They won five hundred dollars.

Ashley told me her party started at 7:00 p.m. I rushed home, changed into my Katherine Johnson costume, and grabbed a white pillowcase for candy. Mom reminded me to be home by 10:00, or she'd keep all my candy. I promised.

On the way, I passed Amanda's house. Amanda was handing out

candy at her porch. She smiled, but it didn't reach her eyes. For a second, I thought about joining her instead. But I kept walking.

Ashley's party was unlike anything I'd ever seen. Loud music shook the basement. Skeletons, zombies, potions, games, food piled high. Kids laughed and shouted, running everywhere. It was chaos, but amazing chaos.

Ashley greeted me warmly. "Welcome, Claudia! Ready to party?"

I had fun. Too much fun. Games, food, new friends, and candy piling up in my pillowcase. I felt like I belonged. Until I overheard two girls whispering:

"Did you hear about Amanda?"

"Yeah. I met her on my way here. She looked sad. A girl promised to help her give out candy, but ditched her for this party. Wonder who that was…"

My heart dropped. They were talking about me.

Suddenly, Mom's words rang in my ears: Do the right thing, Claudia.

I looked for Ashley. She was in the corner, eating cookies. I ran to her.

"Ashley, I need to go. It's an emergency." I said to Ashley.

She blinked. "What? I thought you were having fun."

"I was… but I promised Amanda I'd help her tonight, and I broke that promise. I can't stay. My friend is more important than a party."

Ashley studied me, then smiled gently.

"I understand. Friends come first. Go. And don't worry, there will be another party next year. I'll invite you again. Maybe Amanda, too."

"Thank you." I breathed. Then I ran.

When I arrived at Amanda's house, I pushed the doorbell quickly. Amanda opened her door, surprised.

"Claudia? I thought you were at the party."

I threw my arms around her and burst into tears.

"I'm so sorry, Amanda. I promised to help you, but I got selfish. I let you down, and you spent Halloween alone because of me. I'll never do that again."

Amanda hugged me back. "It's okay. I understand. The party is rare, and I get why you wanted to go. I was sad, but I should've told you instead of pretending."

We looked at each other and smiled. The guilt lifted.

Just then, a group of kids shouted "Trick or treat!" and we laughed, handing out candy together. Later, we watched scary movies, ate some leftover snacks secretly, and had the best time.

Even though I left the "legendary" party, I learned something more important: the true meaning of friendship.

It really was the best Halloween ever.

Chapter 10: Mrs. Green's News

After Halloween, everything went back to normal. Some students were still talking about how amazing Ashley's party had been, asking those who went to tell all the details. I didn't care much about what happened after I left. What mattered was that I had learned the true meaning of being a friend.

Ashley didn't bring it up either. She never asked why I left, but that didn't mean she was angry. She was still friends with me, and Amanda even became friends with her too. Some students whispered, wondering why Ashley would hang out with "the new kid" from the creepy haunted blood-roof house, but Ashley didn't seem to care at all.

Another week passed, just regular school days. No one called me "new kid" anymore; I had finally gotten used to everything. On Monday morning, Ashley, Amanda, and I walked to school together as usual. Something inside me felt different, though. Like something special was about to happen.

Monday was my favorite day because the schedule started with math and science, my two best subjects. Amanda and Ashley weren't as excited as I was when we entered the school, though. They hated math and science. We grabbed our books from our lockers and headed to math class.

Math was normal, Mr. Kim taught, and as always, only Ava and I paid really close attention. Science was normal too… at least, until the third period started.

We were learning about Newton's laws of motion. Mrs. Green

explained the third law for about 35 minutes, then suddenly announced class was over. Everyone was confused; the period wasn't supposed to end for another ten minutes.

Mrs. Green smiled at us and said, "Okay, class, I have something very important to tell you. It'll be really exciting, and you'll all love it. Please pay attention."

The room quieted instantly. She continued, "I don't know if you've heard, but December is our school's Science Month. I love Science Month! Don't you all? Anyway, Mr. Hamrit has planned special activities for each grade. And for you, the 8th graders... There will be a science fair!"

The classroom erupted with gasps and chatter. Everyone was thrilled, already whispering about projects.

Mrs. Green clapped her hands to calm us down. "Listen, I'm not finished yet. The fair will be done in teams. Your teammates will be the students sitting with you. Each team has five students. You'll have one week to plan your project, then turn in your outline to me. I'll either approve it or send it back for revisions. If it passes, I'll give you a presentation board so you can begin. Remember, it's not just writing on paper; you can build something, make a model, or buy materials to show your project in action. For example, if your topic is volcano eruptions, you can make an actual model volcano to demonstrate to the judges, me, the 7th-grade science teacher, and the 9th-grade science teacher. The first-place winners will receive a special award, so do your best!"

She handed each group a large sheet of paper. "Write your team name, your topic, explanations, and how you'll present it. Good luck, everyone."

When the other teams started buzzing with ideas, I turned to look at my group. We were Team Erstan. Our members: Ashley, who never paid attention and was sneaking her phone under the desk; Amanda, who wasn't excited and just doodled notes; Helen, silent and gloomy as always; Ava, scribbling in her textbook instead of talking; and me.

It was… not exactly the dream team.

I sighed. At my old school, I had always been the leader during projects. Students listened to me, and we worked well together. Here, no one seemed to care. But I wasn't about to let this project fail.

"Okay," I said firmly, "since we're struggling to start, let's do this step by step. First, we need someone to be the writer. Amanda, will you?"

Amanda perked up and nodded. I handed her the paper. "Great. Please write down our team name and all our names."

Amanda did so.

"Now," I continued, "let's brainstorm ideas. Everyone says one, and Amanda will write them all down. Then we'll vote."

Amanda suggested first: "What about 'Effects of Sleep on People'?"

Ashley, now paying a little more attention, said, "I have three ideas: the effect of fast food on people, the effect of music on plants, or which type of salt melts ice fastest."

Helen spoke so softly we almost missed it: "Um… can algae… clean water?"

I added mine: "What makes plants grow the fastest?"

I smiled, proud that everyone was contributing. Everyone except Ava. She kept ignoring us, writing furiously in her notebook.

"Ava." I called. No answer. "Ava." I repeated. Still nothing.

Finally, frustrated, I snapped, "Fine! If you can't participate, I'll just tell Mrs. Green."

That got her attention. "Fine!" she huffed.

We all waited. Ava finally said, "How to build a walking robot that can also talk, calculate, and run?"

The table went silent.

I forced myself to stay calm. "That's interesting, Ava, but maybe too difficult for our group. Do you have another idea?"

Ava glared. "You asked me, I told you. If it's too hard, that's not my problem. Your topics are too babyish."

Ashley slammed her hand down. "Hey! Don't talk about our ideas like that!"

"It's not my fault you're not smart enough to keep up." Ava shot back. "I'm too smart to be in this group! I was reading thick books when you were learning the ABCs. I'm the smartest in the grade. I'm the best!"

My anger boiled. "You know what, Ava? Being smart doesn't mean being the best. You need teamwork to succeed. I've been trying to be nice to you, but you don't even care!"

Before Ava could reply, the bell rang.

Lala Lala! Let's all pack up! Pack up! Your pencils and textbooks! Bags and notes! Check if you didn't miss anything! Go to your next class, and see you next time! Hoho!

We packed up quickly. "Okay, everyone," I said, "let's meet on the green bench at lunch to finalize our topic. Amanda, bring the notes."

Everyone nodded, except Ava.

"Ava, you have to come." Amanda urged.

"I can't!" Ava replied coldly. "I'm helping Mr. Kim all lunch. I'm his favorite." She walked off, looking proud.

"Who says? Who asked? That old little cockroach!" Ashley said furiously.

"She'll come." I muttered, "She must be lying."

"I hope so..." Amanda said quietly.

Chapter 11: Preparing for the Science Fair

Our next class was Science 1. I liked Science 1, but not as much as Science 2. The difference was that in Science 1, we mostly read and studied from books, while Science 2 was full of experiments.

After 45 minutes, Amanda and I ate lunch quickly and hurried to the green bench with our notes. But someone was already sitting there, so we decided to meet at the white bench farther away. We waited for the others, Helen, Ashley, and Ava. Honestly, we didn't think Ava would show up.

After three minutes, Helen and Ashley came rushing. They explained that Helen had tripped and needed to stop by the nurse's office. Once they finished, I told them about the green bench, and we moved there to start discussing. Without Ava, of course, because she clearly wasn't coming.

We brainstormed lots of good topics, like the egg drop experiment, effects of fast food, or music and plants. We decided not to choose yet, just to gather ideas for today and vote tomorrow. While Amanda wrote, I stretched my neck once and glanced around. That's when I spotted her.

Ava.

She was standing near a tree, reading with her best friend.

"Ava!" I shouted, and we all ran over. She looked startled.

"Uh... hello. I thought you were supposed to be at the green bench." she said.

"And we thought you were supposed to be helping Mr. Mec!" I snapped. "So this is how you 'help'? Playing around?"

Ava didn't reply. She showed no guilt, no apology, nothing.

"You lied to us." Amanda said, her voice sharp. "We believed you. This is a team project. You need to work with us."

"So?" Ava shot back.

"So?!" Ashley cried. "Did you seriously just say that?"

Without another word, Ava turned and walked away.

"She is so cruel!" Ashley shouted.

"Forget her." I said firmly, heading back to the bench. "We don't need her anyway."

"But what if Mrs. Green finds out? Won't we get in trouble?" Amanda asked.

"No." I said. "Ava will. We tried our best to include her. She chose not to."

Back at the bench, we continued our list. After about eight minutes, Amanda showed us what she had written:

SCHOOL SCIENCE PROJECT TOPICS

1. The Effect of Sleep on People

2. Effect of Fast Food on People

3. Can Music Affect Plant Growth?

4. What Type of Salt Makes Ice Melt Quickly

5. Can Algae Help Clean Water?

6. What Makes Plants Grow the Fastest?

7. Does the Shape of Ice Cubes Affect How Fast They Melt?

8. Which Drink Stains the Most?

9. Does Screen Time Before Bed Affect Sleep?

10. Can Plants Grow Upside Down?

11. What Do Plants Need to Grow?

12. At What Temperature Does Ice Start to Melt?

13. Why Does Cola Pop?

14. How Much Vitamin C Does Each Fruit Have?

15. Egg Drop Experiment

16. Volcano Eruption

17. Does Smell Affect Appetite?

18. How Much Sugar Does Cola Contain?

19. Probability of Twin Birth

20. What Reactions Do People Show When They Lie?

"Wow, Amanda! You did great!" I said. "Now that we have all the topics, we'll vote tomorrow. Tonight, think about the pros and cons. On Wednesday through Friday, we'll start outlining our purpose, method, and conclusions."

As we packed up, Ashley called, "Hey, Claudia."

"Yes?"

"When you went to the bathroom earlier, we talked. We all think you're a really good leader, responsible, and organized. You should be our leader."

I froze. "Me?"

"Of course!" Ashley said.

"We all agree!" everyone chimed in.

"Wow… well, if you're all okay with it, it would be my pleasure."

Everyone smiled, and I felt a wave of pride. That day, I officially became the leader of our science group.

"I'm home!" I shouted, stepping into my house. No answer. Mom must have been out. Upstairs in my room, I sat at my desk and pulled out my phone. Our team had shared numbers, everyone except Ava. I called Amanda and asked her to send me a picture of the topic list. She did, and I began marking the ones other teams might choose, so we could stand out.

Later, Mom came home.

"How was school?" she asked.

"Great! Mom, guess what, our grade is having a science fair! Each team picks a project, and there's a prize for first place. My team is Ava, Amanda, Ashley, and Helen."

"Interesting." Mom said, looking happy.

"And I was picked to be the leader!"

"That's amazing, Claudia!"

"I need to plan for our project, so I'll be upstairs."

"Alright, honey. Just remember, winning isn't always everything."

"I know. The important part is doing your best and having fun."

"That's right."

Back in my room, I thought hard. The science fair was exciting. I really wanted to win. But Ava didn't respect me, and Helen barely spoke. Maybe I could convince Helen to participate more. Ava would be harder… but as the leader, it was my responsibility to try.

The next day, our group met again on the bench during lunch, minus Ava, who skipped as last time. I reminded them of the plan: at lunch, we'd vote for the final topic. We all wanted something hands-on, something we could actually build or show.

After narrowing it down, we eliminated some options:

- "Probability of Twin Birth" was too abstract.
- "What Reactions Do People Show When They Lie?" was too complicated.

In the end, we chose the Egg Drop Experiment.

Simple, visual, and fun.

To my surprise, Helen looked genuinely happy. "This is actually... fun!" she said. "I thought it would be boring, but you're making it exciting, Claudia."

Hearing that made me proud. With everyone finally on board, I felt confident.

We were a real team now, and I believed we could win the first prize.

Chapter 12: The Barrier and Breaking It

Okay, I admit it, I am never just "fine". Whenever I think everything is going smoothly, a barrier always shows up.

On Wednesday, after history class, we went to Science 2. Mrs. Green said we could freely discuss our project, but before we even began, she told our whole group to step outside. Confused, we followed her.

She crossed her arms with a sharp look. "Claudia, Ashley, Amanda, and Helen. I received a message that you've been meeting without Ava, going to school together, choosing the topic, and leaving her out. This is supposed to be teamwork! No one should be abandoned. You will all apologize to Ava."

We stared at one another, stunned. I felt my blood boiling. Ava was the one who ignored us! She lied, skipped meetings, and acted like we were beneath her. Now we were the ones in trouble?

I tried to explain. "But Mrs. Green, Ava was the one who…"

"No excuses, Ms. Caines." she snapped. "You've disrespected her. You will apologize properly. Say this: 'I am so sorry, Ava. I disrespected you and alienated you. I am also sorry for not including you in our plans and choosing the topic without you. This will never happen again. Please forgive me.'"

Ava smirked, enjoying every second.

Helen went first, whispering the words like a prisoner being forced. Then Amanda, looking embarrassed but obedient. Ashley clenched her fists, furious, but still muttered the sentence.

Me? I would rather die.

I needed a plan.

I stepped up to Ava, smiled sweetly, and said, "I'm sorry, Mrs. Green… but I forgot the sentence."

She sighed and repeated it.

"I forgot again." I said innocently.

Ashley caught on, biting her lip to hide her laugh.

Mrs. Green grew impatient and wrote the apology down. I began reading: "I… am… so… sorry, Ava. I…" I paused.

"Why did you stop?" Mrs. Green asked, looking mad.

"What does this word say? Oh, disrespected? Okay." I dragged it out, asking about nearly every word. Finally, Mrs. Green threw up her hands.

"Fine! Forget it. Just go back inside and start your work."

We marched back in. Ashley and I exchanged a tiny, secret high-five. Ava's smile had vanished.

Back at our desks, Amanda updated her: "Our project is the Egg Drop Experiment. Claudia's the leader."

I braced for Ava to explode, but she just shrugged. All through planning, our hypothesis, supplies, and method, she only mumbled, "Same as her, I guess." whenever I asked her opinion. It was obvious: she had played the victim just to get us in trouble.

Still, we made progress. Helen suggested our hypothesis: How much protection is needed to keep an egg from breaking? I added the plan: "Let's try different layers, egg #1 with one wrapper, egg #2 with two wrappers, and so on. We'll drop them all and record which survives." Everyone agreed except Ava, who wasn't even listening to us.

We decided to also build a demo copy for the judges.

Before the bell, Mrs. Green listed each team's project on the board:

Science Project Topics

- Team Flower: Can flowers grow upside down?
- Team Legend: Which ball bounces the most?
- Team Champion: The fastest paper airplane
- Team Sunshine: Can plants grow without sun?
- Team Erstan: Egg Drop Experiment

Phew! At least no one else chose ours.

The next day, school started with music and language. Those classes flew by. But in gym, something unexpected happened.

When we arrived, Mr. Mec was missing. We waited… five minutes, ten minutes, twenty. Still no teacher. Finally, the kids lost patience and raided the equipment room. Chaos exploded, long jump ropes lying around everywhere, yoga balls bouncing, dumbbells clanking. It was a mayhem.

I couldn't even find Amanda. Overwhelmed, I slipped outside for some air.

To my surprise, Ava was already there, sitting against the wall.

"Well," I said cautiously, "I guess I'm not the only one tired of the madness."

She looked at me sharply. "If I'm bothering you, I'll leave." She said, looking a little kind for the first time, to my surprise.

I hesitated, then sat beside her. "No... I get it. You mean avoiding trouble, right? Like detention if Mr. Mec finds out."

Ava nodded. "Exactly. Let those fools deal with their own mess."

Silence. Long, awkward silence. But then Ava spoke.

"I didn't tell Mrs. Green you were excluding me," she said quietly. "It was my mom. She worries too much. I'm sorry."

I blinked. Ava apologizing?

That opened something in me. "Honestly... when I first came here, I was obsessed with beating you. I thought no one could be smarter than me. But deep down, I knew you were. It made me angry. I just wanted to win you."

Ava sighed. "When Amanda first told me about you, I was happy, finally, someone like me: smart, competitive. But it turned into a rivalry. And... I need to tell you why."

I stayed quiet.

"In 7th grade, I attended Aura Middle School. There were four girls like you in that school. They hated me because they couldn't beat me. They bullied me for months. I never told anyone, until a teacher caught them. After that, we moved here. My mom's been protective ever since."

I frowned. "That's awful."

Ava went on. "When you came, I wanted to be excited. But my new friends didn't like it. They wrote me a note: 'Ava, don't participate! The new student must be a fool! We won't be happy if you join them.' I was scared of losing them. So I pretended to hate you. I'm sorry."

I took a deep breath. "Ava, you can't let them control you. You own your choices. They don't own your life."

She looked at me, as if a weight had lifted. "Thank you, Claudia. You're right. I'll stop letting them decide for me."

I smiled. "So… are we friends now?"

Ava chuckled. "Sure."

We hugged. For the first time, the barrier between us broke.

And it felt amazing. More than anything.

Chapter 13: The Science Fair

"So… what happened?" Amanda asked as we watched Ava yelling at her so-called friends in the gym.

"We're no longer friends! You're all terrible!" Ava shouted.

"Well," I told Amanda with a smile, "Ava is friends with me now."

"Really?"

"Yeah."

"That's awesome!"

Just then, Helen and Ashley appeared. "So, is she finally going to help us with the science fair thing?" Ashley asked.

"Sure!" I said happily. Everyone cheered. I explained what had happened, and Ava came over after I finished.

"I am sorry, guys. For everything!" she said.

"That's okay." Helen and Amanda answered at the same time.

Ashley smirked. "Well, now you know."

We all laughed, and from that day, we were friends with Ava.

Three weeks passed as we prepared for the science fair. My teammates even came over to my house. And they didn't even seem to care about the haunted blood-roof house story. Funny things happened during the preparation, like Helen accidentally dropping an egg on Ashley's hair, or Amanda's little brother trying to eat one of the eggs we'd set aside for the experiment when we went to Amanda's house to prepare.

We worked hard. So did the other teams. Sometimes I worried we might lose, but Ava reminded me, "Winning isn't important. What matters is working hard and enjoying it."

I thanked her for saying that and agreed. Everyone, Ava, Amanda, Ashley, and Helen, gave their best. That whole preparation time flew by.

Five days before the fair, we submitted our project to Mrs. Green: pictures, hypothesis, conclusion, materials, results, and even copies of the objects we used. Mrs. Green looked surprised. "Wow! You did great!"

We grinned from ear to ear.

Finally, the big day arrived. After school, we carried our project to the auditorium.

"Wow! Look at the others!" Amanda gasped. "They're so good!"

Our spot was at the edge of the room. The table had a taped-up sign that read TEAM ERSTAN. We set everything up and waited.

Three judges, Mrs. Green, Mr. Lee, and Mr. Brown, entered first, followed by parents and students. Our parents came straight to us. We explained our project proudly, and they smiled. More people came. Soon, the place was crowded.

We took turns explaining, showing our objects, and answering questions. Mr. Hamrit came by, too. Amanda explained to him, and he said warmly, "You even brought models? Well done!"

"Thank you!" we all shouted.

Then the judges arrived at our table. My hands shook because it was my turn to explain, and I was nervous. But I reminded myself I was the leader. Once I began explaining, the nerves faded. I told them our hypothesis, showed the photos, and concluded:

"And as a result, the eggs that didn't break were numbers 6, 7, and 8. This shows which materials work best to protect an egg. Thank you."

The judges clapped. "Very impressive!" said Mr. Brown. "You might want to wait, hopefully for the results."

We were all very thrilled.

When the exhibits ended, everyone sat down. On stage, the judges settled in, and Mr. Hamrit walked to the podium.

"Good afternoon, everyone!" he began. "First, thank you for

coming on this cold day. All the projects were wonderful. Only three teams will receive awards; however, please remember, scores are out of 100, and it's very tough to get that. Do not be discouraged."

He spoke for several minutes, and we grew restless. Finally, he said the words we were waiting for:

"Now, the winners!"

We clutched each other's hands.

"The 3rd prize goes to… Team Flower, with their project Can a Flower Grow Upside Down?, 83 points!"

They were from our class! We cheered and clapped for them.

Then, "The 2nd prize goes to… Team Genius, with Volcano Eruption! They scored 91 points!"

Our smiles faded a little. Helen whispered. "Maybe we didn't win anything."

Ashley nudged her. "That's okay. It was fun."

"Yeah." I agreed. "Winning isn't everything."

But my heart was still pounding a little, as Mr. Hamrit opened his mouth again.

"And finally," Mr. Hamrit said, pausing dramatically, "the 1st prize winner is… Team Erstan, with the Egg Drop Experiment! A perfect 100 points!"

We froze.

"Wait, did he say… Team Erstan?" I whispered.

"Yes!" Amanda and Ava squealed together.

We jumped to our feet. "We won!"

Onstage, we lined up. Helen first, then Ashley, then Amanda, then Ava, and finally me. When Mr. Hamrit shook my hand, he said, "Well done!" as he pinned the blue ribbon on my shirt, looking very pleased and proud.

Flash! The school newspaper kids took our picture. My chest swelled with pride.

"Does anyone want to say a few words?" Mr. Hamrit asked, showing us the mike from the podium.

"Claudia! You're the leader!" my teammates shouted, pushing me forward.

The podium loomed in front of me. I looked back at my team. They nodded, smiling happily.

I cleared my throat. "Good afternoon, parents, teachers, and students. I am Claudia Caines, the leader of Team Erstan. Thank you for awarding us the first prize."

I smiled, then continued. "When we started this project, we faced many barriers. Sometimes, I didn't know how to lead the team. Many times, things didn't work out as planned. But I kept going, because of my friends. At first, we weren't close, and sometimes we fought. But now we are the best team."

I looked back, smiled at my teammates, who also smiled at me and each other, then continued.

"I learned that winning isn't everything. Doing my best, enjoying the process, and helping each other is what truly matters. If you face a problem, work hard to overcome it. If your friends face one, help them rise back again. That is how we all grow. Lastly, thank you to my parents, who taught me to walk the right path, and to my friends and teachers, who helped me to their best when I needed them. Thank you."

The auditorium erupted in applause. The blue ribbon gleamed on my chest.

Back at our table, Amanda whispered, "Dia, you were awesome."

"No," I said, grinning at all of them, "we were awesome."

We all laughed together.

"Wow!" Ashley sighed, "I didn't know there would be so many obstacles."

Amanda nodded. "Yeah. I wonder what other things we'll face in our lives after this."

I smiled and said happily. "Whatever comes, we'll stand up again and keep going."

– The End –

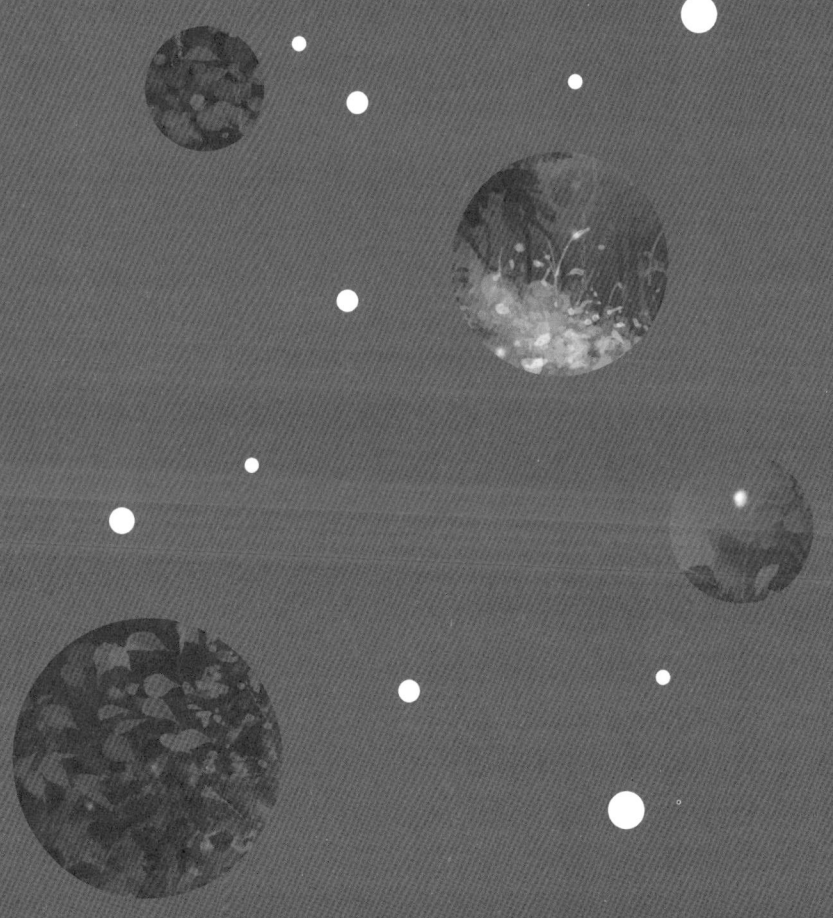

Selena's Hospital Life

안녕하세요, 저는 별내중학교에 재학 중인 중학교 2학년 유우민입니다.

지난번에 이어 이번에도 책을 쓰게 되었는데요, 이번에는 동생 지민이와 함께 둘이서 책을 출판하게 되었습니다. 저는 어릴 때부터 의료 관련 드라마나 영화를 즐겨 보았고, 언젠가 의사가 되기를 꿈꾸어 왔습니다.

제 소설은 이제 막 인턴이 되어 고군분투하는 인턴 '세레나'를 통해, 의사들이 밤낮없이 항상 긴장된 삶을 살아가는 모습을 담고 있습니다. 이 소설을 쓰면서 저 또한 제 꿈에 한 발짝 더 다가간 느낌이 들었습니다.

또한, 소설을 쓰면서 제가 관심 있는 의학 분야의 지식과 몰랐던 점들을 탐구할 수 있어 흥미롭게 글을 쓸 수 있었습니다. 의사와 간호사로 일하시는 분들은 항상 환자 한 명의 목숨이라도 더 살리기 위해, 늦은 밤이든 이른 새벽이든 밤낮없이 일하십니다.

제 책을 통해, 부족하지만 그분들의 수고와 노고를 조금이라도 더 알리고 싶었습니다. 제가 쓴 소설이 많은 의사분들께 힘이 될 수 있으면 좋겠습니다.

아직은 부족하여 잘못된 내용이 있을 수도 있지만, 예쁘게 봐주시면 감사하겠습니다.

2025년 12월 유우민

프롤로그 - 7명의 아이

한 예언가가 있었다. 그 예언가가 한 예언은 모두 현실이 되었고, 그는 곧 떠오르는 스타가 되었다. 시간이 흘러 예언가가 나이가 들었을 때, 병동의 침대에 누운 그는 마지막 예언을 남겼다.

"내후년, 같은 시간대에 7명의 아이가 태어날 것이다. 천재적인…"

그의 말은 거기서 끊겼다.

2045년 2월 9일.

전 세계 모든 나라에서 하늘에 구멍이 난 듯이 비가 쏟아졌다. 사람들은 이상기후라 생각하며 그저 비가 그치기만을 기다렸다. 비가 쏟아진 지 3일째 되는 날, 갑자기 정전이 되었다. 정전은 약 10분 동안 지속되었다.

그 어둠 속, 전 세계 산부인과 병원 중 단 일곱 곳에서 아이가 태어났다. 세상은 7명의 아이가 태어남으로써, 묻혀 있던 예언가의 마지막 말을 다시 떠올렸다. 그리고 예언가 협회에서는 세계 여러 나라의 제보를 받기 시작했다. 곧 여러 나라에서 제보가 쏟아졌다. 그들은 모두 한결같이 말했다.

"우리 아이가 천재예요."

예언을 토대로 드디어 찾은 천재 아이 6명. 그러나 한 명이 부족했다. 사람들은 의문을 품기 시작했다. 각 나라에서는 자신의 나라에 마지막 천재가 있을지 기대하며 그 한 명의 아이 찾기를 시작했다.

몇 년 뒤, 한 보육원에서 연락이 왔다.

미국에 있는 작은 보육원이었다.

"여보세요?"

"네, ㅇㅇ보육원입니다."

"저희는 세계 예언가협회입니다. 보육원에 '일곱 번째 천재'가 있는 것 같다고 해서 전화드렸는데, 정확히 어떤 상태인지 설명 좀 해주실 수 있을까요?"

"네. 비가 많이 내리던 날, 보육원 앞에 버려졌던 아이인데…."

원장의 말을 끊고 협회 위원이 물었다.

"혹시 그 아이의 어떤 점이 천재라고 생각되셨나요?"

"그게요…아이가 아직 네 살밖에 안 됐는데요, 말도 굉장히 잘하고 영어를 비롯한 외국어도 한 번 가르치면 그 다음은 가르쳐주지 않아도 잘해요. 지능도 매우 높아요. 처음엔 그냥 '크게 될 아이겠구나' 했는데, 아무리 봐도 보통 아이는 아닌 것 같아서요."

"혹시 저희가 한 번 방문해서 아이를 직접 볼 수 있을까요?"

"네, 좋습니다. 편하신 때에 방문해 주세요."

【Future】

나는 세상에 몇 안 되는 '엄청난 천재' 중 한 명이다. 사람들이 상상할 수 없을 정도로 지능이 높아 어린 나이에 의대에 들어가 병원 인턴이 되었다. 나뿐만 아니라, 나와 같은 시간대(예언가가 말한 바로 그 시각)에 태어났다는 다른 아이들도 각자의 나라에서 의사, 판사, 과학자 등 도저히 그 어린 나이에 있을 수 없는 자리에 있다는 이야기를 뉴스에서 들었다.

물론 나는 내가 정확히 누구의 자식인지, 그 비 오던 날 어떻게 혼자 버려졌는지는 모른다. 하지만 어쩌면, 그 뉴스에서 말하는 '비 내리던 밤, 암전 속에서 태어난 아이'가 바로 나일지도 모른다고 생각한다. 이 자리에 오기까지 결코 쉬운 길은 아니었다. 내가 아무리 천재라고 해도 사람들의 차별과 '어린 애가 뭘 알겠냐'는 시선을 이겨내기는 쉽지 않았다. 그래도 보육원에서 매일 똑같은 하루를 반복하던 그때보다 지금처럼 공부하고 배우는 삶이 백 배, 천 배는 더 재미있기에 악으로 깡으로 버티며 여기까지 왔다.

MCAT 시험을 보는 건 나에게도 쉬운 일이 아니었다. 하지만 중요한 것은 내가 결국 합격했고, 지금은 NYNH 병원의 인턴이 되었다는 사실이다. 나의 인턴 생활은 이제부터 시작이다.

< starting >

NYNH 병원. 이곳은 3차 상급 병원이기에 항상 많은 환자들이 온다. 그만큼 정신을 바짝 차리고 우리 인턴들은 아무도 죽이지 않으려고 노력한다.

　서쪽 병동 3층 당직실 문은 고장이 나 있었다. 어떨 땐 문이 잘 안 열리기도 하고, 어떨 땐 안 잠기기도 하고, 어떨 땐 제멋대로 잠기기도 한다. 나는 출근을 해서 3일 전에 수술했던 3층 병동의 환자를 확인하기 위해 유니폼을 갈아입고 병동으로 향했다. 가는 길에 '문이 고쳐졌나?' 하고 살짝 건드렸더니 문이 반쯤 잠기다 말았다.

　오늘 스케줄을 확인하기 위해 다른 인턴들과 결과를 확인했는데, 하필이면 나는 자신이 잘났다고 자만감에 빠져 있는 동기 제임스 에드워드와 같이 응급실에 배치되었다.

　< today will be >

　응급실에는 술 취한 사람 같은 가벼운 환자들도 많이 오지만, 크게 다친 사람도 많이 온다. 이곳에서는 정말 많고 다양한 환자들을 만날 수 있다. 그래서 시간이 지나 익숙해지면 조금 따분해질 수도 있다. 왜냐하면 다른 인턴들이 주치의·레지던트나 선임을 따라 수술방에 들어가 참관하거나 경험을 쌓을 동안, 응급실에 배치된 인턴들은 상처 소독과 봉합 같은 기본적인 처치나 선임을 따라다니며 잔일을 주로 하기 때문이다.

　오늘 나와 같이 응급실에 배치된 제임스는 자만감에 빠져 있다.

의사가 자만감에 빠져 있으면 좋지 않은 결과를 가져올 확률이 높다. 잘못된 판단이나 선을 넘는 행동 하나로 누군가의 목숨이 위험해질 수 있기 때문이다. 같이 일하기 정말 짜증 나지만, 참고 일할 수밖에 없다.

< occupè >

정신없이 하루가 지나갔다. 응급실은 정말 근무하기 힘든 곳이다. 응급의학과에서 인턴을 하면 응급실에 오는 환자가 너무 다양하기 때문에 다양한 사람을 만날 수 있다.

오늘 내 역할은 응급실로 환자가 들어오면 빠르게 초진(초기 진료: 환자가 병원에 왔을 때 처음으로 문진과 신체검사를 하는 것)을 해 환자의 정보 등을 파악하고, 초기 오더를 낸 뒤 필요한 처치를 하는 것이었다. 응급실엔 심각한 트라우마나 내상을 입은 환자도 많지만, 찰과상이나 단순 봉합처럼 간단한 처치가 필요한 경우도 있다. 그럴 땐 가끔 외상 구역을 담당하는 레지던트를 졸라 봉합을 하기도 한다.

삐용삐용—

"가까운 앞 사거리에서 대형 화물차와 승용차 4대의 대형 충돌 사고가 일어났습니다. 모두 혈액 등 만발의 준비를 할 것."

응급실 총 담당 어텐딩 크리스핀이 말했다.

그 말에 의사와 간호사 모두 분주하게 움직였다. 나는 사이렌을 울리며 병원 주차 구역으로 들어온 구급차에서 환자들을 내리는 구급대원들을 마중 나갔다. 그리고 구급대원에게 환자들의 병력을 인수인계받았다.

"17세 남자, 제임스 토너. 오픈 플랙처, 복부 관통상, 다량의 내출혈 가능성. 화물차가 들이받은 승용차 운전자입니다."

"이 환자의 부상이 가장 심각한가요?"

"아니요. 더 심한 환자도 있고, 비슷한 정도의 환자도 많습니다."

'오늘은 쉽지 않겠다.'

나는 속으로 생각했다. 환자의 다리, 팔 등 거의 모든 곳에 상처가 나 있었고 피로 얼룩져 있었다.

"어서 환자 외상실 1로 옮겨!"

발렌티나가 말했다.

발렌티나는 오늘 나를 책임져야 할 어텐딩이다. 발렌티나는 똑부러지고 강하지만, 또 부드럽기도 하고 일을 정말 잘 가르쳐주는, 내가 본 어텐딩 중 가장 좋은 사람이다.

"셀리나, 환자 바로 수술 들어갈 수 있게 준비시키고 흉부외과 콜넣어줘."

"네. 정형외과도 콜할까요?"

"어, 그렇게 하고 이동식 CT도 준비해줘."

"네."

나는 할 일을 메모한 뒤 빠르게 수술방을 잡고, 흉부외과와 정형외과에 콜을 넣었다.

잠시 후 흉부외과 어텐딩 에블린이 확인하러 왔다. 에블린은 CT를 본 뒤 말했다.

"무릎 오픈 프랙처네. 세척하고 항생제 주고 드레싱도 해줘. 바로 수술실 들어갈게."

에블린이 말한 대로 처치를 하고 CT를 찍고 흉부외과 교수 마야에게 연락했다. 마야는 CT 사진을 보더니 말했다.

"여기 심장을 보면 심장막에 염증이 생긴 게 보이거든. 심전도 찍었나?"

"네. 아까 요청하신 대로 찍어놨습니다."

마야는 심전도를 보더니 말했다.

"우선 NSAIDs 쓰고. 약물 복용으로 생긴 것 같진 않고, 외상으로 생긴 것 같긴 한데 약물 복용하는 게 있는지 확인해야죠."

"염증을 빼기 위한 천자술은 진행하지 않나요?"

"흠, 염증이 심하진 않아서 지켜보는 걸로 할게."

"넵."

환자는 피검사 등 준비를 마친 뒤 응급수술에 들어갔다. 나는 이렇게 부상이 큰 환자를 본 적이 없어 더 떨렸다. 나는 아직 인턴이라 수술실에서 관찰밖에 할 수 없지만, 보는 것만으로도 놀라웠다. 무릎 개방성 골절은 수술실에서 블리딩 전열제술과 세척을 한 뒤 1차 봉합을 마쳤고, 복부 관통상은 수술방에 들어가 관통하고 있던 길다란 쇠를 제거한 뒤 출혈을 막았다. 오랜 시간이 걸려 수술이 끝나고, 환자는 중환자실에 올라갔다. 나는 모든 것이 평온히 흘러갔다고 생각했다.

"환자 BP 떨어집니다."

'코드 블루, 코드 블루. 본관 4층 중환자실. 본관 4층 중환자실.'

코드 블루 방송을 듣자마자, 나는 1층 카페에서 잠시 동기를 기다리며 커피를 받던 손을 그대로 내팽개치고 1층에서 4층까지 미친 듯이 뛰어올라갔다.

'헉… 헉…'

숨을 몰아쉬며 복도를 돌아 들어가자, 분주하게 움직이는 사람들의 모습이 보였다.

"환자 BP 떨어집니다!"

그 말이 들리자마자 나는 재빨리 뛰어가 외쳤다.

"제가 CPR 진행하겠습니다!"

나는 곧바로 환자 위에 올라가 빠르게 CPR을 시행하면서 말했다.

"발렌티나는 어디 있어요?"

"지금 수술 들어가셨어요."

옆에서 날 도와주던 간호사 선생님이 말했다.

"그럼 전화라도 해주세요."

말은 그렇게 했지만, 속은 이미 타들어 가고 있었다. 솔직히 지금 내가 무엇을 하고 있는지도, 앞으로 누군가 올 때까지 무엇을 해야 할지도 모르겠다. 그저 CPR을 멈추지 않으며 '제발… 리듬아 돌아와라…' 하고 간절히 빌 뿐이었다. 마침내 리듬이 돌아왔다.

"리듬 돌아왔습니다!"

안도감에 다리가 풀릴 것 같았다. 그때 전화기 넘어로 발렌티나의 목소리가 들렸다.

"무슨 일이야?"

나는 숨을 헐떡이며 말했다.

"아까 오전에 들어왔던 제임스 토너 환자, 방금 어레스트 나서 CPR 진행했는데 현재 ROSC 됐고 리듬 돌아왔습니다. 혈압은 140/90 정도로 안정됐고요. 에피네프린 0.2mg 투여했고 현재 동공 반응 이상 없습니다."

"알겠어. 나 금방 끝나. 15분이면 갈 테니까 그때까지 환자 MRI 찍어놓고, 잘 살려놔."

"네."

나는 숨 돌릴 틈도 없이 환자를 MRI로 옮겨 빠르게 촬영을 진행했다. 아직 영상 판독이 익숙하진 않지만, 내 눈엔 심장 주변에 피가 고여 있었고 그 압력 때문에 심장이 눌리며 어레스트가 났던 것으로 보였다. 때맞춰 발렌티나가 들어오는 것이 보였다. 나는 MRI 이미지를 그녀에게 보여주었다. 발렌티나는 화면을 보며 심장을 가리켰다.

"여기 뭐가 보여?"

조금 당황했지만, 나는 생각한 대로 말했다.

"심막 주위에 피가 고여 심장이 눌린 탓에 제대로 작동하지 않아 어레스트가 났던 것 같습니다."

말하면서도 '틀렸나…' 하고 조심스레 발렌티나의 반응을 살폈다.

"오, 잘하는데? 나도 동감이야. 흉부외과 마야 콜하자."

뜻밖의 칭찬이었다.

<good afternoon>

마야가 올라와 MRI를 확인하더니 말했다.

"바로 천자술 진행하도록 하겠습니다."

천자술은 심낭에 고인 피나 액체를 빼내는 시술로, 우리는 곧 심장막천자를 하게 된다. 심낭압전 환자에게 시행하는 시술이다.

나는 환자의 보호자에게 동의를 받으러 갔다. 현재 환자의 상태를 설명한 뒤, 환자가 받게 될 시술도 자세히 설명한 후 마야와 함께 수술실로 들어갔다. 나는 환자의 시술 부위를 먼저 소독했다. 마취를 진행하면, 이제 본격적인 시술만 남았다. 심장 초음파 기계를 이용해 피나 액체가 가장 많이 고인 부분을 찾은 뒤 카테터를 삽입했다.

"카테터 제거하겠습니다."

별 탈 없이 시술은 잘 끝났다.

하루 종일 환자 상태를 체크하며 이리저리 뛰어다니다 보니 벌써 하루가 다 지나 있었다. 나는 동기 카밀라와 함께 잠깐 짬을 내 구내식당에서 밥을 먹고 있었다. 오늘은 환자가 너무 많이 들어와서 거의 대화도 없이 빠르게 흡입했다. 밥을 다 먹어갈 때쯤, 카밀라와 내 핸드폰이 동시에 울렸다.

"콜인데?" 내가 말했다.

"나도 병동 콜이야. 일단 가보자."

카밀라가 말했다.

우리는 식판을 정리하고 계단으로 뛰어올라갔다. 구내식당은 지하 1층, 콜이 온 곳은 3층 중환자실이었다.

중환자실에서 크리스핀이 우리를 기다리고 있었다.

크리스핀이 말했다.

"셀레나는 2번 베드 ABGA(동맥혈가스 검사) 해주고, 카밀라는 5번 베드 L-tube 삽입해줘."

"네."

우리는 필요한 준비를 하기 위해 바쁘게 움직였다.

사실 동맥혈가스 검사는 병원 초반에 인턴들이 가장 애를 먹는 검사 중 하나다. 몇 달 지나면 익숙해지겠지만, 아직은 초반이라 '혹시 실패하면 어떡하지?' 하는 긴장감이 컸다. 제대로 잡지 못하면 환자에게 양해를 구하고 다시 해야 한다. 나는 몇 번을 해도 실패해서 쩔쩔매는 최악의 상황만은 막아야 한다는 생각이 들었다.

나는 필요한 도구를 챙겨 중환자실 문을 조심스럽게 열고 들어갔다. 이 환자는 중환자실에 있는 'alert' 환자로, 보통 중환자실 환자들은 의식이 없거나 혼수 상태지만 alert 환자는 말을 이해하고 명령(command)도 따라올 수 있는 환자다.

나는 떨리는 마음으로 말했다.

"안녕하세요, 데릭 에드워드 몽고메리 씨. 저는 오늘 ABGA 검사를 진행할 인턴 셀레나입니다. 신원 확인할게요. 데릭 몽고메리 맞으신가요?"

"네."

"아까 간호사 분께 오늘 어떤 검사받는지 들으셨죠?"

환자는 가볍게 고개를 끄덕였다.

나는 계속 설명했다.

"이 검사는 환자분 호흡 상태랑 산소 교환 상태를 확인할 수 있는 아주 중요한 검사거든요. 그런데 손목 동맥에서 채혈할 거라, 일반 정맥 채혈보다 조금 더 아플 수 있어요. 그래도 최대한 빨리 끝낼게요."

동맥혈가스 검사는 천식, COPD, 폐렴 등 호흡기 질환 환자에게 많이 시행한다. pH(혈액 산성도), HCO_3(중탄산염), 산소 상태, 이산화탄소 제거 상태 등을 확인할 수 있다. 이 환자는 COPD가 의심되어 ABGA를 진행하는 것이다.

"그럼 시작할게요. 손등 잠시 주시겠어요?"

환자가 손을 올렸다. 나는 오늘 채혈할 요골동맥을 조심스럽게 촉진했다. 맥박이 확실히 느껴졌다. 이어서 채혈 가능 여부를 확인하기 위해 Allen's test를 시행했다.

"환자분, 손 꽉 쥐었다 펴보세요."

손을 쥐자 손바닥이 창백해졌다가, 다시 금세 붉은 혈색을 띠었다. 측부 순환이 잘 된다는 의미다. 테스트가 끝나자, 나는 채혈 부위를 알코올 솜으로 소독했다.

동맥 위치를 다시 한번 정확히 확인한 뒤 말했다.

"이제 채혈 시작하겠습니다. 따끔하세요."

나는 바늘을 동맥에 직각으로 삽입했다. 곧 주사기 안으로 혈액이 '스르르' 자연스럽게 흘러들어왔다.

'우와, 성공이다!'

나는 속으로 환하게 외쳤다.

"조금만 더요…"

나는 2mL 정도 채취한 뒤 바늘을 빼고 채혈 부위를 단단히 압박했다.

"환자분, 다 끝났어요. 여기 5분 정도 꾹 눌러주세요. 안 그러면 피 날 수 있어요. 제가 조금 있다가 지혈 잘 됐는지 확인하러 다시 올게요. 혹시 아프시면 바로 말씀해주세요."

나는 혈액이 응고되지 않도록 주사기를 살짝 흔든 뒤, 준비한 물품을 챙겨 나왔다. 그리고 간호사 선생님께 혈액 샘플을 건네며 말했다.

"이거 검사실에 가져다 주세요."

라벨링을 끝낸 샘플은 곧바로 혈액가스 분석기로 보내진다. 30분 이내 검사가 이뤄져야 정확도가 높다.

다시 중환자실로 들어가 환자의 손등을 확인했다.

"출혈 없네요. 이제 눌러주시는 거 그만하셔도 돼요. 혹시 불편한 거 있으시면 바로 말씀해주세요."

중환자실을 나오는데, L-tube 삽입을 마치고 복도로 나오던 카밀라가 보였다. 나는 조용히 뒤에서 다가가 카밀라의 어깨에 손을 올렸다.

카밀라는 거의 비명을 지를 뻔한 표정으로 놀라며 말했다.

"아 깜짝이야! 진짜 놀랐네."

"L-tube 삽입하고 오는 길?" 내가 물었다.

"응. 환자가 의식이 없으니까 협조가 안 돼서 좀 애 먹었지만… 그래도 어찌저찌 끝내고 오는 길."

카밀라는 아직도 혹시 자신의 처치가 잘못돼 튜브가 식도가 아닌 기도로 들어갔을까 봐 손이 덜덜 떨린다고 했다.

<카밀라>

카밀라는 5번 병상 환자의 L-tube 삽입을 위해 조용히 문을 열고 들어갔다. 환자는 현재 의식이 없는 상태였다. L-tube는 의식 저하, 기도 삽관, 소화기 질환, 약물 중독 등 다양한 이유로 삽입되며, 보통 14~18Fr(French) 사이즈가 쓰인다. 특히 중환자실(ICU)에서는 위 감압, 흡인 방지, 위 세척, 영양 공급 등을 위해 필수적으로 사용된다. 의식이 없는 환자는 구역반사(gag reflex)와 자발적 삼킴 기능이 작동하지 않기 때문에 더욱 신중한 접근이 필요했다.

카밀라는 먼저 환자의 혈압·호흡 상태·산소포화도 등 생체 징후를 확인했다. 이후 필요한 장비(L-tube, 50mL 주사기, 청진기, pH 시험지, 테이프, 석션기)를 차례로 점검했다. 분비물로 인한 기도 폐쇄를 예방하기 위해 석션기는 반드시 가까운 곳에 두었다.

'좋아, 시작해보자.'

카밀라는 트레이에서 튜브를 집어 끝부분에 윤활제를 고르게 바른 뒤, 침대 머리를 30~45도 정도 올렸다. 이는 위 내용물의 역류와 흡인을 방지하기 위한 기본 자세였다.

그녀는 환자의 입을 조심스레 벌린 뒤, L-tube 끝을 기도 방향에 맞춰 부드럽게 삽입했다. 혀가 기도를 막지 않도록 주의하며 천천히 진행하자, 어느 순간 튜브가 비교적 자연스럽게 하방으로 진행되는 감각이 느껴졌다. 경험이 쌓인 이들은 이 미세한 감각을 통해 정상 경로로 진입했는지 직감적으로 알 수 있다.

삽입을 마친 카밀라는 청진기를 들어 환자의 양쪽 폐에서 비정상적인 호흡음이 없는지 확인했다. 이어 모니터를 다시 한 번 확인한 뒤, 튜브가 움직이지 않도록 테이프로 단단히 고정했다.

"휴… 끝났다."

카밀라는 작게 숨을 내쉬고 사용한 물품들을 정리해 방을 나왔다.

그때, 복도 맞은편에서 셀레나가 2번 병상에서 막 걸어나오는 것이 보였다.

<셀레나 again>

병원에도 밤이 찾아왔다. 밤이 된 병원의 분위기는 아침과는 또 달랐다. 조용하지만, 여전히 생과 사를 오가는 환자들을 살리려는 의료진들의 고군분투가 곳곳에서 이어지고 있다. 전화기는 병원 구석구석에서 계속 울리고, 자다가도 호출이 끊임없이 들어온다. 피곤하지만 나를 포함한 의료진들은 여기저기 뛰어다닌다. 마치 병원 사람들에게는 밤이라는 게 존재하지 않는 것 같다.

잠시 콜이 없어 한가했다. 나는 "이때다!" 하며, 그 틈을 타, 당직실로 갔다.

'이게… 얼마 만의 침대지?'

나는 침대를 보자마자 눕고 싶다는 생각뿐이었다.

제발 콜이 안 울리길….

나는 천천히 침대에 누우며 시계를 보았다. 04:45분.

다른 사람들은 한창 자고 있을 시간인데, 나는 이때가 돼서야 겨우 눈을 붙일 수 있다. 솔직히 지난 날을 돌이켜보면 어떻게 버텼는지 모르겠다. 그래도 어찌저찌 버티는 동기들과 나 자신이 참 대단하다는 생각이 들었다.

얼마나 잤을까. 갑자기 폰이 미친 듯이 진동했다.

'지잉 지잉 지잉—'

그 소리에 억지로 눈이 떠졌다.

'흐음… 누구지….'

힘겹게 폰을 확인하니 간호사 선생님의 콜이었다. 시간은 5시 30분. 그래도 30분은 잤다는 사실에 감동하며 방을 나섰다.

응급실로 향했다. 응급실은 서쪽 병동 1층에 있다. 항상 시도 때도 없이 바쁜 곳이다.

'타닥 타닥 타닥.'

계단을 빠르게 내려가자, 새벽 병원의 공기 속에서 내 발자국 소리가 울렸다. 알아주는 사람 하나 없어도 이렇게 뛰어다니는 게 병원 사람들의 삶인 것이다.

응급실 문을 열자 밝은 전등과 함께 알코올 냄새가 확 풍겨왔다.

"세레나 선생님, 아직 안 왔나요?"

발렌티아의 목소리가 분주한 공기 속을 뚫고 날아왔다.

"네! 저 여기 있습니다!"

"어, 저기 4번 배드. 탈수 환자 라인 잡고 수액 풀드랍으로 해줘."

"넵, 라인 잡겠습니다."

4번 배드 환자를 보니, 밤새 헬스장에서 무리를 하다 탈수가 온 경우라고 했다. 주사기로 라인을 잡고 풀드랍 해 놓은 뒤 기록을 쓰고 발렌티아에게 다시 갔다.

발렌티아는 방금 들어온 뺑소니 사고 환자를 치료하고 있었다. 환자는 20대 건강한 남자, 이름은 제임스 존슨. 술에 만취한 운전자가 그의 차를 들이받고 그대로 도망갔다고 했다. 미국은 법이 세니, 뺑소니 친 운전자는 나중에 땅을 치고 후회하게 될 것이다. 발렌티아는 지연성 증상이 나타날 수 있으니 계속 모니터링하며 CT를 찍자고 했다.

"존슨 씨, 지금 어디 아픈 데 있으세요? 여기 상처 난 데 말고요."

"아뇨… 그런데 아까 머리를 좀 세게 부딪힌 것 같기도 해요."

"음, 외상을 입어도 바로 증상이 안 나타나는 경우가 있어요. 잠복기라고 하거든요. 혹시 모르니까 발렌티아 선생님 말대로 CT 찍는 게 좋을 것 같아요."

"네…."

나는 환자를 CT실로 데려가 촬영을 마친 뒤, 발렌티아가 오기 전에 모니터링을 했다. 내 눈에는 특별한 이상이 보이지 않았다.

'터덜터덜…'

누군가 걸어오는 소리가 들려, 뒤를 돌아봤다. 발렌티아일 줄 알았지만, 처음 보는 남자가 지나가고 있었다. 나는 3층 병동 보호자들 얼굴은 웬만하면 다 알고 있기 때문에 '누구지?'라는 생각이 스쳤다. 얼굴이 어디선가 본 것 같기도 한데, 또 처음 보는 것 같기도 했다.

내가 지금 있는 곳은 3층. 일반 병동과 중환자실이 함께 있는 층이다. 면회 시간도 끝났는데 그 남자가 중환자실 쪽으로 향하는 걸 보고 나는 '왜 저쪽으로 가는 거지?' 라는 생각을 했다. 그냥 퇴근하는 병원 관계자인가 싶어 조금 더 보려고 고개를 기울이려던 순간—

4층 병동에서 코드 블루가 울렸다. 결국 나는 올라가 볼 수밖에 없었다. 어차피 저쪽으로 들어가려면 출입증이 필요할 텐데, 일반인이라면 출입증이 있을 리도 없었다.

나는 계단을 통해 빠르게 4층으로 올라갔다. 환자가 회복 중 갑자기 발작을 한 상황이었는데, 내가 도착했을 때는 이미 진정되어 검사실로 이동하는 중이었다. 한숨 돌리고 있는데, 핸드폰이 울렸다. 동기 제임스였다. 전화를 받자마자 카밀라의 다급한 목소리가 들렸다.

"야, 나 큰일 났어…"

목소리가 꽤 심각했다.

"왜? 또 오더 잘못 냈냐?"

당직 때마다 전화해서 이런 일이 한둘이 아니었기에, 나는 심드렁하게 말했다..

"아니야… 이번엔 진짜 더 심각해."

"우리가 하는 일 중에 이보다 더 심각한 게 뭐가 있냐…"

제임스는 한참이나 망설이다가 결국 말했다.

"…나 출입증 잃어버렸어."

"뭐!!!? 보고는 했어? 아니 그전에 어떻게 잃어버린 건데?"

"아니… 옷 갈아입고 5층 복도에서 콜이 울렸는데, 그거 받다가 손에 쥐고 있던 출입증을 떨어뜨린 것 같아. 다시 갔을 땐 없었어… 아진짜 어떡하지…"

제임스의 목소리에 후회와 초조함이 잔뜩 묻어났다.

"야, 걱정하고 있을 시간이면 일단 보안팀이랑 치프 선생님께 보고부터 해. 괜히 혼날까봐 숨기다가 일 키우지 말고. CCTV도 확인해달라고 하고."

"…알겠어."

전화를 끊고 나는 '하… 또 시작이네' 하는 마음이 들었다. 출입증분실은 은근 흔한 일이다. 오늘 하루 제임스는 선임한테 잔소리를 귀에 박히도록 들을 것이고, 출입증이 없으니 EMR도 못 들어가서하루 종일 엄청 불편할 것이다.

제임스 일은 잠시 잊고, 나는 당직실에 들어가 잠깐이라도 자기로했다. 30분이라도 자자… 그 마음뿐이었다.

\<OMG\>

30분쯤 지났을까. 머리맡에서 요란하게 울리는 페이지 소리에 잠에서 깼다. 페이지는 병원 내에서 서로를 호출하는 기계로, 전파 안정성과 신뢰성 때문에 미국 병원에서 주로 사용된다. (한국에서는 사용하지 않는다.)

잠결에 호출기를 확인한 나는 벌떡 일어났다. 페이지에는 이렇게 적혀 있었다.

'Code Gray, West Wing 3rd Floor.'

심지어 우리 병동이다. 순간 머릿속에 오만 가지 생각이 스쳐 지나갔다.

'뭐지…? 뭐가 일어난 거지?'

'코드 그레이라면 보안 사고? 누가 난동을 부린 건가?'

일단 나가봐야 하나? 그런데 그러다 코드 그레이 당사자와 마주치기라도 한다면? 당황해서 머리가 하얘진 것 같았다. 나는 필사적으로 매뉴얼을 떠올리려 노력했다.

두려움에 혼자 있기 싫었지만, 그렇다고 밖의 상황도 모른 채로 무턱대고 나갈 수는 없었다.

'그래… 일단 문을 잠그자.'

혹시나 문제를 일으킨 사람이 총기를 가지고 있다면, 문이 잠겨 있고 돌파하기 어려운 공간은 상대적으로 피한다고 배웠기 때문이다. 나는 최대한 소리를 내지 않으며 침대에서 내려가 문을 잠갔다.

밖은 이상하리만큼 고요했다. 당직실 공기는 간담이 서늘할 만큼 차갑게 느껴졌다.

'딸칵.'

'드륵, 드륵.'

문을 잠근 뒤, 복도가 보이지 않도록 커튼도 살짝 쳐 두었다.

'일단 내 몸은 숨겼다. 그 다음은…?'

지금 나는 안전할 수도 있다. 그런데 환자들은? 이 층은 일반 병동과 중환자실이 함께 있어 환자도 많고 병실도 많다. 사실 환자 대피가 더 우선이지만, 지금 상태에서 밖으로 나가는 건 너무 무모했다.

'커튼 사이로 밖을 살짝 볼까?'

하지만 그러다 혹시 침입자와 눈이라도 마주치면… 상상만 해도 아찔했다. 바로 포기했다.

나는 모서리 벽에 쭈그리고 앉았다. 지금 할 수 있는 건 오직 하나, 병원 관계자들에게 연락을 취해 상황을 파악하는 것뿐이었다.

'지잉, 지잉ㅡ'

정신을 조금 차리자 그제야 단톡방 메시지 소리가 들렸다.

'그래… 호랑이 굴에 들어가도 정신만 차리면 산다고 했지.'

'범인이 무기를 안 가지고 있을 수도 있잖아? 진정하자, 진정.'

나는 마음을 다잡았다. 그리고 휴대폰을 켜 상황을 확인했다.

동기들 단톡방에서는 나처럼 우연히 어딘가에 숨어 있는 인턴들도 있었고, 다른 층에서는 급하게 환자들을 대피시키는 동기들도 있는 것 같았다. 정신없는 와중에도 서로에게 "아는 정보 있냐"고 묻는 메시지가 계속 올라왔다. 대부분 매뉴얼대로 혼자 있지는 않은 모양이었다. 왠지 더 무서웠다. 나는 지금 혼자니까.

나는 휴대폰을 켜고 단톡방에 올라온 메시지를 확인했다.

인턴 A

야 지금 무슨 상황인지 아는 사람 아무도 없어??

인턴 B

모르겠어 ㅜㅜ

인턴 C

야 나 서쪽 병동 2층인데 환자들 대피시키고 있어

인턴 D

헉 나도. ㅠㅠ

인턴 E

설마 인질극 같은 건 아니겠지???

·

다들 바쁜 것으로 보였다.

그때 내 호출기에 응급실 호출이 떴다.

'ER Page'.

솔직히 나가고 싶은 마음이 컸다. '지금 내가 할 수 있는 게 뭐가 있을까?' 라는 생각이 계속 들었다. 혹시 발렌티아라면 아는 게 있을까 싶어 나는 발렌티아에게 전화를 걸었다.

'뚜두뚜두—'

몇 번의 신호음이 이어졌다.

'받아라… 제발 받아라.'

신호음이 끊기며 화면이 바뀌었다.

"여보세요, 셀레나? 너 어디야? 괜찮지?"

수화기 너머로 다급해 보이는 발렌티아의 목소리가 들렸다. 그 뒤로 웅성거리는 소리가 가득했다. 아마 발렌티아는 지금 다른 층에서 환자들을 대피시키고 상태를 확인하고 있는 것 같았다.

"네, 전 괜찮아요. 저녁에 잠깐 3층 당직실에서 잠들었는데, 그사이에 코드 그레이가 울려버렸더라고요. 지금 상황 파악이 안 돼서 나가도 될지 모르겠어요. 혹시 전달받은 사항 있으세요?"

"아, 그랬구나… 어쩐지 너한테 호출 넣었는데 네가 안 와서 걱정했네. 근데 지금 3층 당직실이라고?"

"네."

"저쪽으로 이동해 주세요."

중간중간 환자를 안내하는 발렌티아의 목소리에서 밖이 얼마나 급박한지 느껴졌다.

"나도 크리스핀한테 들은 거라 정확하진 않거든? 근데 들은 바에 의하면 누가 병원 출입증을 들고 지금 3층 병동에서 활보하고 있대. 흉기 소지 여부는 모르는데 일단 다들 대피 중이고, 3층 일반병동은

클리어됐고… 범인은 소지한 출입증으로 중환자실에 들어갔대.”

“앗, 그래요? 그럼 전 일단 밖으로 나가서 상황 확인해볼게요.”

“셀레나, 괜히 알아본다고 중환자실로 가서 너까지 위험하게 만들지 말고! 너도 빨리 내려와서 환자들이랑 대피해. 알았지?”

나는 발렌티아의 목소리에서 진심으로 걱정하는 마음을 느꼈다.

미국은 총기가 합법화되어 있어 총기 난사 사고가 연간 많이 일어난다. 총기 사고가 병원에서 일어나는 경우는 사랑하는 사람이 세상을 떠나 다시는 볼 수 없게 되었을 때, 그 너무 큰 슬픔으로 인해 난동을 부리는 경우가 많다. 병원은 한 공간에 많은 사람이 모여 있고 특히 아픈 환자들이 많기 때문에 더욱 위험하다. 나는 걱정이 됐다. 혹여나 중환자실 환자 중 누가 죽기라도 했을까봐. 미처 현장을 빠져나오지 못한 동료를 다시 못 보게 될까봐. 그런데 더 생각할 틈도 없이, 나는 나가 볼 수밖에 없었다.

탕. 탕. 탕…

<Sudden Movement>

핸드폰과 호출기를 급히 챙겨 문을 열려던 바로 그 순간이었다. 모두가 가장 우려하던 상황이 터졌다.

범인이 총기를 소지하고 있는 것이다.

순간 나는 뇌의 사고 회로가 멈춘 것 같다는 생각을 했다.

발밑에서부터 긴장이 치밀어 오르며 다리에 소름이 돋았다. 처음 느껴보는 감각이었고, 다시는 느끼고 싶지 않을 감정이었다.

'총이다. 총소리다. 총… 누가 맞은 건가.'

'어디서 난 소리지?'

아까 발렌티아에게 들은 말과 지금 들리는 소리를 종합해 보니, 중환자실에서 난 총성 같았다.

총소리를 들은 직후에는 더 조심해야 한다는 걸 알면서도 이상하게 행동이 더 급해졌다. 오늘 중환자실에서 봤던 환자 얼굴과 간호사 선생님들의 얼굴이 번갈아 떠올랐다.

'철컥—'

생각을 오래 끌다 혹시라도 누군가 죽었다는 소식을 들으면, 미래의 나에게 정말 큰 후회가 될 것 같았다. 그런 생각이 들자 패닉보다 행동이 앞섰다. 내 발걸음은 무작정 중환자실로 향했다.

당직실 문을 열자 3층 일반병동 복도에는 아무도 없었다. 그저 조용했다. 멀리서 웅성임이 아주 희미하게 들렸다. 지금 상황에서는 두려움에 그냥 도망쳐도 아무도 뭐라 하지 않을 것이다. 하지만 내 마음속에서는 두 자아가 계속 부딪치고 있었다.

'이 층을 빨리 빠져나가자. 매뉴얼대로라면 내가 먼저야.'

'중환자실로 가는 건… 무모하고 위험한 짓이야.'

'그렇게 도망가면, 나중에 후회하진 않을까? 그냥 가서… 쓱, 상황

만 살짝 보고 오면 괜찮겠지.'

결국 내 발걸음은 중환자실로 향했다.

내가 위험해져도 괜찮을까? 이상하게도 그건 지금 내게 크게 중요하지 않았다. 왜일까. 왠지 이렇게 해야만 '사람을 살리는 일을 한다'고 말할 수 있을 것 같았다. 나는 그래도… 다른 사람을 생각하는 꽤 괜찮은 사람으로 자랐나 보다. 물론 모두가 나같은 선택을 하진 않을 것이다. 또한, 어떤 선택이 옳고 그른지 우리는 말할 수 없다. 선택에서의 우선 순위는 사람마다

다를 수 있는 거니까.

'띡.'

'위잉―익.'

문에 출입증을 대자 중환자실 문이 열렸다.

'아… 너무 성급히 들어왔나.'

평소에는 병원 곳곳의 기계음과 사람들 소리에 묻혀 문 열리는 소리가 이렇게 큰 줄 몰랐다. 필요 이상으로 커서 조금 당황했다.

중환자실은 평소처럼 긴장감이 감돌았다.

기계음은 정상적으로 들렸다.

하지만… 무언가가 달랐다. 정적이 너무 짙고 길었다.

익숙했던 공간이 지금은 마치 다른 장소처럼 낯설게 느껴졌다.

문을 열고 들어서자 바로 스테이션이 보였다. 우리 병원 중환자실은 스테이션을 중심으로 병상들이 둥글게 배치된 구조라, 출입문에서 바로 스테이션이 보인다. 예상했던 대로, 스테이션에는 아무도 앉아 있지 않았다.

그런데 그때 나는 봤다.

간호사 선생님들이 책상 밑에 숨어 있는 모습을.

<Unexpected>

나는 이제 나나 올리비아 둘 중 한 명은 끝이겠구나, 아님 둘 다 죽거나…라고 생각했다. 그런데 포스터 씨의 다음 행동은 의외였다.

포스터 씨는 갑자기 올리비아의 목에 대고 있던 칼을 떼더니, 올리비아를 내 쪽으로 밀었다. 나는 올리비아가 바닥으로 내팽개쳐지지 않도록 재빨리 그녀를 낚아챘다. 올리비아가 위험에서 벗어난 건 다행이었지만, 이제 포스터 씨의 행동은 더 예측 불가해졌다. 올리비아는 겨우겨우 중심을 잡고 서서 포스터 씨를 바라보았다. 그녀의 표정은 어리둥절했지만, 여전히 두려움에 휩싸여 있었다.

한동안 정적이 흘렀다. '도망갈까?' 속으로 생각했다. 하지만 쓰러져 있는 앤더슨과 올리비아를 둘 다 데리고 빠르게 도망치는 것은 불가능하다는 생각이 들었다. 더군다나 간호사 스테이션 밑에도 아직 간호사분들이 남아 있었다.

'그렇다면 올리비아 혼자라도 도망치라고 해야 할까…?'

머릿속에서 여러 생각이 헤집고 다니는 와중에, 포스터 씨는 또 하나의 전혀 생각지도 못한 행동을 했다. 갑자기 그는 총을 들어 자기 머리로 가져갔다. 그리고 자기 머리에 대더니, 이내 무언가를 깨달은 듯 말했다.

"이렇게 많은 사람을 피해 줄 생각은 없었는데, 미안하게 됐군요. 제 삶이 크게 달라지지 않을 걸 이제서야 깨달았네요. 혹시나 제 딸이 찾아온다면, 미안하다고 전해주세요."

나는 당황해 포스터 씨를 말리려 했지만, 그보다 다른 이들의 움직임이 더 빨랐다.

'탕!'

총소리가 크게 울리더니 포스터 씨의 다리를 관통했다. 그는 그대로 바닥으로 쓰러졌다.

'뭐지?'

총알이 날아온 반대편을 바라보았다. 반대편 문으로 SWAT 특수부대 요원의 실루엣이 보였다. 포스터 씨는 평소 보호자가 중환자실로 들어오는 문을 등지고 있어, 누군가 왔다는 사실을 깨닫지 못했다. 나 또한 정신이 없어 SWAT를 보지 못했다. SWAT 팀은 일반 경찰이 해결할 수 없는 사건에 투입되는 특수무기 전술 팀이다. 주로 인질극이나 총기 난사 사건 같은 위험한 상황에 투입된다. 그 뒤로 SWAT 팀이 빠르게 중환자실로 들어왔고, 사건은 종료되었다.

<Months Later>

그날의 사건은 많은 뉴스와 신문 기사에서 화제가 되었다. 앤더슨 선배는 다행히 총알이 주요 장기와 혈관을 빗겨 지나 극적으로 살아났다. 피를 많이 흘렸기에 위험한 상태였지만, 다행이었다.

그날 오후는 어떻게 지나갔는지 모르겠다. 한 번도 겪어본 적 없는 충격적인 사건을 보고나서인지 남은 하루가 정신없이 지나갔다. 조사 결과, 포스터 씨는 우울증을 앓고 있었고 정신과 치료를 받고 있었다. 그 사이 아내가 죽으며 이런 돌발 행동을 저지른 것이었다. 올리비아와 나를 포함해, 그날 현장에 있었던 사람들은 모두 정신과 치료를 받았다.

소문에 따르면, 포스터 씨는 멀리 떨어져 있던 딸도 다시 만나고, 잘못을 진심으로 반성한 뒤 감옥에 들어갔다고 한다.

"아, 제임스는 어떻게 되었냐고?" 묻는다면…

출입증을 흘린 것이 제임스인 것이 밝혀졌고, 그는 징계를 받고 크게 혼났다. 다만 해고되지는 않았다. 사실상 출입증을 잃어버리는 사람은 한둘이 아니었으니까.

내 주변 동료들은 내가 다시 병원 생활에 적응할 수 있도록 도와주었다. 그날 내부에서 어땠는지 궁금할 법하지만, 아무도 묻지 않았다. 다행이었다. 하지만 그런 일이 있었다고해서 크게 달라진 것은 없었다. 병원의 보안이 조금 더 강화된 것 정도.

바뀐 것이 있다면, 나도 이제는 레지던트가 되었다는 점이다. 병원에서의 일은 여전히 쉽지 않다. 일이 손에 익을 만하면 또 다른 유형의 환자를 만나게 된다. 쉽지 않은 날들의 연속이지만 그 속에서도 기쁨과 행복은 늘 함께 있다.

많이 심각했던 환자의 상태가 호전될 때, 내가 병원이라는 공간에서 도움이 되는 존재임을 느낄 때, 누군가에게 도움을 주며 사는 삶에 보람을 느낀다. 이제는 정말 누군가를 병으로부터 낫게 하고, 다시 행복하게 만들고 싶다는 내 꿈에 한 발짝 더 가까워졌다.

"셀레나 선생님 호출이요~"

"아, 네. 가요."

이제 가봐야겠다. 다음에 내가 이 글을 볼 때 나는 한층 더 성장해 멋진 의사가 되어있겠지.

미지의 세계

1판 1쇄 발행   2025. 12. 22

지 은 이   유지민, 유우민
발 행 인   박윤희
기   획   CA 공글
책임편집   성승제
편   집   전원선, Albert Chang
발 행 처   방과후이곳
디 자 인   디자인스튜디오 이곳
일러스트   신진 (인스타그램 @dear_marilla)
등   록   2018. 10. 8 신고번호 제 2018-000118호
주   소   경기도 수원시 장안구 서부로 2139, 5층 5032-92호
팩   스   0504.062.2548

ISBN 979-11-990960-3-5(43800)

홈페이지   https://bookndesign.com
이 메 일   bookndesign@daum.net
블 로 그   blog.naver.com/designit
유 튜 브   도서출판이곳
인스타그램   @book_n_design @after_school_book

방과후이곳   방과후이곳은 아이들을 위한 **"도서출판이곳"**의 임프린트 브랜드입니다.

이 도서의 국립중앙도서관 출판예정도서목록은 서지정보유통지원시스템 홈페이지(http://seoji.nl.go.kr)와 국가자료종합목록시스템(http://www.nl.go.kr/kolisnet)에서 이용하실 수 있습니다.